1.

WISH

Suda Kaye

Ce livre est une fiction. Toute référence à des événements historiques, des personnages ou des lieux réels serait utilisée de façon fictive. Les autres noms, personnages, lieux et événements sont issus de l'imagination de l'auteur, et toute ressemblance avec des personnages vivants ou ayant existé serait totalement fortuite.

Collection New Romance® créée par Hugues de Saint Vincent
et dirigée par Arthur de Saint Vincent
Ouvrage dirigé par Bénita Rolland
Traduit par Robyn Stella Bligh
Photo de couverture : © Shutterstock

Pour la présente édition
© 2021, Hugo Roman, département de Hugo Publishing
34-36, rue La Pérouse
75116 - Paris
www.hugoetcie.fr

ISBN : 9782755644791
Dépôt légal : janvier 2021
Imprimé en France par Corlet
N° d'impression : 20100529

NEW ROMANCE®

AUDREY CARLAN

1. WISH

Suda Kaye

Traduit de l'américain par Robyn Stella Bligh

Hugo Roman

PROLOGUE

Mes dix-huit ans

Envole-toi. Sois libre.

Je suis du bout des doigts les mots écrits à l'encre noire, d'une main qui m'est plus chère encore que la mienne. L'encre ébène ressort sur le papier à lettres rose pâle sur lequel elle est couchée. C'est tout elle, ça. Elle faisait toujours ça. Elle aimait écrire. Surtout à ma sœur Evie et moi, lors de ses absences. Parfois, c'était une carte postale envoyée d'une des destinations exotiques où l'avait guidée son âme vagabonde. D'autres fois, c'était un petit mot gribouillé sur une serviette de bar, accompagné d'un billet de concert auquel elle avait assisté durant son aventure.

Une fois, elle nous a envoyé de merveilleux colliers peints à la main par un souffleur de verre allemand. Chaque fois que le facteur venait sur la réserve où nous habitions avec notre grand-père, je priais pour qu'il nous apporte un message de maman.

Dès que j'ai été en âge de parler et de comprendre, je me suis accrochée à chaque syllabe qui sortait de sa bouche lorsqu'elle nous racontait ses histoires, à son retour. Ses récits nous emmenaient partout, d'Istanbul en Islande, ou encore jusqu'au festival Burning Man dans le désert de Californie. Cette fois-là, elle nous avait rapporté de petites cymbales pour les doigts qu'utilisent les danseuses du ventre. Elle nous avait ensuite inscrites à nos premiers cours de danse orientale, et c'est une activité qu'Evie et moi aimons toujours faire ensemble.

Pour faire simple, Catori Ross, notre mère, allait là où la portait le vent.

J'aimais ma mère plus que tout, et j'enviais la vie qu'elle menait. D'ailleurs, je l'envie encore, même après qu'elle nous a quittées pour son dernier voyage. Sa dernière aventure, comme elle aimait le dire. Or, elle nous a promis, à Evie et moi, que celle-ci la rendrait heureuse pour l'éternité.

Ne vous inquiétez jamais pour moi, mes filles sublimes, nous a-t-elle chuchoté alors qu'elle tenait nos mains dans les siennes. Elle était alors maigre comme un clou, la peau sur les os, dans le lit qu'elle n'avait plus quitté depuis plusieurs mois. Elle a souri, puis elle nous a regardées dans les yeux, d'abord Evie, puis moi. *Je ne suis jamais allée nulle part où je n'ai su trouver de beauté.* Elle a serré nos mains, puis elle a fermé les yeux, soupiré, et elle est partie.

C'est la dernière chose qu'elle nous a dite. Mais le plus fou, c'est que je l'ai crue. La mort serait le dernier voyage de ma mère, qu'elle le veuille ou non. Et même à l'époque, j'étais intimement persuadée qu'elle saurait trouver de la beauté où que s'envole son âme. Elle était ainsi, tout simplement.

Ma seule source de consolation était que maman avait vraiment vécu. Elle n'a jamais su rester en place. Elle avait toujours un pied dehors et les ailes déployées, prête à s'envoler. À chaque respiration, elle expirait toute sa liberté, son esprit et tout son amour. Son envie de voyager était irrésistible, plus forte que tout. Rien ne pouvait la retenir. Ni son mari militaire ni ses deux filles. Or, cela a profondément fait souffrir Evie.

Moi, je l'ai toujours comprise. Je suis comme elle. J'ai sans cesse des fourmis dans les jambes, besoin de m'envoler moi aussi. C'est pour cela qu'en lisant le dernier paragraphe écrit par ma mère en ce jour de mon dix-huitième anniversaire, je comprends que je ne peux pas rester au même endroit. Je refuse d'être emprisonnée par les obligations, les responsabilités ou même... l'amour.

Je feuillette la petite pile d'enveloppes roses qui étaient entourées d'un ruban rouge lorsque mon grand-père nous les a données le lendemain du décès de maman, il y a six mois. Sur chaque enveloppe est écrite la date précise à laquelle nous devons l'ouvrir.

Evie et moi avons le même anniversaire, donc elle a également ouvert sa première lettre aujourd'hui. Elle a vingt ans, moi dix-huit.

Evie renifle, blottie dans le fauteuil rond en rotin, puis elle plie sa lettre en trois avant de la ranger dans son enveloppe qu'elle porte à son nez.

– Ça sent son parfum, dit-elle en se raclant la gorge.

Une larme solitaire coule sur sa joue.

J'imite son geste et remarque aussitôt les notes d'agrumes et de patchouli qui l'accompagnaient partout.

– Maman disait toujours que quitte à porter du parfum, il fallait qu'il soit naturel. Des fruits et des épices.

– Rien que des délices ! conclut Evie en riant, répétant les paroles de maman. Elle me manque, ajoute-t-elle en soupirant. Parfois, j'imagine qu'elle est simplement repartie à l'aventure. Comme ça, je peux être en colère contre elle et prévoir toutes les horreurs que je vais lui dire quand elle rentrera enfin, la valise pleine de vêtements sales et de cadeaux avec lesquels elle espère nous amadouer et nous faire oublier tout le mal que nous a fait son absence.

Ma gorge se resserre et j'ai du mal à respirer.

– Evie, elle ne voulait pas partir...

– Pas cette fois, Kaye, mais tu fais quoi de toutes les fois précédentes ? Des années et des années perdues. Et tout ça pour quoi ? gronde ma sœur en faisant les cent pas, ses lettres plaquées contre sa poitrine. Pour s'amuser. Découvrir de nouvelles choses. Partir à l'aventure ! crie-t-elle. Ça l'a tuée. Son besoin de voir si l'herbe est plus verte ailleurs l'a tuée !

Elle pointe son doigt sur moi et fronce les sourcils, indignée.

– Eh ben, je ne ferai pas comme elle. Hors de question. Moi, mes pieds sont bien ancrés dans le sol. Je vais finir le lycée, décrocher une licence en finance, puis un master, je ferai quelque chose de ma vie. Et je compte bien être heureuse !

Je regarde les longues boucles blondes de ma sœur se balancer dans son dos. Ses yeux bleus brûlent de détermination lorsqu'elle jette ses lettres sur la chaise avant de se laisser tomber sur le lit à côté de moi.

Ma sœur est lumière là où je suis ombre. Ma mère ne m'a pas dit grand-chose à propos de mon père biologique, en dehors du fait qu'il s'appelait Ian et que je suis son portrait craché. Apparemment, j'ai ses cheveux bruns et ses yeux ambrés. Comme ma mère, Evie et moi avons les traits des Indiens d'Amérique, des pommettes hautes et saillantes, des cheveux épais, des silhouettes allongées, la peau mate et de grands cœurs.

Hélas, nous n'avons pas hérité des superbes cheveux raides et noir de jais de notre mère et de notre grand-père, ni de leurs yeux café. En revanche, nous avons les yeux en amande, et nous avons toujours pensé que c'était notre plus joli trait. Même si nos pères biologiques sont différents, nos gènes maternels font que nous nous ressemblons beaucoup.

Je caresse lentement les cheveux de ma sœur jusqu'à ce qu'elle se tourne vers moi.

– Que dit ta lettre ? demande-t-elle.

Je me lèche la lèvre en me demandant si je dois le lui dire. Ma sœur et moi ne nous sommes jamais rien caché. Jamais. Ça a toujours été Evie et Suda Kaye contre le reste du monde. Consciente que je ne peux pas avoir de secret pour elle, je lui tends ma lettre.

– Suda Kaye, ma petite Huutsuu, chuchote-t-elle en se couvrant la bouche et en fermant les yeux. Mon petit oiseau, ajoute-t-elle, répétant le surnom que m'avait attribué ma mère.

Je lui réponds par un sourire.

– Pour toujours et à jamais, Taabe, je chuchote en employant son surnom à elle qui signifie « soleil » en comanche.

Evie lit rapidement la lettre et me la rend, les mains tremblantes, l'air inquiet.

– Tu ne vas pas le faire, si ?

Je me mords la joue en hochant la tête.

– Kaye... ne fais pas ça. Et Camden, dans tout ça ? Il ne comprendra pas. Un mec comme ça... La vie qu'il veut t'offrir... Tu... tu ne peux pas...

Elle soupire, prend mes mains dans les siennes et les serre fort.

– Qu'est-ce que tu vas faire ?

Mon cœur bat la chamade et je regarde ma sœur dans les yeux tandis que mon âme se prépare pour le défi qui m'attend.

– Je vais m'envoler. Être libre.

♦

– Suda Kaye chérie, tu es sûre ? On peut attendre.

Camden est allongé sur moi, son visage si près du mien que je sens son haleine de menthe fraîche. Il pose une main sur mon épaule, puis caresse mon bras jusqu'à ma main qu'il prend dans la sienne, entrelaçant nos doigts. Il ramène ensuite ma main près de ma tête, contre la couverture sur laquelle nous sommes étendus nus. On est dans le grenier de la grange, dans la ferme de ses parents.

Je hoche la tête et la soulève pour effleurer sa bouche de la mienne. Il m'embrasse lentement avant de mordiller ma lèvre et de glisser sa langue dans ma bouche. On s'embrasse jusqu'à ce que je sois à bout de souffle et que ma mâchoire s'ankylose. Je recule la tête et reprends mon souffle en étudiant son visage sublime. Je n'ai jamais rencontré de garçon plus beau. Camden a des cheveux ondulés blond foncé et des yeux noisette ultra-sexy qui brûlent de désir pour moi.

– Il faut que ce soit ce soir. Maintenant, j'insiste en soulevant mon bassin, savourant la sensation de son sexe dur contre ma cuisse.

Il gonfle ses poumons, puis il acquiesce et aligne ses hanches sur les miennes. Je suis électrifiée lorsque je sens son érection contre mon sexe, et une vague d'excitation et de désir parcourt mes veines tandis que mon bas-ventre se met à pulser.

– S'il te plaît... je chuchote au creux de son oreille.

Le souffle de Camden est lourd sur mon cou.

– Je ne veux pas te faire mal.

Je souris avant de l'embrasser sur la joue.

– Evie m'a promis que ça ne fait mal qu'une minute, et qu'ensuite ce sera le paradis. Pour nous deux. Alors maintenant, s'il te plaît, fais-moi l'amour, Cam.

Ses bras tremblent lorsqu'il se redresse pour attraper son jean, que j'ai jeté plus loin lorsque je lui ai sauté dessus. Or ce soir, j'avais prévu d'aller jusqu'au bout et je voulais lui en faire la surprise.

La couverture tombe sur ses hanches et j'en profite pour admirer son corps musclé. Cette dernière année, les longues heures qu'il a passées dans l'entreprise de métallurgie de son père ont fait de son corps une œuvre d'art. Du bout du doigt, je suis les contours de ses abdos carrés jusqu'à ce qu'il pousse un grognement torturé, puis j'enroule ma main sur son érection et la branle fermement. Son sexe est long et épais, et brille d'excitation en son sommet. Je me lèche les lèvres, rêvant de le prendre dans ma bouche.

Ce n'est pas la première fois que je le vois nu. Cela fait quatre ans que nous sommes ensemble, depuis que j'ai quatorze ans, lorsque j'étais Freshman[1] au lycée alors qu'il était Sophomore. Dès le premier jour de cours, il m'a repérée parmi la foule, au self, et il a demandé s'il pouvait

1. Aux États-Unis, le lycée se fait en quatre ans, de 14 à 18 ans. Dans l'ordre croissant, les élèves sont Freshman, Sophomore, Junior et enfin Senior. (NdT, ainsi que pour les notes suivantes)

manger avec moi. J'ai levé la tête vers ses yeux noisette, et je suis tombée amoureuse. Sur-le-champ. À l'époque, c'était un premier amour. Quatre ans plus tard, c'est le genre d'histoire sur laquelle on bâtit son avenir.

Les mains de Cam sont tremblantes quand il met le préservatif et se caresse. Je gémis et soulève le bassin, désespérée de le voir faire quelque chose, n'importe quoi, pour assouvir mon désir brûlant. C'est la dernière étape de notre sexualité, et je suis plus que prête à passer le cap.

Il glisse sa main entre mes cuisses et grogne en découvrant ma chair.

– Trempée, chuchote-t-il en continuant de me caresser.

– Oui.

Je gémis lorsqu'il me pénètre avec un doigt et que son pouce dessine des cercles sur mon clitoris. Au fil des années, Cam a appris à maîtriser à la perfection ce geste qui me fait grimper aux rideaux à chaque fois. Or, cette fois, ce n'est pas assez.

– Cam, s'il te plaît, je supplie de nouveau, impatiente de connaître cette connexion ultime avec l'homme de mes rêves.

Cam retire ses doigts et se place entre mes cuisses. Il se penche ensuite en avant pour s'étendre sur moi et me regarder dans les yeux.

– Tu sais que je t'aime, hein ? demande-t-il d'une voix rauque et presque torturée.

– Oui, je réponds en hochant la tête tout en soulevant mon bassin pour que son gland me pénètre un peu.

Il contracte sa mâchoire et me parle sans la desserrer.

– Tu sais que je vais t'épouser un jour ?

Je souris et empoigne ses hanches.

– Allez, pénètre-moi.

Il avance son bassin tandis que j'écarte davantage les jambes pour faciliter la pénétration. Je sens aussitôt une pression que je ne m'explique pas. C'est étroit, et brûlant, et dur. C'est tellement plus gros que deux doigts.

– Dis-moi que tu m'aimes, dit-il en appuyant son front contre le mien. Dis-moi que tu m'aimeras toujours, Suda Kaye, demande-t-il d'une voix torturée.

Je retiens mes larmes, consciente de ce que je m'apprête à faire et combien cela va paraître égoïste. Toutefois, je ne peux pas aller de l'avant sans ça. Sans avoir connu l'étendue de l'amour de Cam, même une seule fois.

– Je t'aimerai toujours, Camden. Quoi qu'il arrive.

C'est la vérité. C'est juste que ce n'est pas toute la vérité.

Il sourit et plaque sa bouche contre la mienne en me pénétrant entièrement. Je pousse un cri contre ses lèvres, contre son baiser, une douleur aiguë et intense me coupe le souffle. Il ne quitte pas ma bouche et reste parfaitement immobile jusqu'à ce que mon corps s'adapte et que la tension s'estompe, ne laissant plus qu'un désir brûlant entre mes cuisses.

Cam lève la tête et dépose une série de baisers sur ma joue, mon front et mes yeux.

– Ça va ? Tu veux que j'arrête ?

Je déglutis et ignore la douleur en secouant la tête.

– Non. Je vais bien. Tu es parfait, je le rassure.

– Mon Dieu, toi aussi, Kaye.

Il m'embrasse de nouveau, puis il se retire lentement et me pénètre de nouveau. Cette fois, la sensation est moins brûlante. La douleur s'est apaisée et je mouille davantage, facilitant ses va-et-vient. Il accélère légèrement, et je me demande pourquoi on n'a pas fait ça plus tôt. C'est tellement incroyable que je ne sais comment décrire tout ce que je ressens.

Cam glisse une main sous ma nuque et l'autre sous mon épaule pour accélérer encore. Mon sang s'embrase alors que nos peaux se couvrent de sueur, des picotements naissent dans mes doigts et mes orteils avant d'enflammer tout mon corps. J'entoure Cam de mes bras et mes jambes alors que ses allers-retours deviennent plus brutaux, et je devine à ses muscles bandés qu'il peine à se contrôler.

– C'est tellement bon, ma belle. Chérie, c'est tellement bon, grogne-t-il en serrant les dents et en appuyant son front contre le mien. Je n'ai jamais pensé que ce serait aussi bon. Je t'aime. Je t'aime, répète-t-il dans mon oreille en accélérant encore un peu.

Une décharge électrique me parcourt et je me sens sur le point d'exploser, de... je ne sais pas. Soudain, ça vient. Cam glisse sa main entre nous et titille mon clitoris. Je grimpe aussitôt au septième ciel, des milliers d'étoiles scintillent derrière mes paupières closes, et je m'envole au nirvana.

Après trois derniers coups de bassin, Cam plaque sa bouche contre la mienne et se crispe des pieds à la tête en poussant un grognement féroce, scellant ce qui, j'espère, sera un des plus beaux souvenirs de sa vie.

Il le faut. Ce souvenir doit durer toute une vie.

Je m'agrippe à lui comme si ma vie en dépendait, comme si je ne comptais plus jamais le lâcher. Or, je sais que ce n'est pas ainsi que se termine notre histoire.

Cam se retire et se blottit contre moi en me serrant contre lui.

– Je vais t'aimer pour toujours, Suda Kaye Ross, me promet-il avant de m'embrasser dans le cou en soupirant, comblé.

Il enlève le préservatif et le place dans un mouchoir avant de revenir contre moi.

J'attends vingt bonnes minutes, allongée sur le dos, gravant dans ma mémoire la sensation de ses bras autour de moi, de mon entrejambe ankylosé, de mon cœur comblé de bonheur, jusqu'à ce qu'il s'endorme. C'est alors que je me souviens de ce que je dois faire, et mon cœur se brise, déversant tout mon amour dans l'air qui nous entoure. Je le laisse ici, là où Camden Bryant m'a fait l'amour pour la première fois, dans le grenier de la grange, devant l'immense fenêtre ouverte sur le ciel étoilé.

C'est la plus belle expérience de ma vie.

Je ravale ma tristesse et quitte ses bras avant d'enfiler ma robe et ma culotte, remarquant les taches de sang sur mes cuisses. J'attrape ensuite mes claquettes et m'efforce de ne faire aucun bruit. Avec mon téléphone, je prends une unique photo de mon amour endormi, car c'est la dernière que j'aurai de lui.

Sur ma main, la lune se reflète sur la bague en or que Cam m'a donnée le mois dernier, lorsque j'ai fini le lycée et qu'il m'a promis de m'offrir une belle vie et de prendre soin de moi. À l'époque, je ne savais pas où la vie allait m'emmener, et j'ai accepté sa bague. C'était avant de lire la lettre de ma mère, celle qui a tout changé.

J'enlève l'anneau de mon doigt et le pose sur son téléphone, à côté de la lettre que je lui ai écrite sur un papier rose avant de venir ce soir. Elle ne contient que quelques mots, mais je sais qu'il en comprendra le sens.

Sois heureux. Aimes-en une autre.
Envole-toi, sois libre.
Suda Kaye

♦

Je regarde une dernière fois l'homme que j'aimerai jusqu'à la fin de mes jours, et je descends l'échelle, libérant Cam un peu plus à chaque barreau. Lorsque je sors de la grange et que j'atteins la voiture que j'ai achetée grâce à l'héritage de ma mère, j'ai déjà dit adieu à cette vie que je n'étais jamais censée mener.

À chaque kilomètre supplémentaire, cette vie disparaît et de nouvelles opportunités se présentent à moi. L'argent que ma mère m'a laissé me suffira pendant un long moment, et je compte l'utiliser pour mener une vie heureuse, sans demi-mesure.

Je ne ferai pas de compromis. Je ne compte m'enraciner nulle part.

Je vis dans l'instant présent, pas pour le futur.

Je dois découvrir par moi-même si maman avait raison.

L'herbe n'est peut-être pas plus verte ailleurs, mais si on regarde d'assez près, on trouve toujours de la beauté.

CHAPITRE I

Aujourd'hui

Wanderlust[2]. Pour certains, ce n'est qu'un mot, pour d'autres, c'est un style de vie, une philosophie. Le *Wanderlust* n'est pas facile à ignorer ; c'est un désir qui vit et respire en vous. C'est une envie, un besoin même, qui est difficile à décrire. Lorsqu'on a conscience de son existence, lorsqu'on sait qu'il fait constamment appel à nous, qu'il enchante nos pensées avec des rêves d'aventures grandioses et de sublimes découvertes, on est forcé de choisir entre deux options : écouter son appel et y répondre, ou le bannir à jamais.

Comme ma mère, j'ai toujours ressenti ce vide en moi qui me poussait à aller de l'avant, à partir, fuir, à m'envoler. Le *Wanderlust* vit toujours en moi. Et s'il est parfois

2. Obsession pour le voyage, besoin de découvrir de nouveaux lieux et de nouvelles cultures.

temporairement satisfait, il n'est jamais véritablement comblé et il cherche toujours autre chose.

Pendant dix ans, j'ai voyagé d'un endroit à l'autre, j'ai vécu comme une véritable vagabonde. J'ai dormi sur le canapé de gens que j'ai rencontrés à un concert, j'ai vécu en caravane avec des nomades, j'ai accompagné des danseuses orientales dans toute l'Europe et j'ai découvert pléthore de plaisirs inouïs.

J'ai goûté les mets les plus exquis, dans le monde entier.

Porté des vêtements sensuels qui émoustillaient et excitaient tous ceux que je croisais.

J'ai visité les endroits les plus exotiques de la planète, dont la plupart des gens ne soupçonnent pas l'existence, même dans leurs rêves les plus fous.

Toutefois, les hommes que j'ai rencontrés, auxquels j'ai goûté, avec qui j'ai couché et vécu des expériences charnelles sublimes, n'ont jamais rivalisé avec l'unique nuit que j'ai passée avec mon premier amour.

Qu'on soit d'accord ; partout où mon âme vagabonde m'a guidée, j'ai travaillé dur pour recommencer à zéro et laisser mon enfance du Colorado derrière moi. Et pendant de brefs instants, j'y parvenais. Jusqu'à ce que je ressente de nouveau ce tiraillement dans mes entrailles et que je sois poussée à reprendre la route. Je repartais à l'aventure, cherchant en permanence à combler ce vide.

J'ai roulé sur l'*Autobahn*[3] allemande. J'ai passé un mois dans un ashram en Inde, à apprendre l'art du yoga et de l'amour de soi. J'ai embrassé un Français sous la tour Eiffel. J'ai mangé des pâtes avec un Italien sublime, dans une petite ville perchée en haut d'une falaise, à la

3. Autoroute.

pointe de la botte italienne. J'ai traversé le désert à dos de chameau jusqu'aux pyramides de Gizeh. Au Brésil, j'ai prié d'y voir plus clair sur ma vie au pied de la statue du Christ Rédempteur. J'ai porté un chapeau cosaque en fourrure alors que je tournoyais sous les flocons de Moscou. J'ai fait le tour de Copenhague à vélo, navigué dans les fjords de Norvège et vu la descente de la boule géante pour le Nouvel An à New York[4]. Evie m'avait rejointe à cette occasion et, cette année-là, c'est la première personne que j'ai embrassée.

En dépit de toutes mes pérégrinations, de cette vie incroyable que j'ai la chance de mener depuis dix ans, la nuit durant laquelle j'ai offert à Camden Bryant mon cœur et mon corps reste la plus belle de ma vie. C'est mon plus beau souvenir. Je ne l'oublie jamais et n'en parle à personne, pas même à Evie. Elle sait que j'ai perdu ma virginité avec Cam et que j'ai quitté la ville la même nuit, mais elle n'a jamais abordé le sujet avec moi, pas une seule fois. C'est comme si elle savait, peut-être grâce au lien de sang qui nous unit, que je ne peux pas en parler.

Cela fait des années que je me laisse porter par le vent, comme l'a fait ma mère, et je ne le regrette pas. Je sais désormais que l'herbe est plus verte ailleurs, mais seulement le temps de la découverte. Or, tout ce qui est nouveau nous émerveille, ne serait-ce qu'un instant. Toutefois, j'ai désormais appris que rien, ni la Grande Muraille de Chine ni le Machu Picchu, le Taj Mahal ou les îles d'Hawaï, ni aucun des lieux extraordinaires que j'ai visités ne pourront jamais rivaliser avec le sentiment d'être chez soi.

---

4. Le 31 décembre à minuit, une gigantesque boule lumineuse descend le *One Times Square Building*, un événement auquel se rendent plusieurs centaines de milliers de personnes et qui est retransmis à la télévision.

Ces dernières années, j'ai commencé à comprendre pourquoi maman revenait toujours. Ce n'était pas seulement pour Evie et moi, ou pour notre grand-père Tahsuda, ni pour notre réserve de l'Oklahoma, ni même pour le Colorado où nous avons vécu les dernières années. En fait, c'était pour tout ça réuni. Elle avait besoin de rentrer pour revoir l'herbe qu'elle connaissait si bien, qui lui était si familière. Elle voulait revoir la beauté qu'elle connaissait déjà et pas celle qu'elle avait découverte aux quatre coins du monde.

Je plaque la lettre de maman contre moi alors que l'avion entame sa descente vers l'aéroport de Denver.

Mes doigts tremblent en l'ouvrant et en repensant au lieu où je me trouvais il y a tout juste dix-huit heures.

En Australie, pour mes vingt-huit ans.

J'ai fêté l'occasion hier, à Sydney, mais lorsque j'ai lu les paroles de ma mère, j'ai fait mes valises, dit au revoir à Brody, mon mec du moment, un surfeur australien à la peau dorée et au sourire étincelant, et je lui ai souhaité d'être heureux. Pour la première fois en dix ans, il fallait que je rentre chez moi. C'était ainsi. C'était ma destinée.

Bien sûr, en hippie au cœur immense qui vénère Mère Nature, Brody a compris. Il ne m'a même pas posé de question. Il savait à quoi s'en tenir. Tous les hommes que j'ai fréquentés durant cette dernière décennie savaient à quoi s'en tenir.

Tous savaient que Suda Kaye Ross allait où le vent la portait.

C'était écrit, à l'encre noire sur du papier rose, par une des personnes les plus importantes de ma vie.

Depuis que je suis partie de Pueblo, dans le Colorado, il y a dix ans, j'ai suivi les recommandations de ma mère avec un enthousiasme et une envie de vivre inassouvissables. Or, cette dernière lettre a chamboulé tous ses enseignements précédents. Cette lettre disait tout l'inverse des précédentes.

Le jour de mes vingt et un ans, la lettre de ma mère me disait d'aller en Calabre, en Italie, et d'y trouver un certain Marco. Lorsque je me suis rendue à l'adresse qu'elle m'avait laissée, Marco a tout de suite su qui j'étais et il m'a accueillie chez lui à bras ouverts. Son fils, quant à lui, s'est montré encore plus généreux, passant ses nuits avec moi, m'aidant à oublier Camden quelque temps. On a couché ensemble pendant des mois et travaillé dans le restaurant de sa famille au bord de la mer. Mais au bout de six mois, j'ai de nouveau eu la bougeotte et je suis partie en France pour rencontrer une autre connaissance de ma mère.

Dans la lettre qu'elle m'avait adressée pour mes vingt et un ans, ma mère avait glissé un minuscule carnet contenant des noms, des adresses et des numéros de téléphone, accompagné d'un petit mot :

Suda Kaye, ma Huutsuu,

Ouvre ce carnet, choisis une page et laisse-toi porter par le vent. Fais-le chaque fois que tu ressentiras le besoin de déployer tes ailes. Envole-toi, sois libre, mon petit oiseau. Croque la vie à pleines dents. Sois toujours honnête avec les autres quant à tes intentions. Ne les laisse pas croire que tu prendras racine avec eux.

N'aie pas de regrets, ma puce.

Avec tout mon amour,

Maman

Cela fait des années que je tourne les pages de ce carnet et prends mon envol. J'envoie des cartes postales et des cadeaux à Evie des quatre coins de la planète, mais je ne rentre jamais. L'idée de revenir à l'endroit où j'ai perdu ma mère et l'amour de ma vie m'était tout simplement insupportable. Jusqu'à maintenant. Jusqu'à ce que les mots de ma mère me fassent plier bagage, pour la dernière fois.

Je soupire en dépliant la lettre et en étudiant son écriture sublime pour la centième fois depuis que je suis montée dans cet avion.

Suda Kaye, ma Huutsuu,

Tu as vécu tes aventures. Avec un peu de chance, tu auras écouté mes conseils et tu auras parcouru le monde entier grâce à l'argent que je t'ai laissé.

Si j'ai un regret, dans ma vie, c'est de ne jamais avoir eu le temps de vivre d'aventures avec mes filles. Tu comprendras, un jour. Si le Wanderlust *vit en nous, c'est nous qui décidons quand nous le libérons.*

Aujourd'hui, et pour un certain temps, je veux que tu sois courageuse, que tu sois forte, tout ce que je n'ai jamais su être.

Sois stable et reste en place.

Sois en paix avec toi-même.

Tu en es capable, ma puce. Il est temps que tu me dises adieu, tout comme à ton besoin d'être constamment en mouvement. Je ne te dis pas de couper tes ailes, car tu en auras besoin un jour.

Une amie fiable.

Une bonne épouse.

Une mère responsable.

Une sœur dévouée.

Sois tout ça.

Sois là pour Evie.

Ne t'interdis plus de prendre racine quelque part. Installe-toi et consacre-toi à quelque chose qui nourrit ton âme par un désir différent. Le désir d'être utile, d'être désirée, d'être aimée, d'être présente.

Rentre à la maison.

Où que soit ta maison, vas-y tout de suite.

Avec tout l'amour du monde,

Maman

Rentre.

Après des années passées à profiter de tout ce que la vie et le monde ont à offrir, les paroles de ma mère illuminent mes pensées et réchauffent mon cœur. Lorsque je pense à Evie et à m'installer près d'elle, je me sens... bien. J'ai toujours été chez moi, avec Evie.

Il est temps d'être en paix avec tout ce que j'ai laissé derrière moi. Il est temps que je pose mes valises et que je bâtisse quelque chose de solide. De stable.

Une joie que je n'ai pas ressentie depuis des années coule dans mes veines et me fait frissonner alors que les roues de l'avion touchent la piste d'atterrissage. Je regarde par la fenêtre et souris en voyant le ciel du Colorado.

Je suis rentrée.

♦

Je sors de l'aéroport et repère tout de suite la Porsche Cayenne noire garée le long du trottoir. Ce n'est pas le bolide qui me coupe le souffle, c'est plutôt la superbe déesse qui est adossée contre la portière passager, les bras croisés, ses longues boucles dorées tombant en cascade sur ses épaules. Elle porte des lunettes de soleil aviateur, un pantalon de tailleur bleu marine, une chemise blanche fluide, des escarpins noirs ultra-sexy, et un perfecto en cuir noir parfait son look. Ma sœur est à la fois canon et classe. Elle pourrait être en couverture de *Forbes*, édition spéciale « bombes de business dures à cuire ».

Ses lèvres roses s'étirent lorsqu'elle me voit.

– Il t'en a fallu du temps, ricane-t-elle avant de sourire jusqu'aux oreilles et d'ouvrir grand les bras en venant vers moi.

– Sœurette !

J'enlève mes sandales compensées et tiens mon grand chapeau de paille sur ma tête pour courir vers elle, faisant voler ma longue robe autour de moi.

On se percute en gloussant comme des gamines, pas comme des femmes de vingt-huit et trente ans.

– Joyeux anniversaire ! je m'exclame en reculant pour l'embrasser sur les joues, le front, puis la bouche.

– À toi aussi, sœurette ! répond Evie en souriant et en me prenant par la taille pour m'emmener vers son SUV.

– Joli bolide, je ricane.

– Ouais, c'est mieux que la vieille Coccinelle bleu ciel que je conduisais quand tu es partie, non ?

J'éclate de rire en hissant tant bien que mal mon énorme valise dans son coffre. Ce bagage contient toute ma vie et je prends une seconde pour remercier l'esprit vagabond de ma mère de ne jamais avoir rien perdu durant mes voyages.

– Absolument ! je déclare en refermant le coffre avant de monter à l'avant.

Une fois qu'on a pris la route, j'enlève mon chapeau et le jette à l'arrière avant de fouiller dans mon grand sac cabas boho pour y trouver du baume à lèvre et apaiser mes lèvres asséchées par le long vol.

– Alors, tu es toujours à Colorado Springs ? La dernière fois qu'on s'est parlé, tu envisageais de retourner vivre à Pueblo.

Je croise les doigts sur ma cuisse, espérant qu'on ne retourne pas à Pueblo, où maman est morte de son cancer. À l'époque, elle voulait qu'on ait des vies de lycéennes « normales » après tant d'années à étudier dans la réserve où on vivait avec notre grand-père.

Evie coiffe ses cheveux derrière son oreille sans quitter la route des yeux alors qu'on commence tout juste le trajet de deux heures.

– Ouais, mais je me rends souvent dans mes bureaux de Pueblo, ce n'est qu'à quarante minutes de route. Et une ou deux fois par semaine, je vais à Denver pour des réunions au siège, explique-t-elle en grimaçant.

– Je parie que tu adores ça, je ricane en posant ma main sur la sienne, sur la console centrale.

Elle serre ma main et cette merveilleuse sensation de solidarité de sœurs me fait frissonner et réchauffe mon cœur comme personne, en dehors de ma sœur, ne sait le faire.

– Tu me connais si bien, dit-elle.

– Je sais que tu n'as jamais aimé conduire. Je te proposerais bien de prendre le volant, mais honnêtement, je t'aime trop pour ça et je suis fatiguée. Je suis sûre que je me prendrais une glissière de sécurité ou qu'on finirait dans un fossé. Mon vol était interminable.

Evie éclate de rire.

– Tu es restée combien de temps en Australie, déjà ? Parfois, tes aventures finissent par se mélanger dans ma tête.

– Euh, trois mois, je crois. J'étais en Nouvelle-Zélande, avant ça. Je suis partie en tournée avec les All Blacks.

Evie hausse les sourcils et tourne la tête vers moi en baissant le menton pour me regarder par-dessus ses lunettes de soleil et me transpercer de ses yeux bleus, comme elle sait si bien le faire.

– Les All Blacks ? Kaye, ne me dis pas que tu t'es tapé toute l'équipe de rugby !

J'en reste bouche bée, à la fois choquée et amusée par sa réponse.

– Mais non ! je m'exclame en lui tapant le bras. Je n'ai couché qu'avec deux d'entre eux... mais c'était en même temps, donc techniquement ça compte pour un.

– T'es sérieuse ?

Elle frappe le volant et semble aussi outrée que jalouse.

– Tu mènes une sacrée vie. Qui aurait cru que ma petite sœur parcourrait le monde au gré de ses envies.

– C'est ce qu'a fait maman, je réponds d'une voix douce en repensant à la raison pour laquelle je suis rentrée.

Evie soupire, son dos se voûte légèrement.

– Ouais, tu as raison.

Elle se racle la gorge et l'atmosphère devient triste et pesante, nous pensons toutes les deux à notre mère.

– Eh ben, dit-elle enfin, parle-moi un peu de Brady, le surfeur australien.

Je souris en repensant aux longs cheveux blonds de Brody, à ses grands yeux bleus et à son corps d'Apollon.

– Brody. Il était génial. Un vrai gentleman.

– Vraiment ? Un gentleman ? répond Evie, dubitative.

– Non, pas vraiment, tu as raison, j'admets en riant. C'est surtout un hippie *peace-and-love* qui fume de l'herbe, baise et surfe comme un dieu.

– Et ça ne l'a pas dérangé que tu partes ? demande Evie en souriant.

– Ça faisait partie du deal. Si les mecs veulent être avec moi, ils doivent accepter ce que j'ai à leur offrir. Ni plus ni moins.

Je me passe la main dans les cheveux, essayant de les démêler après le long trajet en avion.

– Ce n'est pas difficile ? De partager des moments intimes, de coucher ensemble pendant parfois plusieurs mois, puis de partir quand l'envie te prend ? Je ne sais pas comment tu fais, Kaye. Je n'ai jamais compris. De toute façon, je ne comprenais pas non plus quand maman nous laissait pendant des mois pour ne rentrer que quinze jours avant de repartir de nouveau, des étoiles plein les yeux.

Ses paroles me frappent en plein cœur et mon estomac se noue.

Ma sœur enlève ses lunettes et me regarde dans les yeux, comme si elle cherchait à lire en moi.

– On ne lui a jamais suffi. Et puis elle est tombée malade, et puis...

Je déglutis, saisie par une violente nausée.

– Evie... elle ne pouvait pas arrêter. Elle n'en était pas capable à l'époque, et quand elle a enfin réussi...

– C'était trop tard.

– Au moins, on a eu ces quelques années avec elle. On devrait déjà en être reconnaissantes.

Evie souffle et n'a pas l'air reconnaissante du tout. Elle semble plutôt prête à hurler pour se débarrasser de toute sa frustration, mais elle est trop zen pour ça. Trop réservée. Trop convenable et mesurée.

Je regarde sa rancœur s'apaiser peu à peu dans le silence qui remplit l'habitacle et je me promets d'aider ma sœur à libérer les émotions qu'elle réprime. Personne ne mérite de mener sa vie en étant constamment sur la retenue.

Personne ne devrait porter un masque pour cacher sa tristesse. C'est malsain.

Toutefois, je suis assez maligne pour savoir que ce n'est pas le moment. Après tout, je viens de rentrer après dix ans d'absence.

Evie respire un bon coup et m'offre un faux sourire plein de pitié.

– Alors, tu restes combien de temps ? Quand est la prochaine aventure et où va-t-elle t'emmener ?

Je prends la main de ma sœur et la porte à ma bouche pour l'embrasser.

– Je ne sais pas. Mon cœur et mon âme m'ont ramenée à la maison.

– Ah ? Alors je t'ai peut-être pour deux semaines ? Un mois ? Ou trois ? Comme Brady le sexy surfeur ?

Je glousse en serrant plus fort sa main.

– C'est *Brody*, et non, je n'ai pas prévu de date de départ.

– Eh ben, tu sais que tu es toujours la bienvenue chez moi. Quelle que soit la durée.

– Super, j'y compte bien, je déclare en souriant.

Evie fredonne un long « hmmmmm » qui dure tout le temps de son expiration.

– C'est vrai, Evie, je suis juste rentrée, j'insiste. J'avais besoin de revenir, j'ajoute d'un ton assuré.

– Ouais ? Et que dit la lettre de maman ? Tu l'as déjà ouverte ? Si je me souviens bien, la dernière te disait de sauter du haut d'une falaise en Nouvelle-Zélande ; c'est d'ailleurs comme ça que tu as rencontré sexy-surfeur quand il t'a sauvée de la noyade.

– C'est vrai, j'admets en haussant les épaules. Mais maman ne disait pas ce genre de chose, cette fois-ci.

– Ah ? Et elle disait quoi ?

Je me mords la lèvre et tourne la tête pour la regarder. Elle en fait de même avant de se concentrer de nouveau sur la route.

– Quoi, ça ne va pas me plaire ? Toutes les lettres de maman me font stresser, mais ça ne m'empêche pas d'avoir hâte de lire la suivante.

Je sais ce qu'elle ressent, les lettres de maman sont comme Noël, le Nouvel An, Pâques et toutes les fêtes réunies.

– Elle m'a dit de passer du temps à la maison. Avec toi.

Elle fronce les sourcils et grimace.

– Alors, tu as tout plaqué, pris un avion, et tu es revenue. Après dix ans de vagabondage ?

– C'est ça.

– Kaye, tu te rends compte que c'est complètement dingue ? Tu t'entends ? J'aime avoir les conseils de maman, surtout depuis qu'on l'a perdue, mais...

Ma sœur soupire brusquement et coiffe ses cheveux en arrière.

– ... Huutsuu, ils ne sont pas à prendre au pied de la lettre. Tu dois vivre pour toi. Faire ce que tu veux de ta vie, pas ce que maman te dit de faire.

– Et je serais où, aujourd'hui, si je faisais comme tu dis ?

– Je ne sais pas, répond ma sœur en secouant la tête. Tu serais sans doute mariée à un mec génial. À Cam. Et tu aurais deux bébés et une montagne de fric grâce à son empire d'acier ?

J'ai à peine entendu le nom de Cam que j'en ai le souffle coupé. Je me masse la nuque et appuie sur le bouton pour ouvrir un peu la fenêtre.

– T'es pas cool, Evie. Vraiment.

Elle soupire et me caresse tendrement le bras.

– Je sais, je suis désolée. Mais, honnêtement, je ne comprends pas pourquoi tu refuses de parler de Camden alors que c'est toi qui l'as quitté. Tu ne m'as jamais dit ce qui s'est passé entre vous. Je me rappelle juste qu'il s'est pointé à la maison le lendemain, le cœur brisé.

– Arrête, ça suffit, je déclare en levant la main. Je ne veux pas parler de lui. C'est de l'histoire ancienne. Sache juste que je suis de retour et que je n'ai prévu aucune date de départ.

– Je suis désolée si j'ai du mal à te croire, Kaye, répond Evie d'une voix torturée. Je ne veux pas me faire de faux espoirs, c'est tout.

– Qu'est-ce qu'il faut que je fasse pour que tu me croies ? Tu veux que je te le promette ? Je reste ici, je te le jure.

– Promets-moi que tu resteras un an. Non, deux ! demande-t-elle d'un ton si désespéré que j'en ai le cœur brisé.

Elle a besoin de moi.

– Les sœurs Ross sont séparées depuis trop longtemps. Je n'ai pas envie d'avoir à prendre l'avion pour voir ma sœur. Je n'aime pas voyager, tu le sais.

– Oh oui, je le sais.

– Alors promets-le-moi. Deux ans. Essaie de rester, pour moi. Pour nous. On en a besoin, dit-elle en posant sa main sur mon genou. J'en ai besoin. Je ne veux plus avoir à m'inquiéter en imaginant que tu es tombée d'une falaise en Chine ou que tu as été poignardée dans un bar minable. Permets-moi d'avoir enfin l'esprit tranquille. Donne-moi de ton temps.

– À une condition.

– Tout ce que tu voudras, répond-elle aussitôt.

– Tu dois m'aider à décider de ce que je vais faire pour occuper les deux prochaines années de ma vie, je déclare en souriant jusqu'aux oreilles et en posant ma main sur la sienne.

Le sourire d'Evie est immense et resplendissant. Comme un rayon de soleil après la pluie. Soudain, l'ambiance pesante qui régnait dans la voiture a disparu, remplacée par notre joie et notre amour.

– Marché conclu.

CHAPITRE 2

Deux mois plus tard

– Debout, petite marmotte !

Je suis secouée de droite à gauche et j'ouvre les yeux sur un océan de bleu.

– Tu as marmonné que tu avais un rendez-vous aujourd'hui, dit Evie. Et pourquoi tu dors sur le canapé alors que j'ai une chambre d'amis on ne peut plus confortable ? Tu as bien rangé tes affaires dans l'armoire, pourquoi tu ne poses pas aussi tes fesses sur le matelas moelleux ?

Elle pose une main sur ma joue et s'installe à côté de moi qui suis allongée sur le côté, les genoux repliés contre mon ventre, ma position favorite pour dormir.

– J'adore ton visage, je déclare en souriant et en admirant la plus belle femme que je connaisse.

Elle me tapote le nez avec un petit sourire impertinent.

– Et moi, j'adore le tien. En revanche, c'est quoi tout ça ? demande-t-elle en désignant le bazar du salon.

La table est couverte de tissus dépareillés, et des cartons sont entreposés çà et là, contenant divers objets que j'ai achetés aux quatre coins du monde. J'étais en train de les trier pour décider de ce qui pourrait servir dans le projet auquel je réfléchis depuis deux mois. Au sommet de la pile de tissus multicolores se trouvent des catalogues import-export dont les pages sont marquées de Post-it fluo là où des produits ont retenu mon attention.

Je lèche ma lèvre inférieure avant de la mordre, et Evie me regarde d'un air suspicieux.

– Oh non, je connais ce regard, dit-elle en se levant d'un bond. Tu te prépares pour ta prochaine aventure. Je connais cet air, Suda Kaye. Maman nous a appris dès le plus jeune âge à nous méfier de ce regard. Tu m'avais promis ! s'exclame-t-elle d'une voix horriblement déçue.

Je suis surprise qu'elle ne tape pas du pied.

Je m'assois sur le canapé en secouant la tête.

– Non, ce n'est pas ça du tout. Mais j'ai une idée en tête. Je voulais t'en parler, mais... euh...

Je regarde la pendule et me rends soudain compte que si je ne me remue pas les fesses, je vais être en retard.

– Plus tard. On en reparlera plus tard. Demain, peut-être, quand j'aurai un peu avancé.

– Demain, c'est samedi, et on a promis d'aller voir Tahsuda à la réserve. C'est loin, mais tu ne peux pas éviter ton grand-père plus longtemps, gronde-t-elle d'un ton ferme.

Je pousse un grognement et me lève, vêtue d'un caraco et d'une culotte en dentelle.

– Je ne vais pas me dégonfler, ne t'en fais pas. Il serait capable de réunir les anciens et d'invoquer Pia Mupitsi pour me faire retrouver la raison.

On frissonne toutes les deux en pensant à la Grande Chouette Cannibale dont notre grand-père se servait pour nous faire peur et nous dissuader de faire des bêtises.

– Mieux vaut éviter d'énerver Toko. Il est déjà suffisamment agacé par ton absence prolongée, gronde Evie.

Je sens mon dos se voûter, et ma culpabilité rejaillit, consciente que je n'ai pas gardé le contact avec le seul membre de la famille qu'il nous reste du côté maternel, notre grand-père Tahsuda, ou Toko, ce qui veut dire grand-père maternel en comanche. Bien sûr, il y a aussi notre père, Adam Ross, mais il était rarement présent. Techniquement, c'est mon beau-père. C'est le père biologique d'Evie, mais je n'ai jamais été proche de lui. Je me demande où il est, aujourd'hui. Je parie qu'Evie doit le savoir. Elle a toujours été plus douée que moi pour se tenir informée de ses postes et missions dans l'armée.

– Tu as raison.

Je me dirige vers la machine à café et y glisse une capsule avant de poser mon mug devant et d'appuyer sur le bouton.

– Tu as prévu quoi aujourd'hui ?

– J'ai un rendez-vous d'affaires en ville. Tu veux qu'on dîne ensemble ce soir ?

– Ouais, carrément. Dis donc, sœurette, je commence en secouant exagérément la tête, ça fait deux mois que je suis ici et tu n'as pas eu un seul rencard.

Evie saisit son sac à main et le pend à son épaule.

– Et alors ?

– Comment tu fais plaisir à ton minou si tu ne sors avec personne et que tu n'as même pas de coups d'un soir ?

Evie lève la tête vers le plafond en soupirant.

– Ça fait combien de temps ? Quelques mois ? je demande d'une voix douce.

Evie ferme la bouche et fuit mon regard.

– Six mois ? Un an ? je m'exclame, bouche bée. Plus d'un an ?

Evie reste impassible.

– Bon sang, Evie !

– Tais-toi. Tout le monde n'est pas aussi dévergondé que toi. Je n'ai pas le temps de rencontrer des mecs. Quand j'ai rompu avec Stan Rasoir...

– Il portait bien son nom, celui-là, je marmonne en saisissant mon café.

J'ouvre le frigo et verse une bonne dose de crème à la citrouille dans ma tasse. Moi je dis, on devrait trouver des sucreries à la citrouille toute l'année. J'espère que les fabricants de cette crème n'arrêteront jamais de la produire.

– Oh, arrête, Kaye. Stan n'était pas si ennuyeux que ça.

Je me tourne vers elle en buvant une gorgée.

– Non, il était pire. Sans rire, quel genre de parents conservent un nom pareil pour leur fils ? Des parents assommants, c'est clair. Ils l'ont prédestiné à une vie chiante, le pauvre. Ils auraient dû lui donner le nom de sa mère.

– T'es bien placée pour le savoir, SUDA KAYE ! s'exclame-t-elle en articulant mon prénom de façon exagérée.

– Tout à fait, Eeeeviiiiie. Tu as tout compris. Il te faut un mec qui s'appelle Rico, ou Javier, je déclare en souriant.

Elle croise les bras sur sa poitrine.

– Et toi ? La dernière fois que tu as couché avec surfeur-boy, c'était il y a deux mois.

Je pose ma tasse et frappe le bar de mon autre main.

– Je sais ! Deux mois, c'est bien trop long ! Pour ma défense, j'ai été trop préoccupée à décider de ce que je vais faire de ma vie et à découvrir Colorado Springs et Pueblo, je réponds en tapotant ma lèvre avec mon index. Je sais : il faut qu'on sorte et qu'on se trouve deux beaux gosses. Qu'on s'amuse un peu. Je crois qu'une soirée filles est à l'ordre du jour.

– Non. C'est mort. Tu vas me forcer à me faire belle, à boire, et je finirai dans le lit d'un inconnu avant de me réveiller avec une gueule de bois, à devoir faire le *walk of shame* jusque chez moi.

– C'est le but, ouais, je rétorque en souriant jusqu'aux oreilles.

– Je ne suis pas comme toi, Kaye, répond ma sœur en secouant la tête. Je ne suis pas du genre à coucher avec n'importe qui.

– Tu me traites de fille facile ?

– Parce que tu ne l'es pas ?

Je me mords la joue et secoue la tête.

– Pas tout à fait, non.

– Comment tu peux faire ça aussi souvent et ne rien ressentir ? demande-t-elle d'un ton méprisant qui me fait l'effet d'une gifle.

– Waouh, Evie, tu es dure. Je tiens beaucoup aux hommes avec qui je couche. Ce n'est pas parce que je ne suis pas amoureuse d'un mec avec qui je passe la nuit que je me fous complètement de lui, que je n'ai pas de respect pour lui. Et inversement. Je suis juste ouverte d'esprit et j'aime vivre une expérience à deux. Tant que je suis en sécurité, que c'est d'un commun accord et que je ne suis pas engagée dans une autre relation, pourquoi je m'interdirais de vivre quelque chose de beau avec une personne pour qui je ressens une attirance, même si ce n'est que pour une nuit ? Je préfère largement ça à l'idée d'être seule.

Evie baisse les mains et lisse le bas de sa chemise en soie, déjà parfaitement repassée. Aujourd'hui, elle a assorti sa chemise rouge avec un pantalon carotte noir et des escarpins rouges à bouts ouverts. Ses cheveux sont relevés en chignon, et elle a un look aussi professionnel que canon.

– Je suis désolée, ça ne me regarde pas.

– Tout ce qui me concerne te regarde, Ev.

Elle me sourit tendrement.

– Peut-être que... je ne sais pas... tu devrais essayer d'être un peu plus ouverte d'esprit, de temps en temps, je suggère. Tu as le droit de te laisser aller.

Evie soupire longuement.

– Peut-être que je ne sais pas comment faire.

Je lui souris en buvant mon café.

– Dans ce cas, je suis arrivée pile au bon moment, parce que je suis experte en la matière.

Elle ferme les yeux avant de me faire un sourire triste que je ne sais pas interpréter.

– On se voit plus tard. Et ce soir, tu pourrais peut-être mettre un bas de pyjama avant de te coucher ? dit-elle en saisissant la poignée de la porte d'entrée.

– Peut-être, mais j'en doute, je réponds en me déhanchant de façon sensuelle. Tu as de la chance que j'aie une culotte, tu sais. D'habitude, je dors à poil.

Evie secoue la tête en gloussant.

– Languis-toi de moi, dit-elle.

– Et toi de moi.

– Toujours, chuchote-t-elle avant de refermer la porte sur elle.

Je ferme les yeux et m'appuie contre le plan de travail, repensant à toutes les fois que maman nous a dit ça, avant de repartir à l'aventure. La seule chose qu'elle n'a jamais faite, c'est de partir sans nous offrir sa version d'un « au revoir ». Jusqu'à son adieu final.

♦

– Vous avez dit que le loyer était de combien, pour le tout ?

– Quatre mille dollars. Si vous comptez louer le studio à l'étage, je peux vous avoir un rabais, sans doute aux alentours de trois mille huit cents. Bien sûr, il faudra payer six mois de loyer d'avance, soit environ vingt-deux mille huit cents dollars. Je connais bien le propriétaire de l'immeuble et il veut le louer au plus vite, me dit l'agent immobilier.

Je balaie la grande salle vide des yeux, prenant en note les murs de brique et le charme du lieu.

– Tout d'abord, le studio à l'étage n'a pas d'entrée séparée du magasin. Donc, si le propriétaire veut le louer séparément, le locataire sera obligé de passer par ma boutique pour rentrer chez lui. C'est impossible. Rien que ça, ça devrait faire baisser le prix, il me semble. Qu'il descende à trois mille six cents par mois, sinon ça ne m'intéresse pas.

Mon estomac se noue lorsque je tourne le dos à l'agent immobilier pour lui laisser le temps de réfléchir. Ma longue jupe caresse mes chevilles lorsque je marche vers l'entrée et observe de nouveau le lieu. Il va falloir effectuer beaucoup de travaux. Je promène ma main le long de la poutre en bois au centre de la pièce. Je ne sais pas si c'est un pilier porteur, on ne dirait pas. Je vais avoir besoin un bon maçon qui ne coûte pas une fortune si je veux rendre cet endroit accueillant. Je sais déjà que je vais devoir demander à Evie de me prêter de l'argent, et pas qu'un peu.

Je me tourne vers la vitrine et regarde les gens qui passent, chargés des achats qu'ils ont faits dans les boutiques voisines. Du papier kraft est collé sur le bas de la vitre, mais je vois néanmoins le café d'en face et la bijouterie qui le jouxte. Un peu plus loin, un magasin de cycles et une boutique pour skieurs, ainsi qu'une librairie. Le magasin que j'envisage de louer est mitoyen d'une confiserie d'un côté et d'une boutique de chaussures de l'autre. Un peu plus loin, il y a une maroquinerie de luxe. Cet endroit est parfait pour mon projet.

Il m'a fallu deux mois pour décider de ce que je veux faire, de comment je vais parvenir à poser mes bagages, du moins pour un certain temps. Ça m'est venu lorsque je regardais mes photos et les souvenirs que j'ai rapportés du monde entier : je veux partager des bouts du monde ici, dans le Colorado. Et même si j'aurais préféré ouvrir une boutique à Colorado Springs afin d'éviter de revenir à Pueblo, cette rue marchande est parfaite. Le loyer est abordable, surtout parce que j'y vivrai aussi, et après avoir flâné longtemps dans les boutiques et discuté avec les propriétaires, tout me laisse penser que les affaires vont bon train.

– Le propriétaire veut savoir comment vous comptez rénover le lieu avant d'accepter de baisser le loyer. Il veut être sûr que vous n'allez pas pourrir l'endroit et lui causer des ennuis avec les gérants des autres boutiques qu'il loue dans le coin, me dit l'agent immobilier, son téléphone collé contre sa poitrine.

– Je compte ouvrir une boutique de vêtements, de bijoux, de bougies et d'idées cadeaux, de façon générale.

Elle le répète au propriétaire.

– Et vous allez vivre au-dessus. Vous avez des enfants ou des animaux de compagnie ?

Je secoue la tête.

– Je ne suis pas contre l'idée d'avoir un chat, je réponds, me prenant moi-même de court.

Je n'ai jamais eu envie d'avoir d'animal, de toute ma vie. Je les adore, comme tout le monde, mais c'est trop de responsabilités. On ne peut plus partir en voyage sur un coup de tête. Enfin, avec un chat, on peut partir deux ou trois jours en lui laissant suffisamment à manger et à boire, mais on est quand même limité.

– Elle n'a pas d'enfants ni d'animaux, pour le moment. Elle pourrait peut-être adopter un chat un jour, dit la femme au téléphone. Le propriétaire dit que ce n'est pas une bonne idée d'avoir un chat parce que des gens peuvent être allergiques, déclare-t-elle en se tournant de nouveau vers moi.

Je cligne des yeux, mais ne réponds rien.

Qu'est-ce que ça peut lui faire ?

– Mais ce n'est pas un problème pour autant. Il est d'accord avec vos conditions. Trois mille six cents dollars par mois, mais seulement si vous payez six mois d'avance. Il ne paiera pas pour les travaux, mais les diagnostics obligatoires seront à sa charge. Et seulement parce que c'est vous qui payez la rénovation.

– Dites-lui que je reviendrai vers lui en début de semaine prochaine, lorsque j'aurai parlé à mon associée.

Maintenant, je n'ai plus qu'à convaincre Evie de me filer cent mille dollars et d'investir dans ma boutique.

Facile.

♦

– C'est mort. Hors de question. Tu es folle, ou quoi ? ricane Evie, le lendemain, alors que nous nous rendons dans la réserve de Toko.

J'agrippe le volant de sa Porsche et me concentre sur la circulation, prête pour les trois heures de route qui nous attendent. J'appréhende de voir mon grand-père pour la première fois depuis dix ans, sans parler du fait que mon business plan n'a absolument pas convaincu ma sœur.

– Non, je ne suis pas folle, Ev. Je suis réaliste. Responsable. J'essaie d'être terre à terre, pour une fois, je réponds d'un ton sérieux.

– Sauf que c'est mon compte en banque qui va se retrouver plus bas que terre si je claque cent mille dollars pour ta dernière lubie.

– Ma dernière lubie ? je rétorque en haussant les sourcils. Depuis quand j'ai des lubies ?

Elle se tourne vers moi pour me faire face.

– Tu es sérieuse ? Ça fait dix ans que tu gaspilles l'héritage que t'a laissé maman en parcourant le monde comme une SDF, sans jamais te poser nulle part, sans t'engager dans quoi que ce soit. C'est la définition même de la folie, sœurette.

– Non : la folie, c'est de faire la même chose un jour après l'autre en espérant obtenir des résultats différents. Et puis, ce n'est pas toi qui m'as dit que je devais trouver quelque chose que j'aime et m'y investir à fond ?

Elle ouvre la bouche et soupire, frustrée.

– Kaye, tu déformes ce que j'ai dit.

– Pas du tout, je rétorque en secouant la tête. Je t'écoute attentivement, tu ne cesses de répéter que tu veux que je me construise un avenir. Que je prenne un engagement à long terme.

– Et c'est quoi le long terme, pour toi ? Un mois ? Un an ?

– Tu n'es pas juste, et tu le sais. Il fallait que je parte, Evie. Maman le savait et elle m'a donné les moyens de voyager. J'ai fait le tour du monde et...

– Et tout à coup, tu te crois prête à t'installer quelque part. À long terme. Ça implique que tu n'auras aucun autre projet en dehors de cette boutique et de tout ce que ça va entraîner, tu sais.

– Je sais... je réponds en haussant les épaules. Je ne peux rien te garantir, en dehors du fait que ce projet me tient à cœur. Je veux vraiment le voir aboutir, et c'est une super-idée. J'y crois de tout mon cœur, Evie. Maintenant, j'ai juste besoin que tu y croies aussi.

Ma sœur contracte la mâchoire et regarde par la vitre en appuyant son pouce et son index sur son front, comme si elle sentait venir une migraine.

– Il te reste combien, de l'héritage de maman ? J'ose espérer que tu as un minimum d'apport ? Tu ne peux pas t'attendre à ce que je finance la totalité de ton projet.

– Pas totalement, non, je réponds, mal à l'aise. J'ai à peu près quarante-six mille dollars, ce qui couvrira le loyer pendant un an. Ça inclut le studio au-dessus de la boutique, dans lequel je vivrai. Et, bien sûr, je gérerai la boutique sept jours sur sept, donc je n'aurai besoin d'embaucher quelqu'un qu'à mi-temps pour m'aider ici ou là, lorsque les affaires marcheront.

Evie ne cesse de se frotter les cuisses, je sais que c'est ce qu'elle fait lorsqu'elle a besoin de se calmer.

– N'oublie pas la rénovation, dit-elle. Tu y as pensé, à ça ?

– Oui, bien sûr. Il faut compter environ cinquante mille dollars pour les travaux, et encore cinquante mille pour acheter les produits et tout l'équipement pour la boutique.

– Et toi ? Comment tu vas te payer ? T'acheter un lit, des meubles, de la nourriture et une voiture ? C'est un énorme engagement, Kaye. Tu n'as jamais rien fait de tel jusque-là.

– C'est vrai, j'admets en mettant le clignotant pour changer d'autoroute. Mais toi, tu es une championne des finances. En tant qu'associée, ton expertise, ton expérience et ton savoir-faire m'apprendront tout ce dont j'ai besoin pour réussir. J'ai entièrement confiance en toi, je déclare en lui prenant la main.

– Sœurette, je ne peux pas diriger une autre entreprise, soupire-t-elle. La mienne est en pleine expansion, et je dois sans cesse aller à Denver pour rencontrer mes clients, et...

– S'il te plaît. Il faut que je commence quelque part, et tu as promis de m'aider à m'installer.

– Oui, c'est vrai, mais je ne pensais pas que tu me demanderais cent mille dollars pour le faire. Je pensais te prêter de l'argent pour t'acheter une voiture... Il va te falloir bien plus que cent mille dollars. Je dirais plutôt cent cinquante mille pour t'installer, avoir des réserves financières et pouvoir te payer un salaire. En plus, il faut compter en général plusieurs années avant de faire décoller une affaire au point de dégager un bénéfice. Je ne sais pas si c'est la bonne voie pour toi, Kaye.

– Mais...

– Peut-être que tu devrais suivre des cours de management d'abord, ou reprendre tes études. Comme ça, tu pourras décider de la carrière qui te correspond le mieux ?

J'éclate de rire.

– Reprendre mes études ? Tu sais aussi bien que moi que je n'ai jamais mis un pied à la fac de toute ma vie, et je n'ai pas l'intention de commencer maintenant. Les études ne sont pas mon truc. C'est toi le génie de la famille, pas moi.

Evie secoue la tête. J'insiste :

– Écoute, j'ai des plans dans le monde entier pour de super-produits qui sont nouveaux et branchés, et c'est exactement ce dont a besoin cette ville touristique. Hier, j'ai passé dix minutes à regarder par la vitrine et j'ai vu au moins cinquante personnes passer. C'est le lieu parfait pour attirer les clients. Les boutiques voisines font du bénéfice depuis leur première année, pas la troisième. J'ai fait baisser le loyer de plusieurs centaines de dollars, et je vais y vivre, donc en plus j'aurai droit à une réduction fiscale.

– Techniquement, tu es seulement censée déduire la surface de la boutique, pas celle où tu vis, marmonne ma sœur.

– Tu vois, c'est justement parce que tu es méga-intelligente, belle, riche, hyper-généreuse et loyale que j'ai besoin de ma grande sœur, je rétorque en souriant jusqu'aux oreilles et en lui faisant les yeux doux.

Evie grimace et me fusille du regard.

– T'es pas fair-play.

– Eh, je suis prête à tout pour que Gypsy Soul soit un succès. Même à te faire culpabiliser.

– Gypsy Soul, répète Evie d'une voix émue en souriant.

– Tu as toujours dit que maman et moi avions des âmes de bohèmes. Quel autre nom donner à une boutique géniale qui vendra des objets du monde entier, des vêtements sublimes, dont beaucoup seront dessinés et fabriqués par moi-même pour qu'ils soient uniques ? Je compte aussi y vendre des bijoux, des pierres semi-précieuses, de l'art, des bibelots et des objets culturels uniques des quatre coins de la planète. Je veux partager avec Colorado Springs tout ce que j'ai découvert au cours de mes voyages. Remplir le magasin de… ben, de moi.

Evie fait la moue et tapote sa bouche avec son doigt.

– C'est un gros investissement financier, et tu n'as pas un gros apport, mais tu sais quoi ? Je vais te faire don de la moitié : soixante-quinze mille dollars.

– Mon Dieu, c'est hors de question. Je refuse que tu me les donnes ! Je veux qu'on soit associées.

– Attends, écoute la suite, dit-elle en secouant la tête.

Mon cœur bat la chamade et je suis à deux doigts de me garer sur le bas-côté. Je me force néanmoins à prendre de profondes inspirations pour me calmer. Avec Evie, il faut rester tranquille, comme elle. C'est la reine du zen, et je dois lui prouver que je peux affronter tous les obstacles qui entraveront ma route.

– Ok, vas-y. C'est quoi la suite ?

Elle sourit jusqu'aux oreilles.

– Je vais te donner soixante-quinze mille dollars de l'héritage de maman...

– C'est ton argent, Ev, il ne doit pas servir à me renflouer.

– Maman te les aurait donnés sans hésiter si elle était encore là.

Je tends la main pour prendre celle de ma sœur en essayant de ne pas laisser mes émotions me submerger. Je me concentre sur la route et sur ce qu'elle va dire.

– Tout ce que tu as à faire, c'est trouver une autre entreprise ou une autre personne pour investir l'autre moitié. Il te faut quelqu'un qui assurera tes arrières et qui s'engagera dans ce projet, pour être sûre que ça ne tombera pas à l'eau si l'aventure t'appelle de nouveau...

Je suis sur le point de m'offusquer, mais elle ne m'en laisse pas l'occasion.

– J'ai dit *si*, pas *quand*. Je t'offre le bénéfice du doute, Kaye. Si tu veux vraiment entrer dans le monde des affaires, il faut que tu sois prête à t'investir à fond. Je veux te donner l'argent, parce que prêter de l'argent à des amis ou à la famille finit toujours en désastre. Je veux t'aimer et te soutenir toute ta vie, de la même façon que tu me soutiens et m'aimes. Je ne veux pas me mettre à te détester un jour parce que tu auras quitté la ville sur un coup de tête en me laissant avec une dette et une boutique à gérer. La confiance marche dans les deux sens. Je te fais don de cet argent, parce que j'ai confiance en toi pour prendre les bonnes décisions.

Elle s'arrête un instant et reprend.

– Je veux croire dans ton projet, parce que c'est une bonne idée. Le seul truc, Kaye, c'est que tu n'as jamais été douée pour rester en place. Tant que tu ne m'auras pas prouvé que tu en es capable, je ne souhaite pas m'engager corps et âme avec toi. Je préfère t'encourager à distance, que tu réussisses ou que tu échoues. Tu comprends ?

Elle serre si fort ma main que c'en est douloureux. Je réfléchis à ses inquiétudes et me rends compte qu'elle agit non seulement pour protéger notre relation mais pour me forcer à faire aboutir ce projet par moi-même. Elle me donne certains des outils et des ressources pour me lancer, mais c'est à moi de concrétiser mon idée.

– Je comprends, je réponds en hochant la tête. Et je ne sais pas comment te remercier pour un tel geste.

– Tu veux savoir ce que ma lettre disait ? dit Evie.

– Ouais...

Je déglutis, essayant de ne pas me laisser accabler par mes émotions.

– Ma lettre me disait de faire tout mon possible pour t'aider à t'établir dans la vie, mais pas au péril de mon propre bonheur et de ma propre stabilité. Elle a écrit un truc du genre « Evie, ma puce, ne coupe pas les ailes de ta sœur, mais aide-la à voir ce qu'il y a de beau dans son propre jardin. Montre-lui la voie pour bâtir une vie dans un seul endroit, mais ne le fais pas à sa place. Mène par l'exemple, pas par la force. »

Sa voix devient plus douce quand elle imite celle de notre mère, et cela m'emplit de joie.

– Elle était maligne.

– C'est clair, acquiesce Evie.

– Maintenant, je n'ai plus qu'à trouver les autres soixante-quinze mille dollars.

Evie me sourit d'un air conspirateur.

– J'ai peut-être une idée, pour ça aussi.

CHAPITRE 3

Trois heures et demie plus tard, nous arrivons à la petite réserve située à la frontière entre le Colorado et le Nouveau-Mexique. La réserve a une réputation particulière car, au fil du temps, plusieurs tribus amérindiennes s'y sont regroupées et toutes leurs traditions s'y sont perpétuées.

Evie et moi avons passé notre enfance à apprendre tout ce que l'on pouvait sur notre héritage comanche et wichita, mais aussi des tribus navajo, cheyenne, shawnee, apache, et d'autres encore. Notre mère appelait cet endroit le melting-pot des Amérindiens des Grandes Plaines.

Nous suivons les chemins de terre qui mènent aux principaux lieux de rassemblement et passons un portail surveillé à tour de rôle par les habitants afin que n'importe qui n'entre pas sur le terrain privé. L'homme en poste aujourd'hui doit connaître la voiture d'Evie, car il nous laisse passer même si ce n'est pas elle qui conduit.

– C'est un ami de tes amis ? je demande.

– C'est Biyen, tu ne le reconnais pas ? Il était à l'école avec toi. Il vit toujours ici, il a épousé Aylen.

– Ah, Peter, je réponds, employant son prénom américain comme lorsque nous étions petits. Il a épousé Aylen ? Elle était tellement méchante !

– Ouais, acquiesce Evie en riant. Mais elle a grandi, tu sais. C'est surtout elle qui fait à manger pour les anciens et les autres membres de la communauté qui ont besoin d'aide.

– Waouh. Les temps ont vraiment changé.

Je regarde au loin, en direction des montagnes qui se dressent au-delà des plaines. Ma peau se couvre de chair de poule devant cet endroit si familier. Je suis à la fois excitée et angoissée d'être de retour à l'endroit où sont ancrés tous mes souvenirs d'enfance.

– Eh oui, tu le saurais si tu étais revenue une ou deux fois, au fil des ans.

Je grince des dents, agacée.

– Tu comptes remettre souvent mon absence sur le tapis ?

Evie hausse les épaules.

– Je ne sais pas. Peut-être que je t'en veux encore un peu ?

– Ouais, tu ne fais rien pour le cacher, en tout cas, je soupire en me garant devant la petite maison de terre située non loin de la salle commune.

Je lève la tête et le vois immédiatement, debout comme un chevalier de l'ombre. Il a vieilli. Je vois des fils d'argent parsemés dans sa chevelure noire, laissée lâche, qui flotte dans la brise. Il porte un poncho en laine tissée rouge, avec une bande blanche verticale en son milieu, traversée par des flèches noires.

Je descends de la voiture sans un mot à Evie ni à personne. En fait, un silence s'abat sur nous. La seule chose que je vois, que je ressens, est ce lien et qui m'attire vers le seul véritable père que j'aie jamais connu.

Tahsuda se tient sur le bord du porche couvert, devant le soleil en fer forgé noir qui est accroché au mur, près de la porte.

Je marche jusqu'à lui et incline la tête. Des larmes coulent sur mes joues, mes épaules se mettent à trembler et mes genoux semblent sur le point de céder. Je sens alors deux mains calleuses sur mes épaules. Je ferme les yeux, bouleversée d'être touchée par mon grand-père pour la première fois depuis dix ans. Mon sang semble s'embraser tandis que mon cœur se remplit d'amour et de joie.

– Huutsuu, dit-il de sa voix grave et mélodique, tu es rentrée, déclare-t-il en comanche.

Je craignais d'avoir oublié la langue, mais je la comprends aussi bien que le jour où je suis partie.

Je hoche la tête, mais ne la relève pas tant qu'il ne m'autorise pas à le faire. Car c'est moi qui lui ai manqué de respect en m'absentant si longtemps. C'est à lui de décider comment il souhaite me recevoir.

– Huutssuu, regarde-moi. Donne-moi tes yeux.

Je lève la tête et suis aussitôt envoûtée par ce regard noir que j'ai adulé toute ma vie. Mes larmes coulent de plus belle, mais peu importe. Devant moi se tient la plus belle chose que j'ai vue en dix ans.

– As-tu trouvé ce que tu cherchais ? demande-t-il d'une voix aussi grave que le tonnerre qui précède l'orage.

– Je ne suis pas encore sûre, je chuchote en déglutissant pour essayer de ravaler les émotions qui menacent de prendre le dessus.

Il hoche la tête et sa bouche se pince.

– Tu es partie de nombreuses lunes. Tes ailes sont-elles fatiguées ?

– Oui, Toko. Je compte rester ici un moment.

Un minuscule sourire apparaît sur ses lèvres, mais il disparaît si vite que je me demande si je ne l'ai pas rêvé.

– Ah. Alors, ton voyage t'a ramenée à la maison.

– Tu m'as manqué. Tu ne sais pas à quel point. Et je... je suis désolée, Toko, d'être partie si longtemps.

Cette fois, il saisit ma nuque et m'attire à lui pour m'embrasser sur le front.

– Que tu partes un jour, une semaine, une année, ou dix, tu me manquerais de la même manière. Mon amour pour toi n'a pas d'agenda, il est sans condition. Il est comme le soleil et la lune. Il vit toujours, et vivra à jamais.

Je me jette dans les bras de mon grand-père et il me serre fort contre son torse musclé.

– Mes petits oiseaux sont revenus au nid. Cela me rend heureux.

Il sourit et m'embrasse sur la tête tout en gesticulant dans mon dos, faisant glousser ma sœur.

Mes larmes se transforment en rire, et je prends le temps de graver ce moment dans ma mémoire.

– Je t'aime, Toko.

– Je t'aime aussi, Huutsuu. Maintenant, viens t'asseoir avec moi. Parle-moi de tes aventures, dit-il avant d'ouvrir les bras pour qu'Evie se joigne à nous. Tout ce qui a de l'importance pour moi sur cette terre est désormais réuni dans mes bras, ajoute-t-il avant de nous embrasser tour à tour sur la tête.

♦

Je passe plusieurs heures à parler à mon grand-père de mes voyages et de tout ce que j'ai fait dans chaque lieu que j'ai visité, laissant bien sûr de côté les anecdotes trop osées, puis je lui explique mon projet de boutique.

– Et tu comptes aider ta sœur dans son entreprise ? demande Toko à Evie par-dessus son bol de soupe au bœuf et aux légumes.

Accompagné de *fry bread*, une galette de pain frit, qui est moelleuse à l'intérieur et dorée sur le dessus, c'est le plat traditionnel de notre grand-père. Il nous préparait souvent ce plat amérindien lorsque nous vivions chez lui. Cela me rappelle mon enfance dans la réserve et je prends un plaisir immense à tremper les morceaux de pain dans ma soupe fumante.

Evie hoche la tête en se coupant un nouveau morceau de pain.

– Eh bien, tu sais que maman nous a légué son assurance vie. Kaye a encore une partie de son héritage, et comme j'avais investi ce qu'il me restait du mien après avoir payé mes études et créé mon entreprise, ma part est presque intacte. Si maman était encore avec nous, elle serait la première à tenir la boutique avec Kaye. Le moins que je puisse faire, c'est lui donner une partie du capital initial.

Je caresse tendrement le bras de ma sœur.

– Et ta petite sœur t'aime plus que tout pour ton geste et te remboursera la totalité dès que je dégagerai un bénéfice.

– Ce n'est pas ce qui est prévu, Kaye, répond ma sœur en secouant la tête. Fais ce que tu as à faire. C'est un don. Sans contrepartie. Je te l'ai déjà dit.

Toko croise les bras et rive son regard sur Evie.

– On ne fait pas un don d'une telle ampleur sans attendre de contrepartie. Qu'attends-tu en retour, Taabe ?

J'adore qu'il la nomme son soleil, comme le faisait maman. Cela dit, je parie que c'est lui qui avait trouvé nos surnoms.

Je fronce les sourcils en prenant conscience que mon grand-père a parfaitement raison. Elle a beau avoir été convaincante en me disant que les dettes brisaient les familles, personne ne donne soixante-quinze mille dollars sans attendre quelque chose en retour.

Evie se lève brusquement en saisissant son verre.

– Il te reste du vin Kuleto ? J'ai toujours trouvé super-cool que tu fasses tout ton possible pour soutenir les Indiens d'Amérique, jusqu'au vin que tu bois, dit-elle en se servant un énorme verre.

Je recule dans ma chaise et regarde Evie fuir la question de Toko. Mais elle ne va pas s'en tirer aussi facilement.

– Evie, qu'est-ce que tu y gagnes, toi ? j'insiste.

– Rien, grogne-t-elle. Je te l'ai déjà dit. Laisse tomber.

Elle repose la bouteille un peu trop fort et elle sursaute en entendant le fracas, clairement nerveuse.

– Taabe, viens t'asseoir, dit Toko.

Evie gonfle ses poumons et les vide avant d'afficher son faux sourire le plus convaincant. Je dois faire appel à tout mon self-control pour ne pas lever les yeux au ciel. Elle ne m'aura pas aussi facilement, ni notre grand-père d'ailleurs. Consciente que Toko ne va pas la lâcher, je recule dans ma chaise, croise les bras et me place en joyeuse spectatrice.

– Oui, Toko ? demande Evie en battant rapidement des cils et en faisant la moue, comme lorsque nous étions petites et qu'elle voulait quelque chose.

À l'évidence, elle n'a pas encore compris qu'elle a désormais trente ans et que ce genre de connerie ne fonctionne pas aussi bien qu'à trois ou même treize ans.

Mon grand-père pose sa main sur la joue d'Evie et ne dit rien, se contentant de la regarder longuement dans les yeux. Elle se met bientôt à remuer sur sa chaise, mal à l'aise, puis elle fuit son regard et son dos se voûte.

– Si je donne l'argent à Suda Kaye, peut-être qu'elle se sentira redevable envers moi.

– Et ? insiste Toko.

Elle me regarde brièvement, puis se concentre de nouveau sur notre grand-père.

– Et peut-être qu'elle restera.

Je ferme les yeux en entendant la véritable raison pour laquelle ma sœur me donne tout cet argent.

– Ah, maintenant je comprends ce que tu y gagnes. Tu veux que ta sœur soit dans ta vie, et ceci est ta façon de t'en assurer, conclut Toko.

Evie se lèche les lèvres tandis qu'une larme solitaire coule sur sa joue, créant une fissure si grande dans mon cœur que je ne vois pas comment je pourrai la réparer un jour.

– Evie... je chuchote, ne trouvant pas les mots pour exprimer ce que je ressens.

– Je te veux dans ma vie, Kaye. Toko habite ici, à trois heures de route. Maman est partie. Papa est en Pologne, en mission secrète pour l'armée. Et toi, gronde-t-elle en agitant la main, ma meilleure amie, tu fais la fête aux quatre coins de la planète. Chaque nuit, je m'endors avec la peur de te perdre, toi aussi. Que je vais apprendre à mon réveil que tu es morte dans une de tes excursions de folie, comme quand tu as sauté du haut d'une falaise. Bon sang, Kaye, si ce surfeur n'avait pas été là, tu te serais noyée !

– Mais ce n'est pas le cas.

– Et la fois où tu t'es fait renverser par un scooter en Italie et que tu as eu le bras cassé ?

– Tu as l'air d'avoir oublié que j'avais un merveilleux infirmier prénommé Alfonzo qui m'a fait plein de bisous magiques pour que j'aille mieux, je réponds en souriant.

– Et quand tu as dormi pendant plusieurs semaines sous une tente, dans les Alpes, avec ce garde forestier ?

– Hmmm, Elias. C'est un des hommes les plus virils que j'ai rencontrés. Je l'ai vu pêcher à main nue dans une rivière, je déclare d'un ton joyeux en replongeant dans mes souvenirs.

– Tu aurais pu mourir sur cette montagne, gronde Evie d'une voix inquiète. Tu aurais pu te faire attaquer par un loup. Bon sang, tu connaissais à peine ce type !

– Je ne suis pas d'accord, on a beaucoup appris à se connaître, je réponds en changeant de ton pour que mon sous-entendu soit clair sans qu'il ne soit trop vulgaire pour mon grand-père.

Evie se passe les deux mains dans les cheveux et les coiffe en arrière.

– Kaye, j'ai besoin de toi, tu ne comprends pas ? J'ai besoin que tu sois en vie. J'ai besoin de pouvoir te regarder dans les yeux. De voir que tu es en bonne santé et que tu es heureuse.

Je secoue la tête et tends la main pour prendre la sienne.

– Ev, je vais bien. Je suis heureuse et en bonne santé. Je n'ai été malheureuse qu'une poignée de fois, dans ma vie. Maman nous a toujours appris à trouver un peu de bonheur dans chaque nouvelle journée. Dans les petites choses. J'ai appliqué ses conseils chaque jour, Evie. Tu n'as pas besoin de me surveiller.

– Non. Mais j'ai besoin de ma sœur, déclare-t-elle en frappant sa poitrine. J'ai besoin de toi, Kaye. Je te donne cet argent parce que je te connais suffisamment pour savoir que tu feras tout pour que cette boutique soit un succès, ne serait-ce que pour ne pas me faire de mal en gaspillant mon investissement. Et pour moi, Kaye, ce n'est que de l'argent. Alors que toi, dit-elle en saisissant ma main, t'avoir dans ma vie... ça me rend heureuse.

Merde. Voilà les larmes qui reviennent. Je me lève de ma chaise et la prends dans mes bras. Elle recule la tête et me regarde dans les yeux, laissant les larmes couler le long de ses joues.

– J'adore ton visage, Kaye. Je veux le voir. Tous les jours. Tout le temps. Si ça fait de moi une égoïste, alors soit. Je suis égoïste.

Je souris et frotte ma joue contre sa main.

– Non, sœurette, tu n'es pas égoïste. Tu es humaine, c'est tout. Tu m'as manqué aussi, tu sais. Te voir deux fois par an et t'avoir au téléphone n'était pas suffisant. Je voulais plus, mais...

Elle ferme les yeux et caresse mes cheveux sur toute leur longueur.

– Je sais. Il fallait que tu le fasses.

Je hoche la tête et essuie ses larmes.

– Mais je suis là, maintenant.

Elle se mord la lèvre et me pose la seule question à laquelle je ne peux répondre. La seule promesse que je ne peux lui faire, au risque de la blesser.

– Ouais, mais pour combien de temps ?

– Ev...

Elle m'attire à ses côtés et me prend par la taille.

– Peu importe. Je m'en contenterai.

Tahsuda nous regarde avec une mine sereine qui m'étonne, étant donné la conversation. Cela dit, je ne connais personne plus sage que lui.

– Calmez-vous et mangez. Taabe, Huutsuu, je suis heureux de vous avoir à ma table. Je prierai avec les anciens pour que vous trouviez la paix dont vous avez besoin. Tout rentrera dans l'ordre, dit-il d'un ton solennel, comme si c'était une loi naturelle.

Cela dit, pour lui, ça l'est sans doute.

– Merci, Toko.

Evie se rassoit et sourit, reprenant sa cuillère.

– Quand tu dis que vous allez prier, je commence en souriant, tu veux dire que vous allez fumer le calumet de la paix ? Parce que je kifferais trop de fumer avec vous, je déclare en avalant une cuillerée de soupe.

Evie me frappe le bras en riant.

– Kaye !

– Ben, c'est vrai ! je m'exclame, la bouche pleine.

Je plonge du *fry bread* dans ma soupe et en avale une énorme bouchée, laissant les saveurs exquises envoûter mes papilles. Ça a toujours été mon plat préféré chez Toko, c'est délicieux.

– Tu es trop jeune, répond mon grand-père d'un ton ferme avant de reprendre son repas.

Je m'arrête alors que je suis sur le point d'avaler une autre bouchée, Evie ricane.

– Toko, j'ai vingt-huit ans, je rétorque.

– Exactement. Tu es trop jeune. Reviens me voir quand tu seras plus âgée.

– Et je dois avoir quel âge pour fumer avec les anciens, au juste ?

– Tu dois être vieille, répond-il avec un sourire en coin.

– Super, alors je ne fumerai jamais avec toi.

– C'est ça.

– Il y a des choses qui ne changeront jamais, je marmonne.

Evie tend les mains pour prendre celles de Toko et les miennes dans les siennes.

– Tu as raison. Il y a des choses qui ne changeront jamais, déclare-t-elle avec un énorme sourire sur les lèvres.

– Tais-toi et mange ta soupe, espèce de peste. Tu es de son côté ! je gronde.

– Il faut toujours respecter les anciens, tu le sais bien, répond-elle en haussant les épaules.

♦

Le lendemain matin, je suis assise sur le porche de mon grand-père, à admirer une des plus belles perspectives sur terre. Le paysage s'étend à perte de vue, avec des forêts, des collines et de vastes plaines. Des vaches et des chevaux sont en pâture à ma droite, et quelques maisons s'égaillent à l'horizon, à l'écart sans être trop éloignées. Je respire l'odeur de la terre et des arbres et suis emplie de nostalgie.

Evie sort de la maison vêtue d'une robe légère, une tasse de café à la main. Je ne l'ai encore jamais vue aussi détendue depuis que je suis rentrée. Le tissu pêche de sa robe lui donne un air doux et tranquille. Ma sœur semble en paix ici. Ses épaules sont détendues, son dos n'est pas aussi rigide et son sourire ne l'a pas quittée.

J'aime cette Evie.

J'ai rarement vu ma sœur aussi paisible. Elle a toujours semblé porter le poids du monde sur ses épaules. Lorsque nous étions plus jeunes et que notre mère est tombée malade, à Pueblo, elle aidait Tahsuda à s'occuper de moi. Elle s'assurait que j'allais à l'école, elle préparait mes repas tous les jours. Même après que maman nous a quittées et qu'Evie est partie à la fac, elle a continué de s'assurer que j'avais tout ce qu'il me fallait pour les six derniers mois de lycée.

Ces six mois ont été les plus difficiles de ma vie. Finir le lycée sans ma mère, en vivant dans notre petit appartement avec ma sœur de dix-neuf ans. J'aurais pu me rebeller contre elle et ne pas lui obéir, mais je n'étais pas la seule à être en difficulté. Or, comme toujours, Evie n'a rien laissé paraître.

Elle s'assoit à côté de moi et croise les jambes.

– C'est magnifique, n'est-ce pas ?

– C'est chez nous, je réponds en buvant mon café. Enfin, plus ou moins. Pour moi, ma maison est à tes côtés. Où que ce soit, ce sera le plus bel endroit sur terre, tant que tu es là.

Ses yeux bleus se posent sur moi, j'y découvre un regard sérieux que je n'ai pas vu depuis longtemps.

– Tu le penses ?

Je plonge mon regard dans le sien et m'assure qu'elle comprend combien je suis sincère.

– Oui, je le pense.

– J'espère bien, répond-elle d'un ton mystérieux avant de fuir mon regard pour le porter au loin. Tiens, c'est qui ?

Un pick-up noir vient vers nous et se gare à côté de la voiture d'Evie. Une silhouette aux cheveux noirs en émerge et lorsqu'il fait le tour de la voiture, je peux pleinement voir son physique impressionnant.

– Ah, voilà qui va devenir intéressant, je déclare en souriant jusqu'aux oreilles tandis que ma sœur se crispe.

– Je t'interdis de dire quoi que ce soit ! gronde Evie en se levant.

L'homme s'arrête devant nous et me regarde brièvement avant de se concentrer sur Evie.

– Milo, je ne savais pas que tu venais. C'est, euh... waouh. Contente de te voir.

Evie ouvre les bras et avance vers le demi-dieu. Ce mec est incroyablement beau et impressionnant. Il doit faire un mètre quatre-vingt-quinze et sa chemise rouge met en valeur ses épaules carrées. Un bolo[5] en argent est noué autour de son cou, avec une pierre turquoise en son centre. Les cordes de la cravate sont en cuir noir et descendent sur sa poitrine, comme une flèche montrant le chemin vers son pantalon de costume noir.

Ses longs cheveux noirs sont attachés par une corde en cuir noir également et lui arrivent jusqu'au milieu du dos. Toutefois, ce sont ses hautes pommettes, sa peau hâlée et son regard de braise pour Evie qui me font sourire.

Il attire Evie dans ses bras et la tient longtemps contre lui.

– Evie, *nizhóní*, ça fait trop longtemps.

Nizhóní, « beauté » en navajo. Classe. Je souris derrière ma tasse tandis qu'Evie recule sans pour autant enlever ses mains des énormes biceps de Milo.

– Oui, ça fait quelques années, je crois. Mais on reste en contact sur les réseaux sociaux, répond-elle avant de trifouiller le bas de sa robe.

– Et Suda Kaye est de retour, dit-il en me regardant dans les yeux. Content de te revoir.

– On est toujours ravies de te voir, Milo. N'est-ce pas, Ev ?

Ma sœur tourne si vite la tête vers moi que ça ne m'étonnerait pas qu'elle se soit froissé un muscle.

5. Le Bolo, Bolo tie, ou cravate texane, est une sorte de cravate généralement associée avec l'habit traditionnel du cow-boy ; il consiste en une corde attachée par une barre ou une agrafe ornementale.

– On est toujours contentes de voir nos amis d'enfance.

– Je suis venu parler finances avec des membres de la réserve, dit Milo. Tant que je suis là, je voulais m'assurer que Tahsuda Tahsuda n'a besoin de rien.

Milo prononce le nom de notre grand-père deux fois, car officiellement, c'est ainsi qu'il se nomme. À l'époque, afin d'obtenir un certificat de naissance, les Indiens d'Amérique devaient indiquer un prénom suivi d'un nom. Mon grand-père n'avait qu'un seul nom, comme beaucoup d'autres, alors plutôt que de choisir le nom d'un des colons, comme Jones ou Smith, il a contourné la loi et a donné deux fois le même nom. Donc, officiellement, il s'appelle Tahsuda Tahsuda. Mon grand-père, le rebelle.

– Waouh, c'est sympa de prendre soin de notre peuple, comme ça. N'est-il pas génial, Evie ? j'insiste en me délectant de voir ma sœur aussi mal à l'aise.

Evie a été amoureuse de Milo toute sa vie. Or, c'est le seul mec qui n'a jamais regardé ma sœur comme si elle était la huitième merveille du monde. À l'école tout comme dans la réserve, les garçons se battaient pour parler à Evie, pour faire partie de ses amis ou même juste pour qu'elle leur dise bonjour. Et, bien sûr, le seul mec qui plaisait à Evie était hors de portée.

– C'est très gentil de prendre des nouvelles de notre grand-père, acquiesce Evie. D'ailleurs, j'allais t'envoyer un mail, donc c'est super que tu sois là. Le timing est parfait. J'ai besoin d'un service.

Milo sourit en regardant ma sœur.

– N'importe quoi pour ma *nizhóní,* dit-il en posant une main sur son épaule.

Je suis certaine de voir ma sœur frémir lorsque Milo la touche. Bon sang, il faut que ces deux-là se chopent.

Je me demande s'il est célibataire. La dernière fois qu'Evie a parle de lui, elle avait vingt-quatre ans et lui vingt-huit. C'était Noël, et il venait présenter sa copine à sa famille. Il doit avoir trente-quatre ans maintenant, beaucoup de choses ont pu changer en six ans.

– En fait, c'est pour ma sœur, répond Evie.

Je me lève et me rapproche d'eux, Milo attend qu'elle poursuive.

– Il y a quelques années, Tahsuda m'avait dit que tu travaillais pour un client qui vivait ici, sur la réserve… commence Evie.

– Je t'arrête tout de suite ; je ne parle des finances de mes clients avec personne, dit Milo de sa voix grave et ultra-sexy.

– Non, non, ce n'est pas ça. Ce que m'a dit Tahsuda, c'est que tu travaillais avec un membre de la communauté ainsi qu'avec un fonds d'investissement qui aide les petites entreprises à s'installer. Le fonds était situé dans la région de Pueblo et Colorado Springs, je crois. Ça te parle ?

Milo croise les bras sur son torse massif. Miam. Je ne suis pas la seule à remarquer ses bras musclés, apparemment. Ouf, au moins je sais que ma sœur n'est pas insensible au charme masculin, je commençais à m'inquiéter. Evie se lèche les lèvres et je vois Milo suivre sa langue des yeux tandis que son regard s'embrase.

Eh ben, ça devient hyper-intéressant. Il est carrément dingue d'elle !

– Bref. Kaye va ouvrir une boutique à Pueblo, poursuit Evie. Elle a déjà soixante-quinze mille dollars, mais elle a besoin d'un investisseur qui mette la même somme sur la table, peut-être plus, pour l'aider à se lancer. Et aussi lui apprenne les rudiments du métier. Je me souviens que Tahsuda répétait combien c'était important que tu aides son ami à démarrer son affaire, parce que finalement ça aidait tous les gens de notre peuple.

Milo rit de sa voix grave et j'en ai l'eau à la bouche.

Encore une fois, je ne suis pas la seule à remarquer le charisme insensé de Milo. Ma sœur se mord la lèvre en levant vers lui un regard émerveillé qui, cette fois, est loin d'être discret. Pour l'aider à sortir de sa transe, je lui mets un petit coup d'épaule.

– Ça a l'air génial. Est-ce que ce fonds travaille toujours avec les start-up ? je demande.

Milo ne répond pas, perdu dans le visage sublime de ma sœur.

Incroyable !

Il secoue la tête comme s'il devait lui aussi se ressaisir.

– Euh, oui. En fait, c'est le petit frère d'un ami de la fac. Un comité se réunit une fois par mois pour évaluer les projets et décider lesquels sont viables. Mais je suis sûr de pouvoir t'obtenir un rendez-vous. Il faut que tu mettes au point un business plan sérieux sur un, trois et cinq ans, et que tu aies toutes les informations nécessaires. Il faut que tout soit clair, parce qu'ils ne font pas qu'investir de l'argent, ils accompagnent l'entreprise sur le terrain et au quotidien, aussi.

J'ai déjà entendu Evie parler de business plan, mais pour moi, c'est du chinois. Ça fait dix ans que j'occupe mes journées à passer d'un canapé à un autre et à travailler quand j'en ai besoin. Tout ça me semble horriblement compliqué.

– Dégote-nous un rendez-vous et on sera prêtes, répond ma sœur en souriant. Tu as mon adresse mail, n'est-ce pas ?

– Absolument.

– Alors, écris-moi quand tu as une date. En entendant, on va préparer tout ça, n'est-ce pas, Kaye ?

– Bien sûr. Merci, Milo.

– Mesdemoiselles, dit-il en hochant la tête et en faisant un clin d'œil à Evie avant de rentrer dans la maison de notre grand-père.

Dès qu'il a refermé la porte derrière lui, je sautille sur place en criant de joie, et ma sœur en fait de même avant de me prendre dans ses bras.

– Tu vas avoir un rendez-vous ! s'exclame ma sœur au même moment où je crie : « Il est dingue de toi ! »

– Attends, quoi ? nous disons à l'unisson.

– Milo ! Il n'avait d'yeux que pour toi, je déclare. Je te le dis, meuf, il n'a pas arrêté de te déshabiller du regard !

Evie se frappe le front en baissant la tête.

– Kaye, concentre-toi. Il vient de nous dire qu'il va t'avoir un rendez-vous avec le frère de son ami. Celui qui a aidé l'ami de Toko à monter son entreprise. Il va se porter garant de toi !

– Evie, s'il le fait, ce n'est que pour toi, je réponds en secouant la tête. Si tu crois que ce mail va être la fin de Milo Chavis et toi, tu te trompes. Écoute ce que je te dis. S'il y a une chose pour laquelle je suis douée, c'est pour savoir quand une femme plaît à un homme. Et Milo est dingue de toi, ma chère sœur.

– Si tu le dis. Moi, je suis juste contente qu'il te dégote un rendez-vous. Et puis, la dernière fois que je l'ai vu, il était en couple. Je parie qu'il est marié maintenant.

– Tu l'as vu dire qu'il était marié sur les réseaux sociaux, puisque tu suis son profil quotidiennement ? Moi, je n'ai pas vu d'alliance à son doigt.

– Je ne le suis pas quotidiennement, gronde ma sœur.

– Ouais, tu as raison. T'es trop classe pour ça. Eh bien, on a toutes les deux du pain sur la planche, on dirait.

– Ouais, on doit préparer ton business plan, dit Evie au même moment où je dis : « Faire une recherche internet sur Milo. »

Evie se fige et me fusille du regard.

– Tu ne vas pas lâcher l'affaire, hein ?

– C'est hors de question.

Je prends ma sœur par le bras et l'entraîne vers la porte pour que nous puissions prendre le petit déjeuner avec Toko et nous rincer l'œil devant Milo.

– Mon Dieu, grommelle ma sœur.

– Tu as raison, ce surnom lui va à merveille, je ricane en lui mettant un coup de coude.

– Tu es insupportable, râle ma sœur alors que j'éclate de rire.

– Je suis tellement contente d'être rentrée à la maison ! je m'exclame.

CHAPITRE 4

– Bonjour, Suda Kaye, dit une voix grave.

Je lève la tête du business plan que je relis pour la millième fois.

– Milo !

Je me lève et prends le géant dans mes bras.

– Dieu merci, tu es là. Evie est coincée dans les embouteillages à Denver et ne peut pas venir. J'étais en train de paniquer.

Milo me fait un sourire rassurant et frotte mes bras.

– C'est pour ça que je suis là. Ta sœur m'a appelé. J'étais chez moi à Colorado Springs et j'ai pu déplacer mes rendez-vous pour venir.

– Tu habites à Colorado Springs ? je demande, ravie.

– Oui, répond-il en penchant la tête sur le côté.

Je ne peux pas m'empêcher de sourire jusqu'aux oreilles.

– Tu sais qu'Evie habite là-bas, elle aussi ?

– Ah bon ? Je croyais qu'elle habitait à Denver, répond-il d'un ton curieux.

– Non. Elle y va plusieurs fois par semaine pour le travail. Tu sais comment sont les affaires...

Il sourit en coin.

– Je suis content de pouvoir t'aider.

– Arrête, soyons honnêtes. Tu es content de m'aider pour que ma sœur te soit redevable, je déclare en posant une main sur ma hanche et en le regardant droit dans les yeux.

– Je ne vais pas me plaindre qu'une belle femme me soit redevable, c'est vrai.

– Tu es marié ? je demande, allant droit au but.

Pile à ce moment, la secrétaire nous fait signe.

– Ils sont prêts à vous recevoir, dit-elle.

Je fais la moue et Milo sourit, désignant la porte devant nous.

– Prête ?

Je lui emboîte le pas et découvre une immense table à laquelle sont assis cinq hommes et deux femmes. Je balaie leurs visages des yeux et m'arrête sur le dernier. Je me crispe aussitôt des pieds à la tête et mon cœur cesse de battre. Mes paumes deviennent moites, je vois flou, puis mon cœur se remet en marche pour battre la chamade.

Milo est en train de parler, désignant chaque personne pour les présenter, mais je n'entends pas ce qu'il dit.

Mes yeux sont rivés sur un seul homme. Ses cheveux sont blond foncé, plus longs que dans mes souvenirs. Ils s'arrêtent juste au-dessus du col de son costume noir. Sa barbe et sa moustache font ressortir ses traits sublimes. Il est plus âgé, mais les dix années qui se sont écoulées depuis la dernière fois que je l'ai vu l'ont rendu encore plus beau. Ses yeux verts sont mis en valeur par la chemise vert olive qu'il porte sous sa veste, les deux premiers boutons sont défaits, laissant entrevoir sa peau bronzée.

Il se lève et j'ai aussitôt l'impression que la pièce rétrécit. Il semble plus grand que dans mes souvenirs. Il fait presque la taille de Milo et domine de loin mon mètre soixante-douze.

Il tend la main et je lui offre la mienne, désormais glacée. Des picotements parcourent mes veines et j'essaie de retirer ma main, mais il la retient, la couvrant avec l'autre.

– J'ai l'impression de voir un fantôme, chuchote-t-il.

Je déglutis, incapable de parler. Heureusement, Camden prend les rênes.

Il fait un pas vers moi et baisse la tête, effleurant mon oreille de son souffle chaud. Je me retrouve si près de lui que mes jambes sont en coton et menacent de flancher, je sens son parfum de citronnelle après tout ce temps. Je lève la main et saisis son bras pour éviter de tomber, mais aussi pour l'attirer plus près.

– C'est un plaisir de te revoir, Suda Kaye.

Sa voix me fait frissonner des pieds à la tête, je repense à toutes les fois qu'elle a effleuré le creux de mon cou.

– Camden... je dis d'une voix rauque.

Il m'embrasse sur la joue et, aussi rapidement qu'il a envahi mon espace, il disparaît, me laissant frigorifiée. Je cligne bêtement des yeux et saisis la bretelle de mon sac sur mon épaule pour m'accrocher à quelque chose, à n'importe quoi. C'est alors que je sens une main sur le creux de mes reins, Milo se place devant moi, me cachant de l'homme que j'ai quitté il y a toutes ces années.

– Est-ce que ça va ? chuchote-t-il en fronçant les sourcils.

– Pas du tout, non, j'admets. Mais je vais m'en sortir. Ne t'en fais pas.

Je me force à sourire et laisse Milo m'escorter vers la chaise située face à Camden.

– Bonjour à tous, je vous présente Suda Kaye Ross. Je suis Milo Chavis, mais la plupart d'entre vous me connaissez déjà. Merci de nous recevoir aujourd'hui pour que Suda Kaye vous présente son projet. C'est à toi, Suda Kaye.

Je fouille dans mon sac et en sors le business plan ainsi que les annexes qu'Evie m'a aidée à préparer. Heureusement, on l'a répété tant de fois que lorsque j'ouvre le dossier, je peux réciter mon discours comme un message préenregistré. Je peux décrire chaque étape de mon projet tout en ayant l'air de savoir ce dont je parle. Ce qui est vrai, en partie.

Je découvre peu à peu que si je ne regarde pas Camden, je parviens à rester concentrée. Heureusement, personne ne pose de question pendant l'heure qui suit. Lorsque je termine ma présentation et lève les yeux vers chacune des personnes qui me font face, je prends soin de m'arrêter sur Camden en dernier.

– Êtes-vous vraiment prête, Mademoiselle Ross, à vous consacrer à ce projet même quand les temps seront durs ? Parfois, un gérant doit attendre plusieurs années avant de dégager un bénéfice régulier, tous les mois. C'est un sacré engagement. Pensez-vous que vous êtes le genre de femme à pouvoir s'engager ? demande Camden en haussant un sourcil.

Je me lèche la lèvre avant de la mordre et je crois voir son regard scintiller avant de redevenir sérieux et distant.

Je fais de mon mieux pour cacher mon malaise. Je pose mes mains sur mes cuisses en me tenant bien droite et en le regardant droit dans les yeux.

– Je suis décidée à y sacrifier le temps qu'il faudra. J'investis personnellement une grosse somme d'argent et je suis prête à signer un bail de deux ans pour une boutique sur Main Street, comme je l'ai spécifié dans ma proposition. Deux années ne sont pas rien...

– Justement, si. Lorsqu'on crée une entreprise, deux années ne sont qu'une goutte d'eau. La plupart des entrepreneurs doivent se sacrifier corps et âme pendant plusieurs années avant de dégager un bénéfice. Et beaucoup mettront la clé sous la porte avant ça.

Ses paroles me font l'effet d'une douche froide et j'ai l'impression de grimper sur l'échafaud en me projetant sur plusieurs années. Par ailleurs, il est évident que son agressivité a tout à voir avec le fait que je l'ai quitté, et rien à voir avec mon besoin d'investissement.

– Je suis prête à faire ce qu'il faut pour que mon rêve se réalise, je déclare en m'adressant aux autres investisseurs, espérant qu'ils m'aideront à m'en sortir.

– Je me souviens d'une époque où j'avais un rêve bien réel pour lequel je me suis battu bec et ongles, mais ça n'a pas suffi, déclare Camden en me fusillant du regard.

Il avait toujours l'habitude de dire que j'étais un rêve devenu réalité. Il disait qu'il n'en revenait pas d'avoir trouvé la femme de sa vie, si jeune. Et j'ai incarné ce rêve pendant quatre ans... avant de m'enfuir.

Je soupire longuement et me ressaisis.

– Je comprends que le monde des affaires n'est pas simple. Mais échouer n'est pas une option. Je me l'interdis.

Je regarde un à un les investisseurs ainsi que Milo, qui hoche discrètement la tête pour m'encourager.

Cam frappe la table et recule sur sa chaise en se raclant la gorge.

– Bien. Je pense que nous allons pouvoir parler de votre projet et vous donner une réponse dans un petit moment.

– Très bien.

Je joins mes mains sur mes cuisses et les serre fort en attendant qu'il m'attaque de nouveau avec notre passé.

– Je ne sais pas si Milo vous a expliqué comment nous procédons. Si nous acceptons de vous soutenir financièrement, notre implication ne s'arrête pas là.

– Oui, je comprends que le comité demande des mises à jour régulières et...

Cam secoue la tête et une mèche tombe sur sa joue.

– Un des membres du comité sera affecté à votre projet. Cela signifie qu'il sera à vos côtés quotidiennement ou du moins de façon hebdomadaire, dans votre magasin, pour vous aider. Ce ne sera pas H-24, mais ce sera régulier. L'un de nous travaillera avec vous pour s'assurer que notre investissement est utilisé comme prévu, mais aussi que vous avez la meilleure approche pour réussir.

Je penche la tête sur le côté et observe les investisseurs.

– Euh... d'accord.

Camden poursuit, sans me quitter des yeux.

– Nous aimons mettre les mains dans le cambouis. Financièrement et physiquement. On vous accompagne à chaque étape de votre installation pendant la première année. Pour faire simple, nous sommes des experts. Nous avons tous monté des affaires fleurissantes et nous savons comment assurer la réussite d'une entreprise. Et à Pueblo, nous souhaitons que tous les projets réussissent. Nous vivons tous ici. Notre fonds ne se contente pas de vous donner les sous et de vous souhaiter bonne chance. Durant la première année, on s'assure que vous n'échouez pas.

– Ça me semble raisonnable, je réponds en coiffant mes cheveux derrière mon oreille.

Toutefois, Camden n'a pas fini.

– Et même après que vous aurez remboursé notre investissement initial, notre fonds détiendra dix pour cent de votre entreprise, jusqu'à ce que vous ayez les moyens de racheter notre part. Cela nous permet de renflouer nos caisses et d'investir dans d'autres start-up tout en maintenant à flot des entreprises locales qui paient des impôts ici, dans notre ville.

– Dix pour cent ? je répète, surprise par cette information.

Je pensais qu'une fois que je les aurais remboursés, ce serait terminé. Toutefois, je comprends qu'ils veuillent gagner de l'argent grâce à leur investissement. Sinon, pour quelle raison le feraient-ils ?

Camden hoche la tête.

– Si nos conditions vous paraissent satisfaisantes, nous allons discuter de votre projet. Vous pouvez attendre dehors.

Milo prend ma main et la serre fort, ce que Camden ne manque pas de remarquer.

– C'est un bon deal, Suda Kaye. Ta sœur serait d'accord, aussi, chuchote Milo dans mon oreille.

– Tu penses ?

– Je bosse dans la finance et je peux te garantir que c'est une bonne offre, confirme-t-il.

Je déglutis et ravale ma peur.

– Vos conditions me conviennent parfaitement.

♦

Mon estomac se tord douloureusement, et si je repense au fait que je viens de revoir Camden pour la première fois en dix ans au moment même où je me lance dans le monde des affaires, je suis sur le point de vomir sur le sol maculé de la salle d'attente.

– Il n'y a que deux issues possibles, déclare Milo. Ils diront oui, ou non.

Je ferme les yeux et recule dans ma chaise pour appuyer ma tête contre le mur. Mes paupières sont à peine closes que je revois des images de Camden et moi, à l'époque où nous étions ensemble. Nous étions si heureux et si amoureux. Tous ces sourires. Mon Dieu, lorsque cet homme souriait, tout mon corps s'emplissait de lumière et de chaleur. Et c'est moi qui ai éteint ce feu.

Après mon départ, je me suis autorisée à regretter d'avoir quitté Camden et Evie, pendant un an. C'était plus facile avec Evie, car je savais que je la reverrais. Or, quand j'ai dit adieu à Camden, je n'avais pas prévu de le revoir un jour.

J'ai passé toute une année à me répéter que j'avais fait le bon choix. Que c'était le seul choix possible. J'avais besoin de voir le monde, d'être libre, et il devait rester ici, aller à la fac et travailler dans l'empire d'acier de sa famille. Tout était prévu. Il n'y avait de place pour rien d'autre. Camden voulait une femme au foyer qui lui préparerait de bons plats et élèverait ses enfants pour qu'ils reprennent le flambeau de sa famille. Moi, je voulais voyager, prendre des risques et découvrir tout ce que le monde avait à offrir.

Nous n'étions pas faits pour durer. Peu importe l'amour que nous avions l'un pour l'autre, ma mère avait raison. Elle avait compris mes besoins avant moi. Or, tout vient de changer. Je suis en dehors de ma zone de confort et désormais loin d'être en paix avec la décision que j'ai prise il y a toutes ces années ni même avec celle d'être revenue, d'ailleurs.

Revoir Camden a fait rejaillir tous mes doutes. Tout l'espoir et l'enthousiasme que j'avais pour notre avenir ensemble. Il a fallu que ma mère décède et me laisse ces lettres pour que j'accepte mon destin et que j'aie le courage de partir. Or me voici face au seul homme que j'ai aimé, à lui demander de s'engager auprès de moi alors que je n'ai pas pu en faire de même pour lui, il y a dix ans.

– C'est horrible.

Mes mains se mettent à trembler et je m'agrippe aux accoudoirs du fauteuil, si fort que mes phalanges blanchissent.

– Pourquoi ? À moins que tu parles de la tension entre Camden et toi ? À voir sa façon de te dire bonjour ainsi que sa façon de te regarder, je présume que vous avez un passé. Tu veux m'en parler ?

– Pas vraiment, je réponds en secouant la tête.

Milo me transperce du regard.

– On... on s'est connus quand on était ados.

– Tu veux dire que vous êtes sortis ensemble ?

– Ouais. Pendant quatre ans.

Il hausse les sourcils.

– Pendant un moment, alors.

– Oui.

– Et j'imagine que ça s'est mal fini ?

– C'est le moins qu'on puisse dire.

Milo est sur le point de dire quelque chose lorsque la porte de la salle de réunion s'ouvre sur Camden.

– Mademoiselle Ross, je peux vous parler en privé ? demande-t-il en désignant une autre porte.

Je me lève et mes mains se mettent à trembler. Merde. La dernière chose dont j'ai envie est un tête-à-tête avec Camden Bryant.

– Euh... oui. Tu peux garder mes affaires, Milo ?

Il hoche la tête sans quitter Camden des yeux.

Cam nous emmène dans une petite salle de réunion avec une table ronde et quatre fauteuils. J'ai à peine passé la porte que celle-ci se referme derrière moi et que Cam saisit mon poignet pour me plaquer contre le mur. Il n'est plus qu'à quelques centimètres de moi et il place ses mains de part et d'autre de mes épaules de sorte que je suis coincée. Il est si près que je sens sa chaleur sur ma peau.

– Pourquoi tu es revenue ? Qu'est-ce que tu fais ici ? siffle-t-il.

Je secoue la tête.

– Cam, je ne savais pas que tu travaillais dans ce fonds d'investissement. C'est Milo qui m'en a parlé. Apparemment, vous avez accompagné un de ses clients.

– Et c'est qui pour toi ? C'est ton mec ?

– Milo ? Mais non, je réponds en clignant des yeux, ne comprenant pas où mène cette conversation.

– Tu avais prévu de venir dans mes bureaux, l'air canon, avec tes cheveux relevés comme tu sais que je les aime, pour quoi, au juste ? Pour me montrer tout ce que j'ai perdu quand tu es partie ? C'est ça, Suda Kaye ? Tu veux me torturer ? Tu veux me faire mal ? gronde-t-il d'une voix pleine de colère.

– Non ! Mon Dieu, non, tu me connais mieux que ça !

Il soupire et je sens son haleine de menthe et de café.

– Ah bon ? Je te connais, moi ? Il y a dix ans, j'aurais sans doute dit ça, oui. Mais je me serais trompé. Parce que la femme que j'aimais, avec qui je voulais passer ma vie, la femme qui m'a donné le privilège de connaître son corps le premier est partie le soir même où j'ai pris son innocence, déclare-t-il froidement.

– C... Camden, je bégaie d'un ton désespéré.

J'ai l'impression d'être piquée par mille abeilles en même temps que toute ma souffrance et ma culpabilité surgissent à la surface.

– La fille que je connaissais ne m'aurait jamais laissé me demander quel mal je lui avais fait, me demander si j'avais mal agi ce soir-là, si je lui avais fait mal. Si elle me détestait pour ce que j'avais fait. Cette fille serait restée. Alors que cette *femme*, dit-il en me désignant des pieds à la tête, je ne la connais pas. Alors dis-moi : qu'est-ce que tu fais ici ?

– Je... je...

– Crache le morceau, Suda Kaye. Tu as trois secondes pour répondre avant que je ne sorte de cette pièce et que je n'emporte l'argent de ma fondation avec moi.

– Cam...

– Trois, gronde-t-il en me fusillant du regard. Deux...

– J'ai juste besoin d'argent pour ma boutique ! Je te le jure !

– C'est tout ? demande-t-il en serrant les dents. Il n'y a pas d'autre raison ?

Il approche son visage du mien et je ferme les yeux, posant sans le vouloir mes mains sur son torse.

– Camden... Je...

Il avance encore et je frissonne lorsque sa barbe chatouille la peau de mon cou. Il remonte vers mon oreille et ma tristesse se transforme soudain en quelque chose de brûlant. D'électrique.

– Dis-moi pourquoi tu es ici. Dis-moi la vraie raison. Il te reste une seconde, chuchote-t-il d'une voix calme.

– J'ai besoin d'un investisseur. Je ne savais pas que tu serais ici.

– Je ne te crois pas.

Il approche encore son visage du mien et inspire en fermant les yeux.

– Tu sens toujours la cerise, susurre-t-il en me regardant dans les yeux.

Il fait alors un pas en arrière, et je me retrouve frigorifiée.

Je reste plantée là, muette, à bout de souffle, comme si je venais de courir un marathon. Or, je n'ai fait qu'être à proximité du seul homme que j'ai jamais aimé.

– Tu ne vas pas me donner la véritable raison, hein ? demande-t-il en secouant la tête.

J'ouvre la bouche et la referme, perdue dans son regard, tandis qu'une tristesse accablante nous enveloppe tous deux.

Cam ferme la bouche et pose ses mains sur ses hanches en me transperçant d'un regard auquel je ne m'attendais pas. Un regard qui trahit une tristesse profonde, un deuil inachevé, un cœur brisé. Après toutes ces années, tout ça ne l'a pas quitté, ça se voit encore dans son regard sublime. Et tout ça, c'est à cause de moi.

– *Un*, déclare-t-il soudain avant de faire un pas de côté et d'ouvrir la porte, me laissant bouche bée.

Il se passe la main dans les cheveux et pousse un grognement.

– Bon sang... tu me mènes encore en bateau, même après tout ce temps.

Lorsque quelques mètres nous séparent, je retrouve l'usage de mes jambes et le suis dans la salle d'attente, ne comprenant toujours pas ce qui vient de se passer.

Camden attend d'être aux côtés de Milo pour se tourner vers moi.

– Nous sommes d'accord pour investir dans ton projet. L'argent sera transféré sur ton compte dans la journée. On va t'assigner un mentor et il se rendra à l'adresse de ta boutique dans une ou deux semaines. Tu peux commencer les travaux, on reviendra vite vers toi.

Je reste plantée là, dévisageant Cam d'un air sans doute hébété.

– Euh, c'est super. Mais, Cam, je pense qu'on devrait parler...

Je désigne la pièce qu'on vient de quitter. La dernière chose dont j'ai envie est de revenir sur nos sentiments passés ou présents, mais c'est sans doute la chose la plus logique à faire si on doit travailler ensemble.

Camden se contente de me dévisager en silence et c'est à ce moment qu'une femme entre dans la salle d'attente.

– Coucou, mon sucre d'orge ! Je suis trop contente de t'avoir trouvé !

La femme est sublime, avec des jambes qui n'en finissent pas, et elle est vêtue en rose des escarpins à la tête. Sa robe moulante met en valeur son corps de Barbie et ses cheveux blond platine parachèvent son look. Elle prend Camden par la taille et se blottit contre lui. Il semble d'abord agacé, puis il ferme les yeux et gonfle ses poumons. Il la ramène ensuite contre lui et me regarde d'un air gêné.

– Salut, Cookie, euh... qu'est-ce que tu fais ici ?

Cookie ?

La blonde aux yeux noisette dégaine un sourire étincelant en regardant Camden.

– J'espérais que ma pomme d'amour aurait le temps de déjeuner avec sa nana. Je ne t'ai presque pas vu de la semaine ! Tu me manques.

Doux Jésus.

Milo se racle la gorge et la femme semble enfin réaliser qu'elle n'est pas seule avec Camden.

– Oh, waouh, vous êtes grand, vous, dit-elle à Milo. C'est un client à toi, sucre d'orge ?

Elle se tourne vers Cam avant de diriger son regard sur moi. Elle m'étudie des pieds à la tête et esquisse un petit sourire moqueur.

Que dire ? Je viens de passer cinq minutes en tête à tête avec son mec. Mon cœur bat la chamade et mon sang bout dans mes veines. Je ravale mes émotions et me promets de les réprimer jusqu'à ce que je sois rentrée chez ma sœur. Ce n'est qu'à ce moment-là que je m'autoriserai à pleurer toutes les larmes de mon corps en buvant une demi-bouteille de tequila, car il n'en faudra pas moins pour oublier Camden Bryant et sa reine de beauté, mais aussi me rappeler qu'aujourd'hui, j'ai eu tout ce que je voulais.

Du moins... j'ai eu l'argent que je voulais pour ouvrir ma boutique, pas l'homme que je n'ai jamais cessé d'aimer, même après dix ans.

Je suis une Ross. Il est hors de question que Camden voie ma faiblesse.

– Oui, c'est ça. Je suis une toute nouvelle cliente de Monsieur Bryant. Je m'appelle Suda Kaye Ross.

Je vois tout de suite qu'elle sait qui je suis. Son sourire s'efface et elle fronce les sourcils.

– Votre petit ami vient d'accepter d'investir dans mon entreprise. Ce n'est pas génial ?

– Brittney Cooperland, de la chaîne de magasins Cooperland Sporting Goods.

Sa famille doit être pleine aux as. Il n'y a que les gosses de riches qui mentionnent leur lignée.

Brittney caresse le torse de Camden d'un air de propriétaire avant de poursuivre.

– Mon *fiancé* est trop généreux, déclare-t-elle en agitant sa main gauche pour révéler l'énorme diamant à son doigt. Il donne sans compter, dans tous les domaines ; c'est pour ça que je l'aime tant, ajoute-t-elle en se blottissant encore contre lui et en l'embrassant sur la joue.

Je crois que je vais vomir.

Milo vient à mes côtés et me prend par les épaules, comme un frère qui soutient sa sœur. Bon sang, c'est vraiment un mec bien.

Camden suit le geste des yeux et sa mâchoire se crispe.

– On reviendra vite vers vous. Mademoiselle Ross... c'est toujours un plaisir.

Mademoiselle Ross. Je ferme les yeux et interdis à mes larmes de couler. Milo me tend mon sac que je mets sur mon épaule en tournant les talons pour partir. Je ne regarde pas en arrière. Je ne peux pas.

Je ne devrais pas avoir l'impression de quitter l'amour de ma vie pour la deuxième fois, mais c'est bien ce que je ressens. C'est de ma faute s'il est dans les bras de cette femme. C'est de ma faute, et voilà ma punition.

Le cœur lourd, je me force à mettre un pied devant l'autre, comme ma mère me l'a appris. On ne peut pas revenir en arrière. Il faut toujours aller de l'avant.

CHAPITRE 5

– Redis-moi pourquoi tu ne veux pas que Monsieur Touche-à-Tout repeigne ton studio ? râle Evie en étalant la peinture aubergine avec son rouleau.

Sa longue queue-de-cheval blonde se balance de gauche à droite tandis qu'elle se met sur la pointe des pieds pour atteindre le haut du mur.

Je souris en plongeant mon pinceau dans le pot de peinture orange qui est à mes pieds.

Je suis dans la petite salle de bains qui n'est séparée du reste de la pièce que par un mur de verre dépoli, un petit mur en « L », une porte, et rien d'autre. En gros, si les lumières de la salle de bains sont allumées, on voit la silhouette de la personne qui s'y trouve. C'est bizarre, mais c'est loin de me déranger. D'autant plus que je vais vivre ici toute seule.

– Ils ont déjà assez à faire dans la boutique, je réponds. Je te l'ai dit, Ev, je veux tout faire pour que l'ouverture se fasse une semaine plus tôt. Plus vite la boutique sera ouverte, plus vite je pourrai rembourser l'investissement de Camden.

Je fais une grimace et peins les angles du mur alors que j'entends les pas de ma sœur dans mon dos. Je lève la tête vers le miroir et la vois croiser les bras en me regardant.

– Tu sais, tu n'as pas à te dépêcher. Ce n'est pas parce que cet imbécile dirige le fonds d'investissement que tu dois lui prouver quoi que ce soit. Tu es une femme géniale et pleine de talent, avec une super-idée et le cran de s'investir à fond pour que ton projet se concrétise et soit un succès.

Je laisse tomber le pinceau dans le pot et des gouttes de peinture orange éclaboussent le sol en béton. Je fronce les sourcils avant de hausser les épaules.

– Monsieur Touche-à-Tout va venir poser le carrelage, de toute façon. Trois gouttes ne feront pas de mal.

Evie sourit.

– Exactement. Maintenant, est-ce que tu es enfin prête à parler du fait que Cam a failli t'embrasser, la semaine dernière ?

Je grimace à nouveau.

– Il n'a pas failli m'embrasser. On n'a aucune raison de parler de lui, d'ailleurs. C'est du passé. Et puis, il est fiancé. Le revoir a peut-être fait ressurgir un millier de vieux sentiments, mais c'est normal après dix ans. Mais je le répète, il est *fiancé*, à une nana qui a tout pour être la prochaine Miss Colorado. Donc non, je ne veux pas parler de Cam. J'ai tourné la page. J'ai déjà oublié que je l'avais revu. Camden qui ?

Je fuis le regard de ma sœur en remuant sans raison le pinceau dans son pot.

– Mmm, mais bien sûr. Donc, ça te convient de te mentir à toi-même ?

– Et toi, ça te convient d'éviter Milo Musclor ? je rétorque en fusillant ma sœur du regard.

– Faut que tu lâches l'affaire, Kaye. Milo est un ami, rien de plus, répond-elle en soufflant pour dégager ses cheveux.

Je lève les yeux au ciel et retourne à ma peinture, m'attaquant cette fois aux contours du miroir, prenant soin de ne pas badigeonner les bords en bois sculptés. La forme du cadre est vraiment étrange. Je ne sais pas qui vivait dans ce studio avant moi, mais il avait des goûts complètement loufoques. Cela dit, ça me plaît assez et j'ai décidé d'en conserver les bizarreries.

– Écoute, je ne veux pas parler de Cam, et toi tu ne veux pas parler de Milo, je poursuis. Cela dit, je tiens à dire que je trouve ça vraiment étrange. Ce n'est pas comme si tu étais sortie avec lui, qu'il était revenu dans ta vie, qu'il t'avait filé une montagne de fric et qu'il avait paradé avec sa fiancée sous ton nez.

Evie soupire et ses épaules se voûtent.

– Ok, tu marques un point. Je lâche l'affaire si tu en fais de même. Pour l'instant.

– Deal.

Un martèlement surgit sous nos pieds, nous faisant sursauter. Je plaque ma main sur ma poitrine, couvrant mon débardeur jaune de peinture orange.

– Sans rire ? Il remet ça ?

– Qui ? demande Evie tandis que je pose mon pinceau dans le pot.

Je cours vers l'escalier qui mène à ma boutique.

– Ce fichu maçon ! je grogne. Je lui ai déjà dit que je voulais qu'il me prévienne quand il arrivait et se mettait au travail, pour ne pas me faire peur, justement.

Evie m'emboîte le pas.

– C'est quoi ce bordel ? dit-elle quand un bruit de scie circulaire nous fait sursauter de nouveau.

Je m'arrête brusquement au pied de l'escalier lorsque je vois un homme gigantesque derrière l'ouvrier qui m'a rendue folle toute la semaine. Le nouvel arrivant est une montagne de muscles sublimes, à peine cachés sous un tee-shirt blanc on ne peut plus moulant.

– Doux Jésus... chuchote Evie en s'arrêtant derrière moi alors que je m'exclame « Waouh ! ».

Le tee-shirt blanc nous offre un sourire en ajustant sa ceinture porte-outils sur sa taille parfaite. Sa ceinture *porte-outils*.

Je peux pratiquement voir la chaleur émaner de ma sœur et moi tandis qu'on suit son geste avec des regards affamés.

– Bonjour Mesdames, ronronne Monsieur Tee-Shirt avec un sourire étincelant.

Je perds mes moyens pendant quelques secondes, le temps d'admirer ses longues jambes, sa ceinture, son tee-shirt et ses cheveux bruns un peu trop longs. Une petite barbe couvre sa mâchoire carrée, comme s'il avait eu la flemme de se raser ce matin. Mais comment lui en vouloir avec son visage d'Henry Cavill et ses yeux turquoise à en faire saliver plus d'une ?

– Je suis venu me présenter, dit-il en me tendant sa main. Je suis Kyson Turner, patron de Turner Brothers Construction, explique-t-il en serrant ma main.

– Je... euh... je suis Suda Kaye. Vous êtes qui, déjà ?

Evie ricane dans mon dos et me met un coup d'épaule.

– Il vient de se présenter. Rentre la langue et reviens sur terre. Je suis Evie Ross.

Monsieur Tee-Shirt lâche ma main pour serrer celle d'Evie, et sa chaleur me manque aussitôt. Toutefois, Kyson ne me quitte pas des yeux.

– Vous connaissez mon frère, Lincoln, dit-il en désignant l'ouvrier ronchon que je connais trop bien.

C'est celui qui vient toujours sans prévenir. Je ne me suis pas plainte parce qu'au moins il ne me fait pas perdre mon temps ni mon argent. Il travaille dur et il est absolument canon, mais j'apprécierais qu'il me dise bonjour quand il arrive, plutôt que de me ficher la trouille en faisant un boucan inouï.

– C'est moi le patron ; c'est à moi que vous avez parlé au téléphone. Je crois que vous aviez demandé un Monsieur Touche-à-Tout ? demande-t-il en dégainant un sourire qui me fait frémir de plaisir.

Je sens mes joues rougir et je les couvre avec mes mains.

– Euh... ouais. Pardon. J'étais un peu chamboulée.

Il sourit en coin en regardant ma bouche.

– Alors, je ferai en sorte de ne pas vous... chambouler de plus belle, déclare-t-il en me faisant un clin d'œil.

Un clin d'œil. Monsieur Tee-Shirt vient de me faire un clin d'œil. Du moins, je crois. Ça s'est passé si vite que je l'ai peut-être imaginé.

– Eh bien, maintenant qu'on s'est rencontrés, poursuit Kyson, je vais passer en revue ce qu'a fait Lincoln cette semaine et voir si on ne peut pas accélérer les travaux. Ça vous va, ma douce ?

Evie glousse derrière sa main, souriant comme une imbécile.

– Vous me vendez du rêve, Monsieur Touche-à-Tout, je réponds avec une moue impertinente pour qu'il sache que ses paroles me plaisent et que j'apprécie de flirter avec lui.

– Du rêve ? Je vais m'efforcer d'en faire une réalité, alors, dit-il en souriant de toutes ses dents blanches.

Mon Dieu, quel sourire...

Je lui offre mon sourire le plus sexy avant de lui tourner le dos et de prendre Evie par le bras qui se retient tout juste de pouffer de rire. Nous sommes à peine arrivées dans le studio qu'elle laisse libre cours à son fou rire et se plie en deux.

– T'es sérieuse, Ev ? C'est pour ça que ça fait mille ans que tu n'as pas baisé. Tu n'arrives même pas à rester sérieuse devant un mec canon.

Elle se redresse en se tenant le ventre.

– Je n'y peux rien, vous vous déshabilliez du regard de façon si flagrante que c'était hilarant ! C'est toujours comme ça, avec toi ? La vache ! Les hommes n'ont qu'à bien se tenir !

– Je ne vais pas mentir, ce type est sublime. Mais je ne fais que m'amuser, je ne vais pas me taper mon maçon, je réponds en levant les yeux au ciel.

Evie me lance un regard qui me dit qu'elle ne me croit pas une seconde.

– Bon, d'accord. Je ne vais pas me le taper *tant que* c'est mon maçon. Peut-être quand il aura fini le travail, je déclare, nous faisant éclater de rire.

Une fois que nous nous sommes calmées, je sors la bouteille de vin rouge qu'Evie a apportée ainsi que deux tasses à thé.

– Je vais t'acheter de vrais verres à vin, dit Evie en remplissant les mugs bleu et jaune que j'ai achetés au café d'en face.

– Pour moi, le vin c'est du vin, que ce soit dans un mug, une tasse ou un verre en cristal, je réponds en buvant une gorgée. Mmm, il est bon. Merci.

Evie lève son verre pour porter un toast.

– Aux nouvelles possibilités et aux aventures bien mûries.

Je souris et trinque avec elle.

– Et aux beaux gosses en tee-shirt blanc ainsi qu'aux beaux Indiens avec des épaules carrées, des cheveux plus beaux que les miens et des mains immenses ! j'ajoute en jouant des sourcils.

– Tu es infatigable, dit-elle en buvant une gorgée à son tour.

– Dans tout ce que je fais, sœurette. Tu devrais t'y faire, parce que c'est ta nouvelle vie, tu sais.

Elle plonge son regard dans le mien et répond d'une voix on ne peut plus sérieuse.

– Je n'ai jamais autant souhaité quelque chose.

– Sœurette… je chuchote d'une voix émue.

Elle hausse les épaules et les laisse retomber.

– Il est temps de se mettre au boulot et de finir ton installation. Je me sentirai mieux quand ce sera fait et que tu auras posé tes valises ; que tu seras en sécurité, chez toi.

Elle retourne à son mur et reprend son rouleau aubergine.

– Posé mes valises, je chuchote.

Je n'avais jamais pensé prononcer ces mots, mais je commence à comprendre et à apprécier leur importance.

♦

Une semaine plus tard, je suis penchée sur un établi sur lequel sont déroulés des plans d'architecte. Kyson est à mes côtés et sa chaleur chatouille ma peau pendant que j'étudie ses dessins.

Il désigne l'endroit où vont se trouver la caisse et la vitrine à bijoux.

– Et ici, tu pourras ajouter une suspension qui te permettra de présenter tes pièces les plus exotiques plutôt que de les accrocher à un simple présentoir, dit Kyson en suivant les traits dessinés sur le plan.

Une porte s'ouvre et il lève la tête avant de se concentrer de nouveau sur le plan.

De mon côté, je réfléchis encore à son idée de suspension.

– Kyson, c'est une super-idée, je déclare en posant ma main sur son biceps.

J'imagine déjà toutes les possibilités que son idée va m'offrir.

– Tu crois qu'on peut faire la même chose le long des murs pour pouvoir mettre en avant des vêtements et des objets artisanaux ? je demande avec un sourire que je sais resplendissant.

Son idée me fait autant plaisir que s'il venait de m'annoncer qu'il avait ramené à la vie Jimi Hendrix et Bob Marley et qu'ils allaient jouer pour l'ouverture de ma boutique.

Kyson pose sa main sur ma hanche et m'attire contre lui.

– Ma douce, continue à me regarder comme ça et tu pourras avoir tout ce que tu veux. *Tout ce que tu veux*, répète-t-il avec un sourire sexy qui me met l'eau à la bouche.

– Pardon ? gronde une voix irritée qui m'est trop familière.

Je lève la tête en même temps que Monsieur Touche-à-Tout et découvre le nouvel arrivant.

Camden Bryant est là, en chair et en os, vêtu d'un pantalon de costume et d'une chemise bleue retroussée, qui révèle des avant-bras musclés et un début de tatouage tribal. Il ne porte pas de cravate et sa veste de costume pend à son doigt, sur son épaule. Ses cheveux tombent sur son visage, juste au-dessous de sa mâchoire. Il semble tout droit sorti d'une pub.

– Cam, je dis en m'éloignant brusquement de Kyson.

Je sais déjà que je vais repasser ce moment dans ma tête des milliers de fois en me demandant pourquoi j'ai réagi comme si je faisais quelque chose de mal alors que ce n'est pas le cas. Je suis libre. Célibataire. En droit de faire ce que je veux. J'ai toujours fonctionné ainsi. Seulement... je ne suis plus sûre que ce soit le bon fonctionnement, à présent.

Kyson me regarde en fronçant les sourcils, puis il croise les bras en se tournant vers Camden.

– Vous êtes ?

– Un investisseur, un associé, un... vieil ami, dit-il en grimaçant. Je présume que vous êtes le maçon ? demande-t-il en tendant la main et en avançant vers Kyson.

– Kyson Turner, oui, répond l'autre en serrant sa main.

Camden regarde autour de lui. Les travaux ont plus ou moins avancé, selon les endroits, mais on dirait surtout un joyeux bordel. Des étagères ont été poussées contre un des murs en brique, à côté de piles de planches qui serviront à fabriquer des présentoirs supplémentaires. La vitrine est presque finie, mais elle est encore ouverte sur l'intérieur, même si on devine déjà à quel point ça va être cool quand ce sera fini. Le plafond est parsemé de câbles et de fils électriques, prêt à accueillir le faux plafond en tissu qui permettra de rendre la salle plus chaleureuse et d'effacer en partie l'aspect entrepôt du lieu.

– Je vois que vous avez travaillé dur. À en juger les plans que Suda Kaye nous a fournis, ça va être magnifique. J'ai hâte de voir le résultat final. Si c'est aussi beau que prévu, mon entreprise sera ravie de vous embaucher pour tous nos travaux.

Kyson serre la mâchoire et penche la tête sur le côté en se massant la nuque.

– Votre entreprise ? Vous avez dit que vous étiez investisseur ?

– Ma fondation a investi sur ce projet, mais aussi dans de nombreuses start-up locales. On est toujours à la recherche d'artisans honnêtes et de qualité pour accompagner nos projets. Mais au jour le jour, je suis le P.-D.G. de Coltrane & Sons Steel.

Kyson écarquille les yeux.

– Merde, mec, je me disais bien que vous me disiez quelque chose. Je vous ai vu dans le journal, il n'y a pas longtemps. On vous a remis un prix ou quelque chose comme ça, quand vous avez ouvert cette nouvelle usine, parce que vous alliez créer dix mille emplois supplémentaires dans la région. L'article disait que vous êtes l'homme le plus riche du Colorado.

Camden éclate de rire.

– C'est peut-être vrai, mais ce n'est pas ce qui m'intéresse. C'est mon père qui a bâti son entreprise de ses propres mains. Moi, je ne fais que m'assurer que son héritage perdure.

– Vous êtes un mec bien, dit Kyson en tapotant plusieurs fois le bras de Cam.

Son attitude hostile envers Cam a soudain changé et il semble désormais plein de respect et de reconnaissance pour lui.

– Un de mes oncles et plusieurs de mes cousins travaillent dans une de vos usines. Ils travaillent dur, mais ils sont bien payés et ils ont de bons avantages. Ils ne se plaignent jamais.

– C'est bon à savoir, répond Camden d'un ton poli, comme s'il entendait ça tous les jours.

Mon cœur bat la chamade en réalisant le nombre de personnes qui travaillent pour Camden, le nombre de familles qui vivent grâce à lui, ont des enfants et prennent leur retraite grâce à l'entreprise qu'il maintient à flot pour eux et grâce à eux. Je n'avais jamais pensé à ça, quand on était jeunes. Je savais simplement qu'il travaillerait un jour avec son père et ses frères. Je ne pensais pas qu'il en deviendrait le patron et serait à la tête de l'empire.

– Coltrane emploie combien de personnes, aujourd'hui ? je demande d'une voix douce qui ne cache pas mon admiration.

– Environ deux cent mille, dans tout le pays.

Je suis bouche bée, je n'y peux rien.

– C'est incroyable, je m'exclame en le regardant dans ses yeux verts. J'ai toujours su que tout ce que tu ferais serait incroyable, Cam, mais... waouh. C'est dingue.

Camden fait un pas vers moi et tend la main, coiffant une mèche derrière mon oreille.

– Je suppose qu'on regrette tous de ne pas avoir su à l'époque ce qu'on sait maintenant, hein ?

Soudain, son regard plein de tendresse redevient de marbre et la petite fenêtre que j'avais sur son âme se referme, me laissant démunie. Mon estomac se noue et je pose une main sur mon ventre pour en soulager la tension.

– Cam... je dis en tendant la main vers lui.

Je veux dire quelque chose, mais je ne sais pas quoi. Je ne sais pas s'il y a quoi que ce soit à dire. Mes sentiments sont trop confus et mes idées trop chamboulées.

Il m'évite d'avoir à parler en secouant la tête et en faisant un pas de côté pour étudier les plans. Je laisse tomber ma main et me gratte la cuisse, mine de rien.

– Et si vous me montriez ce que vous avez prévu de faire cette semaine ? dit-il. Je peux peut-être vous filer un coup de main. D'ailleurs, tant que j'y pense, est-ce que tu as fixé un rendez-vous avec la maire, concernant l'ouverture ?

– J'aurais dû ? je demande en fronçant les sourcils.

Il me sourit tendrement, mais Kyson nous interrompt en posant une main sur ma nuque. Je quitte le regard envoûtant de Cam et me tourne vers les yeux bleus de Kyson.

– Si ça te va, je vais me remettre au boulot sur ce dont on vient de parler, dit-il. On est d'accord qu'on veut une ambiance western avec le comptoir en « L » et les portes de saloon qui séparent la caisse du reste de la boutique ?

– Ouais, ta vision est parfaite.

– Ma vision est souvent parfaite quand on me donne l'occasion de regarder, répond-il en baissant les yeux sur mon débardeur bleu roi.

J'ai choisi de mettre un soutien-gorge rose fluo pour un côté plus grunge, et j'ai empilé cinq sautoirs sur mon décolleté. J'ai assorti le tout avec un jean noir qui me va comme un gant et semble moulé sur mes fesses. Mais la touche finale la plus cool, ce sont mes sandales compensées en tissu rose qui laissent voir le vernis rose que j'ai mis hier soir.

Mon sang s'embrase et je rougis sous le regard de Kyson. Il me lance un clin d'œil aguicheur qui ferait fondre les femmes les plus chastes, puis il tourne les talons et s'éloigne. Sans m'en rendre compte, je le suis du regard tandis qu'il marche vers l'entrée de la boutique. Jusqu'à ce qu'une main saisisse mon bras et me fasse virevolter si vite que je perds l'équilibre et tombe contre le torse du seul homme contre qui j'ai envie d'être plaquée.

– Beau spectacle. Tu es avec lui, maintenant ? demande Camden en désignant Kyson. Je croyais que tu étais avec le géant aux cheveux noirs.

J'ai du mal à réfléchir alors que je me retrouve dans les bras de Camden pour la deuxième fois en deux semaines. Je pose mes mains sur son torse et découvre qu'il est dur comme fer et bien plus musclé qu'à dix-neuf ans.

– Euh... hein ? je marmonne, enivrée par ce parfum de citronnelle dont je veux m'imprégner pour ne jamais l'oublier.

Le parfum est si familier qu'il me renvoie instantanément à des souvenirs de nous deux dans sa voiture, ou marchant main dans la main.

Il caresse mon dos mais, s'il ne me repousse pas, il ne m'attire pas non plus à lui.

– Milo Chavis ?

Je promène mes doigts sur le tissu bleu de sa chemise, remarquant combien elle est douce, me retenant d'y frotter ma joue, lorsque ses paroles parviennent enfin à mon cerveau.

– Milo ? Beurk, mais non ! je réponds en grimaçant.

Camden fronce les sourcils.

– Beurk ? Tu es sérieuse ? Je l'ai rencontré plusieurs fois et toutes les femmes s'évanouissent sur son passage.

Je soupire et me masse la nuque en souriant.

– Oui, il est canon, c'est clair, et je suppose que la plupart des femmes veulent avoir des enfants de lui dès qu'elles le rencontrent, mais non. Ma sœur est amoureuse de lui depuis qu'elle est gamine. Milo est comme un frère pour moi, et un jour, j'espère qu'il le sera vraiment. Donc ouais. Beurk.

Camden me regarde dans les yeux et je soutiens son regard tandis qu'il sourit.

– Ça m'a manqué d'avoir une femme aussi chou et impertinente dans ma vie.

Je ferme les yeux et réalise où je suis, dans les bras de Camden. Or, ce n'est pas bien. En fait, c'est carrément mal.

– Cam... tu ne peux pas dire ce genre de chose.

– Pourquoi pas ?

Il m'attire contre lui et baisse la tête pour respirer mon parfum. Je sens son souffle sur mes seins, qui se couvrent aussitôt de chair de poule.

– Cam... je gronde.

Je ne tiens pas vraiment à l'arrêter, mais je sais que je dois le faire.

– Oui ? chuchote-t-il en m'ignorant et en chatouillant mon cou du bout de son nez.

Je ferme de nouveau les yeux et m'autorise à profiter de son étreinte pendant un minuscule instant.

– Cam, tu es fiancé.

Il se crispe soudain des pieds à la tête, mais il ne recule pas pour autant.

– Tu vas te marier, j'insiste d'un ton plus ferme en faisant un pas en arrière.

Ses mains tombent sur ses cuisses et il referme celle qui tient sa veste, serrant si fort le poing que ses phalanges blanchissent. Il se racle ensuite la gorge et fuit mon regard.

– Tu as raison. Je suis désolé. J'ai... euh... j'ai eu le temps de réfléchir à ton retour, et en dépit de ce qui s'est passé à la fin... tu étais ma meilleure amie, Suda Kaye. J'aimerais qu'on le redevienne. Surtout si nous devons travailler côte à côte pour que ta boutique soit un succès.

Je suis certaine que mon cœur cesse de battre et que je meurs un instant, juste une fraction de seconde. Je me lèche les lèvres et déglutis en essayant de me ressaisir.

– Attends, je ne suis pas sûre d'avoir compris, je commence en secouant la tête. Tu veux être mon ami ? Toi et moi ? Amis ?

Sa mâchoire tressaute et je le regarde déglutir en attendant qu'il répète son idée absurde.

– C'est la meilleure chose à faire, dit-il enfin. On doit trouver un moyen de travailler ensemble, en dépit de notre passé.

Je me gratte le cou et pose ma main sur ma poitrine, rappelant à mes poumons de respirer et à mon cœur de battre.

– Camden et Suda Kaye : amis.

Le mot virevolte dans ma tête, comme des billes sur le sol d'une cour de récréation, allant dans tous les sens sans jamais s'arrêter.

– C'est l'idée, ouais. Pour l'instant.

Il me demande d'être son amie, mais j'entends déjà à sa voix qu'il ne me fait pas confiance et je devine à sa posture qu'il m'en veut encore. Il reste encore trop de non-dits entre nous. J'ose à peine imaginer tout ce qu'il veut réellement me dire. Il va bien falloir qu'on en parle tôt ou tard, même si je préfère largement marcher sur des charbons ardents que d'avoir cette conversation avec l'ex de ma vie.

Mais mon côté réaliste prend le dessus sur mon côté professionnel.

– Cam, on ne pourra jamais être amis. On a toujours été… *nous*. Je suis tombée amoureuse de toi le premier jour où je t'ai vu, j'admets, regrettant aussitôt de lui dire toute la vérité.

Ses épaules se tendent et son regard s'assombrit.

– Je sais. J'y étais.

La force de ces quelques mots suffit à faire ressurgir les souvenirs d'une époque plus belle et plus heureuse, lorsque nous étions ensemble et que le monde entier était à notre portée. Toutefois, je me force à les réprimer et à revenir à l'instant présent.

– Tu ne peux pas croire qu'on peut être amis et travailler côte à côte, avec notre passé. Il faut que tu m'assignes un autre mentor. Ce serait malsain, autant pour toi que pour moi, je termine en lui prenant la main.

Il la serre fort dans la sienne, comme s'il ne voulait plus jamais me lâcher.

– Personne d'autre n'est disponible. Et puis, j'aime prendre des risques, répond-il simplement.

– Depuis quand ?

– J'admets que ce n'était pas le cas, à l'époque. L'homme que tu connaissais faisait toujours ce qu'on lui disait de faire et ne voyait devant lui que l'avenir qu'on lui avait tracé. Maintenant, je fais les choses à ma façon. J'ai trouvé le juste milieu entre la contrainte et la liberté.

Contrainte et liberté, c'est précisément entre ces deux mondes que je me situe actuellement, moi aussi.

– Je suis contente d'entendre que tu es heureux, Cam. C'est toujours ce que j'ai souhaité, je réponds en serrant les dents et en levant la tête, priant pour que mes larmes ne coulent pas car cela gâcherait ce terrain d'entente fraîchement trouvé.

– Et toi ?

– Quoi, moi ? je demande d'une voix rauque et chargée d'émotion.

– Tu es heureuse ?

Sa question me transperce jusqu'au plus profond de mon âme avec la délicatesse d'une pelle mécanique.

– Je trouve toujours du beau en toute chose, je réponds automatiquement.

– Ce n'est pas ce que j'ai demandé, dit-il en faisant un pas vers moi et en plongeant son regard tourmenté dans le mien. Est-ce que tu as trouvé ton bonheur, pendant toutes ces années d'absence ?

– J'ai trouvé plein de choses qui m'ont rendue heureuse, je réponds sincèrement.

Il baisse la tête, et lorsqu'il la lève de nouveau, ses yeux contiennent tant d'émotion et de non-dits que j'en ai le souffle coupé.

– Alors, pourquoi tu es revenue ? demande-t-il en caressant ma joue d'un geste naturel, comme s'il n'avait même pas conscience de le faire.

Je ferme les yeux et frotte ma joue contre sa paume chaude. Lorsque j'ouvre de nouveau les paupières, je lui ouvre mon cœur, me livrant sans retenue.

– Parce qu'aucune de ces choses n'arrivait à la cheville du bonheur que j'ai connu quand j'étais à la maison.

Soudain, le charme est rompu. Il laisse tomber sa main et hoche la tête.

– Tu fais du bon boulot, continue comme ça. Je... euh... je reviendrai bientôt.

Cette fois, c'est Camden qui me tourne le dos. Ce que je ressens n'est rien à côté de ce qu'il a dû ressentir il y a dix ans, mon cœur se brise en mille morceaux.

Mon Dieu, qu'est-ce que mon départ a bien pu lui faire ?

CHAPITRE 6

– Il a dit *quoi* ?

Evie est assise sur le plan de travail de sa cuisine, un grand verre de vin rouge à la main.

De mon côté, je suis en train de couper un concombre en rondelles pour notre salade.

– Amis. Il veut qu'on soit amis.

– Hmmm, grommelle Evie avant de tendre la main pour chiper un bout de concombre. Et toi, tu veux quoi ?

Je hausse les épaules et pose mon couteau pour attraper mon verre. Je bois une énorme gorgée du Zinfandel que ma sœur a ouvert, et je laisse les notes de mûres et de cassis détendre mes nerfs. Je soupire et m'adosse au plan de travail.

– Honnêtement, je ne sais pas. Être près de lui est à la fois bizarre et parfaitement normal. On a beau avoir beaucoup changé, tous les deux, il y a encore une force invisible qui nous attire l'un vers l'autre. Tu vois ce que je veux dire ? Je suis sûre que tu as la même chose avec Milo.

– Milo ? répète Evie en secouant la tête. Non, loin de là. On était surtout amis quand on était petits, et c'est moi qui avais le béguin pour lui ; ce n'était pas réciproque. Depuis, on se suit sur les réseaux sociaux, mais pas plus. En revanche, ces derniers temps, j'ai l'impression de tomber sur lui partout.

Elle fronce les sourcils et je souris.

– C'est une intervention divine, je déclare en me tournant pour verser les concombres dans le saladier déjà plein.

– On peut dire la même chose de toi et Cam, tu sais, répond ma sœur en sautant du comptoir.

Je penche la tête sur le côté et réfléchis à ses paroles.

– Peut-être. Et puis, bien sûr, il y a Monsieur Touche-à-Tout qui est délicieux.

– C'est vrai que ce type est canon. Mais il me semble un peu sur la réserve, d'une certaine façon. Comme s'il n'était pas vraiment un séducteur.

J'éclate de rire et bois une gorgée, puis je pointe ma sœur du doigt car une idée me vient.

– Ouais, tu sais quoi, je parie qu'il me ressemble plus que je ne le pense. Je parie qu'il aime s'amuser sans forcément promettre quoi que ce soit pour l'avenir.

Evie prend le saladier et le pose sur la table.

– Tu n'en as jamais assez de ce style de vie ? De toujours changer de mec ?

Je saisis la casserole de pâtes qu'Evie a préparées, en m'assurant de la tenir avec les maniques pour ne pas me brûler.

– Ce n'est pas comme ça que ça marche, Ev. C'est plutôt que quand je rencontre un mec avec qui je sais que je peux m'amuser, je ne complique pas les choses. Je ne promets rien et ne m'engage à rien. Et lui non plus. On passe du bon temps et, si l'un d'entre nous veut que ça devienne plus sérieux ou, à l'inverse, veut arrêter la relation, on se met d'accord pour tourner la page.

Evie hoche la tête et s'installe en face de moi.

– J'aimerais davantage pour ma petite sœur, déclare-t-elle en posant sa main sur la mienne.

Je serre sa main et plonge mon regard dans ses superbes yeux bleus.

– Et moi, j'aimerais que le monde entier soit à tes pieds. J'aimerais que tu vives comme si demain n'existait pas. Que tu t'envoles jusqu'à ce que tes ailes soient épuisées et que tes pieds meurent d'envie de toucher terre.

– C'est comme ça, pour toi ? Tu ressens quelque chose en toi ? demande Evie.

Elle essaie de garder un ton léger, mais je sais combien ma réponse compte pour elle. Elle veut savoir pourquoi je suis partie et pourquoi je ne suis revenue que maintenant.

Je nous sers de la salade en préparant ma réponse.

– D'une certaine façon, oui. Je ressens quelque chose en moi, dans mon ventre, et ça me prend par surprise. J'ai toujours supposé que c'était mon intuition qui me guidait vers la prochaine étape de mon voyage.

Evie se lèche les lèvres avant de mordre celle du bas.

– Tu penses que c'est ce que ressentait maman ?

Je souris tendrement à ma sœur en repensant aux fois où maman nous appelait dans le salon en dansant, en chantant à tue-tête et en frappant dans ses mains. C'était toujours le signe qu'elle s'apprêtait à nous annoncer que son besoin d'aventure la chatouillait de nouveau. Au début, on trouvait ça drôle. On riait et on dansait avec elle. Puis, quelques jours plus tard, alors que mon beau-père était en mission avec l'armée, elle préparait sa valise et nous déposait à la réserve chez Tahsuda. Puis on ne la voyait plus pendant plusieurs semaines.

– Ouais. D'une certaine façon, quelque chose l'appelait à partir et elle répondait à l'appel.

Evie grimace et sa bouche se pince.

– J'aurais préféré qu'elle réponde à l'appel d'élever ses filles.

Je tends la main et serre fort la sienne.

– Taabe... tu sais bien que maman nous aimait et qu'on lui manquait quand elle partait, je réponds d'une voix pleine de tendresse.

Ma sœur dégage ma main, saisit la cuillère et nous sert une portion chacune.

– Je crois beaucoup de choses à propos de notre mère. Nous aimait-elle ? Oui, je sais que oui. Nous aimait-elle assez ? On ne le saura jamais.

Je ferme les yeux, attristée.

– Evie...

Elle agite la main dans l'air pour clore la conversation.

– Je ne veux pas parler de maman. Je veux parler de toi et de Camden et de ce que tu vas faire, maintenant que c'est lui ton mentor.

Mon dos accuse le coup et je retombe contre le dossier de ma chaise, attrapant mon verre pour en boire une gorgée.

– Je vais faire la seule chose possible.

Evie enroule des nouilles sur sa fourchette, mais sa main s'arrête en l'air, à quelques centimètres de sa bouche.

– C'est-à-dire ?

– Improviser.

Ma sœur sourit, la bouche pleine, en secouant la tête.

– Mais bien sûr. Parfois, je regrette de ne pas être davantage comme maman et toi.

Son commentaire me surprend et je retrouve le moral.

– Ah bon ? Comment ça ? je demande en m'attaquant aux tagliatelles crémeuses, gémissant lorsque j'en découvre les saveurs.

Ma sœur a toujours été très bonne cuisinière. Déjà à dix ans, c'était elle qui cuisinait la plupart des repas, sauf quand Tahsuda nous préparait des plats traditionnels ou que maman commandait à emporter.

– Parfois, j'aimerais être aussi intrépide que vous. Maman ne se faisait jamais de souci à propos de choses qu'elle ne pouvait pas contrôler. Et comme elle pensait que la plupart des choses étaient hors de contrôle, elle était sincèrement heureuse. Tu es comme elle. Tu as parcouru le monde, tu as découvert tout ce qu'il y avait à découvrir, aussi vite que possible, sans jamais te soucier de quoi que ce soit.

– C'est faux, je m'inquiète, tu sais, je réponds d'une voix rauque, et j'ai soudain les larmes aux yeux.

Elle glousse et fait tournoyer son vin dans son verre. Un vigneron italien m'a dit que ça aidait à aérer le vin pour en faire ressortir les parfums. Faut croire qu'Evie et moi partageons la même passion du vin.

– Ah, voilà qui devrait être intéressant. Qu'est-ce qui peut bien inquiéter ma petite sœur libre comme l'air ? demande Evie en avalant une bouchée de pâtes.

– Je m'inquiète pour toi.

Elle recule brusquement la tête, clairement surprise.

– Moi ? Je suis la personne la plus stable que tu connais ! J'ai un master, je dirige ma propre entreprise qui a un grand succès, j'ai plein d'argent de côté pour la retraite, je suis proprio de mon appart et de ma voiture, et je suis en bonne santé. Quelle raison aurais-tu de te faire du souci pour moi ?

– Pour tout ça, justement. Tout ce que tu viens de me dire. Ça me fout la chair de poule, tu ne comprends pas ?

Evie secoue la tête.

– Ben, tu ne vis pas, Evie. Le jour de tes dix ans, tu es devenue le parent de la famille. Pour moi, pour maman... Tu as bossé comme une acharnée à la fac pour décrocher ta licence et ton master. Tu as monté ta boîte et, maintenant, tu as des bureaux dans plusieurs villes et tu continues à travailler comme une forcenée. Les seuls mecs que tu as eus étaient ennuyeux à mourir, et les seules fois où tu as voyagé, c'était pour venir me voir. Et la plupart du temps, tu travaillais quand même. Je ne t'ai jamais vue ivre. Je ne t'ai jamais vue te lâcher...

Evie prend son verre et le tient contre sa poitrine.

– Tu peux parler, toi. Tu n'as jamais travaillé six mois d'affilée au même endroit. Je peux compter sur mes deux mains et peut-être même sur mes orteils le nombre de mecs à qui tu as offert ton corps, et tu es persuadée que chaque personne que tu rencontres est belle, honnête et gentille, ce qui est complètement dingue. La plupart des gens sont tarés, sœurette. Mais toi, tu te comportes comme si le monde entier était à toi, et tu traverses la vie en dansant gaiement, sans te demander quand ton prochain salaire va tomber. Ni de qui va s'occuper de toi quand tu seras vieille. Ni de ce qu'il se passera si tu tombes malade, comme maman. Tu ferais quoi, Suda Kaye ? Tu reviendrais chez la bonne vieille Evie pour qu'elle s'occupe de toi ?

– Evie...

Je ne trouve pas les mots, ma gorge est nouée.

Evie se lève et recule sa chaise si fort qu'elle manque tomber à la renverse, puis elle me pointe du doigt en fronçant les sourcils.

– Grandis, Suda Kaye. Tu as vingt-huit ans et tu viens de prendre un engagement énorme en décidant d'ouvrir une boutique. Ton argent, l'argent que je t'ai prêté et l'argent que t'a donné le fonds de Camden sont en jeu. Je flippe à l'idée qu'un de ces quatre tu te réveilles et te rendes compte que ce n'est pas facile de rester au même endroit. Que gérer une boutique est un sacré engagement. Et plus que tout, j'ai peur qu'en fin de compte, tu disparaisses et laisses Cam et moi nettoyer derrière toi.

Les larmes me brûlent les yeux, mais je les retiens.

– S'il te plaît, assieds-toi. Parle-moi. Ne t'enfuis pas, je dis, sachant que s'il y a bien une chose dont ma sœur est incapable, c'est de tourner le dos à ses problèmes.

Evie s'appuie sur le dossier de sa chaise, respire à fond et se rassoit.

– Je suis désolée. Je ne voulais pas m'en prendre à toi. Je sais que tu fais de ton mieux.

Je prends sa main dans les miennes et elle se tourne vers moi.

– Cette fois c'est différent, je déclare.

Elle renifle tout en m'interrogeant du regard.

– Pourquoi ?

– Je ne sais pas comment l'expliquer, Ev. C'est juste que je n'ai plus ce sentiment dans mes entrailles, ce truc qui me poussait à aller d'un endroit à l'autre sans vraiment poser mes valises. Pour la première fois de ma vie, je suis contente de m'installer quelque part. Être ici, ouvrir cette boutique, t'avoir dans ma vie, tous les jours... c'est bien. Ça me semble juste.

– Et que se passera-t-il si ce sentiment revient un jour ? demande Evie en me regardant avec des yeux infiniment tristes.

– Alors, je partirai en vacances. Peut-être même que j'obligerai ma sœur à venir avec moi pour lui montrer tout ce qu'elle rate.

Elle sourit et hoche la tête.

– Tu crois que ça suffira ?

– Pour l'instant, je peux seulement te dire ce que je vois à l'horizon. Toi, moi, Gypsy Soul, Tahsuda. Le Colorado. C'est tout, sœurette. Je suis heureuse. Pour la première fois depuis longtemps, je me sens vraiment heureuse.

– C'est vrai ? insiste-t-elle d'une voix tremblotante.

Je lève la main et caresse tendrement sa joue.

– Oui, c'est vrai. Maintenant, mange tes pâtes, c'est trop bon.

– Ça te plaît ? répond-elle en souriant.

– Ouais ! Comme d'hab, tes talents de cuisinière sont exquis, comme toujours. Mais tu sais, j'ai appris deux trois trucs moi aussi, durant mes voyages. Demain soir, c'est moi qui cuisine.

Evie est aussi surprise que dubitative.

– Tu as appris à cuisiner ? Je me souviens encore du jour où tu as réussi à faire cramer de l'eau, quand tu avais dix-huit ans.

Je souris en buvant une gorgée de vin.

– Ouais, eh ben, quand tu couches avec un chef français et un Italien qui bosse dans un restau, tu apprends forcément une ou deux astuces, je réponds en lui faisant un clin d'œil.

– Je ne doute pas que tu aies appris quelques astuces… Je doute seulement qu'elles aient été en lien avec la cuisine, rétorque ma sœur en pouffant de rire.

Je lui jette ma serviette à la figure.

– Espèce de peste !

Elle hausse les épaules, plante sa fourchette dans une tranche de concombre et la croque à pleines dents.

– C'est celle qui dit qui est !

– Si tu le dis, je réponds en levant les yeux au ciel.

Je continue mon repas en souriant, heureuse que ces moments avec ma sœur soient mon nouveau quotidien. Je suis on ne peut plus ravie de dîner tous les soirs avec quelqu'un que j'aime, et qu'on puisse parler à cœur ouvert de nos différends pour qu'ils n'empoisonnent pas notre relation. J'aime qu'on se fasse rire et qu'on se détende ensemble après une longue et rude journée de travail.

En fait, je commence à comprendre que la vie normale a beaucoup de charme et de beauté, aussi.

♦

Quelqu'un frappe lourdement à ma porte et me tire d'un sommeil profond. Je m'assois dans mon lit et regarde en direction de la porte d'entrée, à l'opposé du studio. Les coups reprennent, suivis par un bruit de scie circulaire.

Je pousse un juron, enlève la couette et me lève, nue comme un ver, dégageant mes cheveux de mon visage en me frottant les yeux.

Le martèlement reprend à ma porte, mais encore plus fort.

– Si tu n'ouvres pas cette porte, Suda Kaye, je vais utiliser ma clé ! gronde la voix de Camden.

Sa clé ?

– Chiotte !

Je saisis ma robe de chambre en satin violet et l'enfile aussi vite que possible. Elle ne m'arrive qu'à mi-cuisse, mais ça fera l'affaire.

– J'arrive ! Deux secondes ! je crie alors que les coups cessent.

Folle de rage, je marche d'un pas rapide à la porte et l'ouvre d'un coup sec.

– C'est quoi ton problème, Cam ? Le soleil est à peine levé, bon sang ! je gronde.

Cam hausse les sourcils en me voyant, il m'étudie des pieds à la tête.

– Putain ! siffle-t-il en se massant la nuque et en regardant en direction de la boutique, en contrebas.

Je baisse à mon tour les yeux et réalise que ma robe de chambre est ouverte sur mes seins. Je saisis aussitôt les bords pour la nouer à ma taille.

– Qu'est-ce que tu fais ici si tôt ?

– Il est dix heures, ma biche.

Ma biche.

Ça fait dix ans que je n'ai pas entendu ce surnom, et j'en ai le souffle coupé. Il m'a appelée ainsi avant de connaître mon prénom, et il n'a jamais cessé. Et il a prononcé ce surnom de toutes les manières possibles : en riant, en grondant de frustration, fou de joie ou de désir, contre mes lèvres alors qu'il m'embrassait... Or, sa façon de le dire maintenant me ramène aussitôt en arrière. Je nage dans un océan de souvenirs. Je suis coincée dans le passé.

– Et alors ? je marmonne en essayant de cacher ma nostalgie en bâillant.

Un sourire en coin se dessine sur ses lèvres et m'hypnotise. J'ai toujours adoré ce sourire narquois. Camden Bryant a toujours été beau, même ado, mais il l'est encore plus maintenant qu'il est adulte. Et lorsqu'il sourit d'un air moqueur, il devient mille fois plus sexy. Mes genoux menacent de céder et je sens mes tétons durcir sous le tissu soyeux de ma robe de chambre. Je m'appuie contre la porte, essayant de paraître cool et d'ignorer ce parfum qui m'enivre.

Il rit dans sa barbe et je me retiens d'émettre un soupir émerveillé.

– J'avais oublié combien tu aimais dormir.

– Revenons-en à ce que tu fais ici, je marmonne.

J'essaie de coiffer mes cheveux en arrière, histoire d'occuper mes mains qui sont soudain moites et tremblantes.

– Je suis là pour bosser, répond Cam en observant mes gestes. Je suis là toute la journée.

– Euh... quoi ?

– Je suis ton mentor, tu as oublié ? J'ai demandé à mon assistante de me libérer deux jours par semaine pour venir t'aider. Je veux filer un coup de main où je peux, t'apprendre les rudiments de la gestion et faire avancer les choses. Il y a encore beaucoup à faire avant l'ouverture, dans quatre semaines. Allez, au boulot ! conclut-il en frappant dans ses mains.

Je le regarde en clignant des yeux, ne comprenant pas tout ce qu'il dit, mon cerveau n'est pas encore tout à fait réveillé.

– Un café, déclare-t-il en me poussant en arrière.

Je fais un pas de côté pour le laisser passer et il examine le studio avant de se diriger vers la cuisine.

– Tu n'as pas grand-chose, ici.

J'étudie l'espace en imaginant ce qu'il voit. Il y a un lit queen-size poussé contre le mur du fond, avec une table de chevet de chaque côté. Sur l'une se trouvent une lampe et un réveil, sur l'autre une pile de livres que ma sœur m'a fait promettre de lire. Et comme je suis concentrée sur la boutique et sur le fait de rattraper le temps perdu avec elle, je ne passe pas mes soirées à faire la fête. J'ai découvert que j'aime lire le soir, avant de m'endormir. Ça me permet de m'assoupir avec de belles histoires plutôt qu'en dressant la liste de tout ce qu'il me reste encore à faire dans la boutique.

Face au lit se dresse une immense armoire. En temps normal, j'aurais préféré un dressing, mais il n'y avait pas la place. Et puis, cette armoire est plutôt cool. Elle est ancienne, en chêne, je l'ai achetée une misère à une veuve qui vidait toute sa maison avant de partir vivre en Floride. Elle a dit que je lui faisais penser à elle, dans sa jeunesse, et elle a baissé le prix de moitié. Je l'ai obligée à accepter cent dollars et lui ai fait promettre de passer à la boutique si elle revenait dans le coin. Elle a accepté, m'a souhaité bonne chance, et elle a même demandé à deux de ses petits-fils de me la livrer et de la monter à l'étage.

Donc le coin chambre est plutôt fini. En revanche, le côté salon est vraiment vide. Je dois encore acheter beaucoup de choses pour rendre l'endroit accueillant et chaleureux, mais pour l'instant, j'ai ce qu'il faut.

– Ouais, j'y travaille. Comme tu peux le voir, je me suis surtout occupée du coin où je dors, je réponds.

Je regarde l'endroit où j'ai prévu de mettre une table, une autre que celle qu'Evie m'a prêtée et qui est assortie de chaises pliantes.

Camden ouvre le placard au-dessus de la cafetière et trouve le café, les filtres et les tasses.

– Il a quel âge, ce truc ? demande-t-il en regardant d'un air dédaigneux la cafetière que j'ai achetée dans un vide-grenier le week-end dernier.

– Je ne sais pas, mais la femme qui me l'a vendue a juré qu'elle fonctionnait très bien, et c'est vrai. Apparemment, elle n'allait pas avec la nouvelle déco de sa cuisine.

– Alors qu'avec ta déco, oui ?

– Ben, je n'ai pas grand-chose, comme tu l'as remarqué. Repartir à zéro n'est pas facile, et ce n'est pas donné non plus. Ça coûte un fric fou, en fait.

– C'est ce que tu fais ? demande-t-il en versant le café dans le filtre et en allant vers l'évier pour remplir la carafe. Tu repars à zéro ?

– Plus ou moins, ouais.

– Après dix ans ?

– Euh, ouais.

Cam mord sa lèvre inférieure, verse l'eau dans la cafetière et appuie sur « start ». La machine revient à la vie avec une série de gargouillis et de crépitements.

Cam se tourne vers moi et sa veste s'ouvre un peu, me laissant voir sa taille fine et ferme avant qu'il ne s'appuie contre le plan de travail pour me regarder.

– Tu as fait quoi ? Pendant toutes ces années ?

Je lui tourne le dos et le laisse dans la cuisine ouverte pour me diriger vers mon armoire.

– Faut que je m'habille.

– Suda Kaye, tu ne peux pas m'éviter ni cette conversation, pour toujours. Il va bien falloir qu'on en parle tôt ou tard.

– Je ne pense pas, non, je réponds en haussant les épaules, essayant de paraître nonchalante alors qu'une multitude de sentiments contradictoires se battent pour avoir la première place dans mon cœur.

– T'es marrante, toi. Chaque fois que je m'approche de toi, tu te mets à trembler comme une feuille. C'est toi qui m'as quitté, tu te souviens ? Il n'y a pas eu un seul jour, en dix ans, sans que je me demande où tu étais, ce que tu faisais, si tu allais bien, si je te manquais ou pas ; si on te manquait.

J'ouvre mon armoire en ravalant ma tristesse. Je ne suis pas prête pour ça. C'est trop tôt. Mais je dois bien lui répondre quelque chose, je ne peux pas le laisser comme ça. La main lourde, je saisis un débardeur et la première paire de jeans que je trouve.

– Tu dois mettre quelque chose de plus approprié, Suda Kaye.

Je me tourne vers lui, jette les vêtements sur mon lit et pose une main sur ma hanche.

– Je t'interdis de me dire quoi mettre et quoi faire, je gronde.

– Désolé ! répond-il en levant les mains en l'air. Je voulais seulement dire que tu dois mettre une tenue plus professionnelle qu'un jean et un débardeur.

Ce n'est que maintenant que je prends le temps d'étudier sa tenue : costume bleu marine, chaussures de ville en cuir marron, chemise jaune pâle qui faire ressortir les mèches dorées de ses cheveux. Je réprime un soupir et dois faire appel à tout mon self-control pour ne pas lui sauter dessus. C'est un problème chaque fois que je le vois, mais là, je suis presque à poil, il est ronchon-sexy et moi je suis ronchon-excitée. L'univers est contre moi, on dirait.

– Pourquoi ? je demande enfin.

– On déjeune avec Madame la maire, aujourd'hui, dit-il en regardant l'heure sur sa montre. Dans une heure et demie, pour être précis.

Sans un mot, je me tourne de nouveau vers l'armoire et pousse tous mes vêtements vers la gauche, à la recherche des deux tenues qu'Evie m'a données pour avoir l'air aussi pro qu'elle. J'ai porté la première lors du rendez-vous avec le fonds d'investissement, donc je ne peux pas la remettre devant Cam. Je saisis la robe fourreau rouge et le blazer noir aux coutures assorties à la robe.

Je montre la tenue à Cam, qui l'étudie lentement. Son regard s'assombrit, comme lorsque quelque chose lui plaît vraiment.

– Ça... ça fera l'affaire.

– Super, je réponds sèchement en contournant le lit. Non pas que j'aie envie de parler de ça maintenant ni jamais, mais...

Je lui passe devant pour aller vers la salle de bains, j'ouvre la porte et m'arrête.

– Sache que...

Je me tourne vers lui et le regarde dans les yeux.

– Tu m'as manqué tous les jours.

L'aveu m'a échappé sans que j'aie eu le temps de le censurer. Camden fait un pas vers moi, mais je lève la main pour l'arrêter.

– Non, je déclare d'une voix suppliante.

– Ma biche... dit-il d'une voix rauque, comme si mon surnom lui avait été arraché.

– Ça suffit, je réponds en secouant la tête. Sers-toi un café. Je vais prendre une douche et je reviens vite.

Il met ses mains dans ses poches et se balance d'avant en arrière sur ses talons en regardant par terre.

– Ok, Suda Kaye. Comme tu voudras.

Il lève de nouveau la tête vers moi et son regard est si vif et parlant que je sais qu'il me cache quelque chose. Si j'étais la même qu'il y a dix ans, je saurais ce que c'est. Mais en cet instant, je patauge dans un océan d'incertitudes et il n'y a pas le moindre radeau en vue.

– Pour l'instant, ajoute-t-il d'une voix grave et sérieuse. Je veux bien lâcher l'affaire, pour l'instant, promet-il.

Je ferme les yeux et hoche la tête avant de refermer la porte sur lui et sur notre passé.

Pour l'instant.

CHAPITRE 7

– Redis-moi pourquoi on doit rencontrer la maire ?

Je sors de la salle de bains, habillée mais sans chaussures, mes cheveux lâchés en boucles dans mon dos. Ce n'est pas parce que je dois mettre un déguisement de femme d'affaires que je vais faire une croix sur ma coiffure rock'n'roll. D'une certaine façon, j'ai un peu l'impression de faire un doigt d'honneur aux conventions.

Cam plonge son regard dans le mien, alors qu'il s'apprête à boire une gorgée. Il est appuyé contre le plan de travail, les chevilles croisées, parfaitement à l'aise. D'ailleurs, ça me fait penser qu'il faut que j'achète des tabourets de bar.

– J'aime ta salle de bains, répond-il d'un ton mystérieux, ignorant ma question.

Je plisse les yeux et me dirige vers le lit pour ouvrir un des tiroirs qui se trouvent sous le sommier. Celui-ci est plein de chaussures. Je déniche les escarpins noirs qu'Evie m'a donnés et je m'assois au bord du matelas, croisant une jambe sur l'autre pour enfiler la chaussure.

– De quoi tu parles ? Tu ne l'as même pas vue.

Il affiche un sourire machiavélique.

– Je voulais dire que j'aime ton *mur*. En verre. C'est une idée brillante. Tu n'as pas encore été de ce côté pendant que quelqu'un se douche ? demande-t-il en hochant la tête en direction des briques de verre.

Mes joues deviennent rouge cramoisi, j'imagine ce qu'il a vu.

– Non...

– Oh que si ! répond-il avec un sourire diabolique et séducteur. Ça faisait longtemps que je n'avais pas assisté à un tel spectacle.

– Tu n'es qu'un porc.

Je me lève d'un bond et vacille légèrement sur mes talons aiguilles, même si mon déséquilibre est plutôt dû à la terrible honte que je ressens.

– Je suis surtout un mec, dit-il, comme si ça excusait tout. Et puis, ce n'est pas comme si je ne t'avais jamais vue à poil.

Je le fusille du regard en fronçant les sourcils.

– Je te déteste.

Cam éclate de rire et pose sa tasse sur le plan de travail.

– Non, tu ne me détestes pas, mais je te pardonne, répond-il en désignant mon gobelet de voyage. Je t'ai fait un café à emporter. Avec de la crème de citrouille ; à moins que ça ait changé, en dix ans ?

Je secoue la tête et prends le gobelet.

– Merci.

Il me sourit tendrement et penche la tête sur le côté.

– Ne t'en fais pas, ma biche. Je n'ai rien vu à part ta silhouette.

Il coiffe une mèche derrière mon oreille et caresse mon visage du bout du doigt avant de poser sa main sur ma joue et d'approcher son visage. Je sens son souffle sur mes lèvres lorsqu'il chuchote.

– Mon imagination s'est chargée du reste.

Il m'offre son sourire le plus sexy en me faisant un clin d'œil, et une vague de chaleur parcourt mes veines. Je le regarde, bouche bée, et suis sur le point de l'insulter lorsqu'il me lâche, tourne les talons et saisit ses clés sur le plan de travail.

– Faut qu'on y aille. Tu es prête ?

– Ouais. Mais fais-moi plaisir, garde ton imagination pour toi, tu veux.

Je lui emboîte le pas.

– Au fait, pourquoi tu as la clé de chez moi ?

Il me tient la porte et me laisse passer la première.

– Le propriétaire me l'a donnée lorsque je lui ai prouvé que je possédais une part de ton affaire. La clé de la boutique est la même que celle du studio.

Je fronce les sourcils, mais ne réponds rien, je me concentre pour descendre l'escalier, juchée sur mes talons aiguilles. Je ne sais pas comment fait Evie pour marcher avec ça tous les jours. Moi, je préfère largement les talons compensés.

– Dire qu'il fut une époque où tu aimais mes idées salaces, déclare Cam, me faisant perdre l'équilibre.

Il me rattrape en passant son bras autour de ma taille et en me plaquant contre lui avant que je tombe. Sans le vouloir, je recule pour m'appuyer contre lui et son torse chaud. Il effleure ma joue et je frissonne des pieds à la tête.

– Je te rattraperai toujours, Suda Kaye.

Je fais appel à tout mon self-control et me redresse avant de m'écarter.

Sauf quand tu es avec Brittney...

– Je ne crois pas, non, je réponds sèchement avant de reprendre la descente de l'escalier, plus rapidement, mais en prenant soin de m'agripper à la rambarde.

J'arrive en bas en un morceau. Du moins... physiquement. Je ne peux pas en dire autant pour mon cœur.

♦

– Je suis ravi de vous revoir, Madame Browning, dit Camden en souriant et en posant sa main sur le creux de mes reins. Madame la maire, je vous présente Suda Kaye Ross, la propriétaire de la future boutique la plus branchée de Main Street.

Je tends la main pour serrer celle de la maire. Elle est petite et ronde, vêtue d'une jupe assez simple et d'un gilet en coton, et elle m'étudie avec un sourire sincère.

– Enchantée, Mademoiselle Ross. Notre ville a hâte de découvrir votre boutique. Je vous en prie, asseyez-vous.

Elle désigne la table qui nous est réservée et Cam recule ma chaise, m'aidant à l'avancer une fois que je suis assise. Il a dû apprendre à faire ça ces dix dernières années, car il ne le faisait pas quand nous étions ensemble, même s'il était déjà un parfait gentleman.

Il attend que Madame la maire soit assise, puis il s'installe à son tour.

– Je voulais vous rencontrer parce que mon fonds d'investissement participe à la création de Gypsy Soul et on voudrait vous demander un service, dit-il en souriant.

La femme hoche la tête, mais pas une mèche ne s'échappe de son chignon parfait.

– Je m'en doutais, oui. Les Bryant m'appellent seulement lorsqu'ils ont besoin d'un permis de construire ou d'un service, ou peut-être lorsqu'ils veulent faire un don à la ville. Je vous avoue que j'espérais que ce serait la dernière option, répond-elle en étudiant Cam d'un air sérieux.

Cam rit doucement, le serveur arrive. Comme la maire et Cam ne boivent pas d'alcool, je commande un thé glacé.

Pendant quelques minutes, Madame Browning et Cam parlent des affaires de la ville, du syndicat des travailleurs de l'usine de Cam, de la nouvelle usine Coltrane & Sons Steel et des problèmes de délinquance.

– Peut-être que les jeunes s'ennuient ? je propose.

La mairesse me rentre aussitôt dedans.

– Ça fait combien de temps que vous habitez à Pueblo, Mademoiselle Ross ? Je ne vous ai jamais vue aux réunions de la Chambre de commerce ni aux conseils municipaux.

Cam recule dans sa chaise et tend le bras sur le dossier de la mienne, se tournant davantage vers moi.

– J'ai vécu ici quand j'étais ado, je réponds. Ma sœur Evie et moi avons toutes les deux été au lycée, ici.

– Evie Ross ? demande la maire en trempant un morceau de pain dans l'huile d'olive qu'elle a versée dans son assiette. Evie est merveilleuse ! Sa boîte est très généreuse en ce qui concerne les dons aux associations locales, et elle sponsorise aussi les différentes équipes de la ville. Elle a un cœur en or. C'est une véritable Coloradienne, celle-là, dit-elle en souriant jusqu'aux oreilles.

Un immense sentiment de fierté m'emplit en entendant ces éloges, mais je n'ai pas le temps de la remercier car le serveur arrive pour prendre notre commande.

– Je vais prendre la salade complète avec la vinaigrette à part, s'il vous plaît, je demande en lui tendant mon menu.

– Sans carottes ni oignons, ajoute Camden, alors que je le regarde en fronçant les sourcils. Suda Kaye, il y a des carottes et sans doute des oignons dans cette salade.

– Ah ! Alors oui, sans carottes ni oignons, s'il vous plaît, je précise au serveur.

Lorsqu'il s'éloigne après avoir pris les autres commandes, je me tourne vers Cam.

– Tu te rappelles que je n'aime pas les carottes ?

Il hoche la tête et prend son verre.

– Ni les oignons, oui.

Je pousse un petit soupir, surprise, avant de regarder Madame Browning.

– Alors, vous vous connaissez bien, vous deux ? demande-t-elle.

– Euh... je réponds alors que Camden acquiesce.

La maire sourit en s'essuyant la bouche.

– Voilà qui est intéressant. Vous avez dit que vous avez été au lycée ici ?

– Oui. Mais quand j'ai fini, j'ai... euh... j'ai voyagé.

Cam se racle la gorge et je baisse les yeux sur mes cuisses.

– J'ai beaucoup voyagé, en fait.

– Ah oui ? Vous êtes allée où ?

Je fuis le regard de Cam.

– Il faudrait plutôt demander où je ne suis pas allée, je réponds en riant.

– Génial ! Je suis allée au Mexique en vacances, et mon mari et moi en Angleterre pour nos dix ans de mariage. Vous connaissez ?

– J'ai adoré l'Angleterre. J'ai surtout aimé le château de Windsor et Stonehenge. J'ai été à Bath, aussi, qui est simplement splendide. Quant au Mexique, j'ai rarement aussi bien mangé !

– N'est-ce pas ! s'exclame-t-elle en riant. Vous êtes allée où, encore ?

Je regarde Cam du coin de l'œil, mais je n'arrive pas à déchiffrer son expression. Je ne sais pas s'il essaie de cacher ce qu'il pense et ressent, ou s'il est vraiment curieux d'entendre ma réponse.

– Euh… j'ai parcouru toute l'Europe, ou presque. J'ai passé un peu de temps en Inde, en Amérique du Sud, en Australie et en Nouvelle-Zélande. Mais assez parlé de moi ; je doute que mon syndrome de globe-trotteuse soit très intéressant.

– Au contraire, dit la maire avant de s'adresser à Cam. Vous n'êtes pas d'accord ?

– Bien sûr. J'adorerais en savoir plus.

– Mais oui, on parlera affaires après le repas. Maintenant dites-moi, quel pays avez-vous préféré ? demande-t-elle.

– Demander à un globe-trotteur quel est son pays ou son endroit préféré est comme demander à un rat de bibliothèque quel est son livre préféré. Un véritable voyageur trouve de la beauté en chaque lieu. Cela dit, je peux dire qu'une des villes que j'ai le plus appréciées et où je suis allée le plus souvent, c'est Paris. Ma sœur adore cette ville, aussi, donc on s'y est donné rendez-vous plusieurs fois.

– J'adorerais aller à Paris, soupire la maire.

– C'est vraiment une ville unique et extrêmement romantique ; il n'y a pas d'équivalent sur terre. En revanche, en matière de beauté naturelle, je me souviens d'avoir eu le souffle coupé à Oslo, en Norvège, à l'endroit où se sont tenus les Jeux olympiques d'hiver. La vue sur les montagnes et les fjords y était tout simplement magique.

Je regarde par la fenêtre, derrière la maire, et imagine que je suis encore face à cet horizon splendide.

– Waouh. Eh bien, vous avez eu une sacrée vie, pour quelqu'un d'aussi jeune.

– Ma mère m'a donné le goût du voyage dès le plus jeune âge, et elle m'a toujours dit de rester libre. J'ai pris ses conseils à cœur dans tous les domaines de la vie.

Je réponds avant de réaliser l'impact que peuvent avoir mes paroles sur l'homme assis à côté de moi.

Cam se lève brusquement, boutonne sa veste et se racle la gorge.

– Excusez-moi un instant, Mesdames.

Je ferme les yeux et retiens ma respiration tandis qu'il se dirige vers les toilettes d'un pas rapide.

Merde ! Je m'en veux aussitôt et joue avec ma paille, touillant mon thé glacé avant d'écraser la rondelle de citron au fond du verre.

– Dois-je comprendre que vous étiez en couple avant que vous ne quittiez la ville ? demande la maire en s'avançant vers moi.

Je m'appuie sur la table pour me rapprocher d'elle, lui indiquant qu'elle peut continuer.

– Il est évident qu'il y a encore quelque chose entre vous. Vous devriez foncer. Cet homme est un ticket gagnant, ma chère. Il ne faut pas laisser filer un homme comme Camden Bryant.

Je tends la main et tapote la sienne.

– C'est gentil de vous faire du souci, mais c'est bien plus compliqué que ça.

– Ça l'est toujours, en matière de cœur, répond-elle en serrant ma main.

Soudain, ma peau se couvre de chair de poule et je devine que Camden est revenu.

– Vous vous en sortez bien sans moi, à ce que je vois. Je vous laisse seules ? demande-t-il en riant, mais son ton est défensif.

La maire regarde Cam, puis moi, puis elle esquisse un sourire et nous reculons toutes deux sur nos chaises.

Nos plats arrivent alors que Camden se rassoit. Lorsque je vois qu'une salade verte accompagne son plat, je demande le sel et le poivre à la maire et les lui passe.

– Tiens, je dis en désignant la salade verte. Pour ta salade.

Il glousse doucement et prend les condiments pour en saupoudrer les feuilles vertes.

– Vous n'avez rien oublié l'un de l'autre, vous deux. Vous vous souvenez de ce qu'elle n'aime pas, et elle se rappelle comment vous assaisonnez votre salade, bon sang. Vous êtes partie combien de temps ? me demande la maire en haussant un sourcil.

– Dix longues années, répond Camden en secouant la tête et en plantant si fort sa fourchette dans la salade qu'il pourrait casser l'assiette.

De mon côté, je ne suis qu'une mauviette et je me retiens de répondre quoi que ce soit.

Pendant les vingt minutes qui suivent, je laisse Cam mener la conversation, ils parlent des problèmes de délinquance juvénile. Ils sont tous deux d'accord avec moi pour dire que les jeunes manquent sans doute d'occupation dans la ville. Nous réfléchissons donc tous les trois à ce que pourraient faire la ville, les entreprises locales et les écoles pour remédier au problème.

Lorsque nous avons fini le dessert, Cam pose sa serviette et en vient à la raison de notre rendez-vous.

C'est Cam qui prend la parole :

– J'ai voulu vous rencontrer aujourd'hui parce que je souhaite une inauguration officielle pour Gypsy Soul, et j'aimerais que vous coupiez le ruban vous-même.

– C'est tout ? C'est le service que vous vouliez ?

Cam rit doucement et recule sa chaise avant d'appuyer sa cheville sur son genou, parfaitement à l'aise.

– Be, oui, dit-il.

– Avec plaisir ! répond la maire en riant. Vous êtes très différent de votre père, jeune homme.

– Ah oui ?

– Absolument. C'est un grand homme aussi, ne vous méprenez pas. Il soutient la ville et c'est lui qui a créé la plupart des emplois de la région. Toutefois, par le passé, quand son bureau appelait le mien, c'était toujours pour me demander de convaincre un autre homme d'affaires de se ranger de son côté ou pour obtenir mon soutien sur un de ses projets, ce genre de chose. Il m'a même suppliée à plusieurs reprises d'accélérer la procédure pour un permis de construire. Cela dit, ça ne l'a jamais aidé, admet-elle avant de nous adresser un regard des plus sérieux. Toutefois, il ne m'a jamais contactée pour que je participe à une inauguration. Je serai ravie de venir. Et je vais même faire mieux : je vais prévenir les journaux locaux et leur dire d'envoyer des photographes. Qu'est-ce que vous en dites ?

Je me lève d'un bond en souriant et perds aussitôt l'équilibre. Et encore une fois, Cam est là pour me rattraper. Je dégage son bras et me jette sur la maire pour la prendre dans mes bras. Ce n'est sans doute pas le comportement le plus professionnel, mais tant pis.

– Attendez, ce n'est pas inhabituel, Mademoiselle Ross. Ne croyez pas que c'est du favoritisme. Je participe à de nombreuses inaugurations, et maintenant que je vous ai rencontrée, j'ai hâte de découvrir votre boutique. Tenez-moi au courant de la date d'ouverture et je l'ajouterai à mon agenda.

– Merci ! je m'exclame avant de me tourner vers Cam qui n'a plus dit un mot.

Je réalise avec effroi qu'il est plié en deux, une de ses mains agrippe le dossier de sa chaise, l'autre tient sa gorge. Son visage est pâle comme un linge et il peine à respirer.

Je cours vers lui et pose ma main sur son dos en m'accroupissant devant lui.

– Qu'est-ce qui se passe ? Qu'est-ce qui ne va pas ?

Il répond d'une voix rauque en secouant la tête.

– Je n'arrive pas res... respirer. Ma gorge se ref...

Il tombe soudain en avant et s'écroule par terre.

– Mon Dieu ! Appelez une ambulance !

Je mets Cam sur le dos et panique en voyant son regard angoissé. J'ouvre sa bouche pour voir s'il s'étouffe, mais je ne vois rien dans sa gorge qui est affreusement gonflée.

Non.

– Non, non, non ! Qu'est-ce qu'il y avait dans la tarte ? je m'écrie en tapotant ses joues. Respire par le nez si tu peux. Lentement. Essaie de respirer, Cam. Ça va aller.

J'entends des sirènes, mais elles sont encore trop loin. Cam respire en sifflant et je sais que ses poumons n'ont pas assez d'air. Ses yeux se révulsent et je le gifle à plusieurs reprises.

– Non, chéri, reste avec moi. Reste avec moi ! Les secours sont presque là. Ne me laisse pas !

Je plaque mon visage devant le sien et son regard plonge dans le mien alors qu'il se tient la gorge.

Quelque part derrière moi, j'entends quelqu'un réciter les ingrédients de la tarte. Lorsque je l'entends dire « purée d'ananas », je ferme les yeux et panique de plus belle.

– Il lui faut un EpiPen ! Est-ce que quelqu'un en a ? je crie en balayant la pièce du regard.

Les clients du restaurant nous encerclent et regardent la scène sans réagir. Heureusement, je vois arriver deux ambulanciers en uniforme bleu, qui traversent la foule avec un brancard.

Je serre fort la main de Cam en m'adressant à l'un d'entre eux.

– Il est allergique à l'ananas. Il fait des chocs anaphylactiques. Sa gorge est presque complètement fermée. Aidez-le, je vous en supplie !

– Reculez, s'il vous plaît. On va s'occuper de lui.

Je secoue la tête et recule suffisamment pour leur faire de la place sans toutefois lâcher sa main. Les secouristes lui font une piqûre puis une perfusion, puis ils le branchent à une machine et lui mettent un masque à oxygène.

Je réponds à leurs questions aussi bien que possible, mais j'ai l'impression que tout se déroule au ralenti. Ils mettent Cam sur le brancard et s'il est à peine conscient, je suis soulagée de voir qu'il semble respirer mieux. Je les suis sans lâcher sa main tandis qu'ils se dirigent vers la porte, et la maire m'emboîte le pas en me tendant mon sac à main.

– Accompagnez-le. Je m'occupe de prévenir sa famille.

Je hoche la tête et presse le pas pour monter dans l'ambulance.

Cam semble sur le point de perdre connaissance, mais lorsque je serre fort sa main dans les miennes, il se tourne vers moi et me regarde dans les yeux.

Les ambulanciers s'affairent autour de lui pendant le trajet qui nous mène à l'hôpital, mais je n'ai d'yeux que pour lui, priant en silence, répétant le même mantra en boucle.

Protégez-le. Ne le laissez pas mourir.
Protégez-le. Ne le laissez pas mourir.
Protégez-le. Ne le laissez pas mourir.

Nous arrivons enfin aux urgences et je suis obligée de le lâcher quand une infirmière me bloque le passage. Cam ferme les yeux et semble s'assoupir, et je me mets sur la pointe des pieds pour regarder par le hublot jusqu'à ce que je ne le voie plus.

Protégez-le. Ne le laissez pas mourir.

CHAPITRE 8

Sa main est froide dans la mienne. Trop froide. Je ne cesse de la caresser avec mon pouce, mais je ne sais si c'est lui que je cherche à rassurer ou moi.

Camden pousse un grognement et tourne la tête sur le côté. Une mèche tombe sur son front, je la repousse en arrière avant de poser ma main sur sa joue. Soudain, ses grands yeux verts s'ouvrent et il esquisse un sourire.

– Qu'est-ce qui s'est passé ? demande-t-il d'une voix peu assurée.

L'angoisse qui m'étouffait et m'empêchait de respirer s'évanouit soudain et je vide tout l'air de mes poumons. Je plaque mon front contre le sien et laisse les larmes couler librement.

– Mon Dieu, tu m'as fait tellement peur.

Sa main chaude glisse sur mon cou et empoigne ma nuque.

– Désolé.

– C'était... euh... l'ananas. Il n'était pas dans la liste d'ingrédients parce qu'il n'était qu'en petite quantité. Le patron du restau est bouleversé.

– Et toi ?

Je ne bouge pas d'un iota et je plonge mon regard dans le sien.

– Comment ça ?

– Suda Kaye, la dernière chose dont je me souviens est que tu me suppliais de ne pas te laisser.

Je fronce les sourcils et ravale mes émotions, soudain agacée.

– Tu n'es pas juste, tu étais en train de mourir !

J'essaie de reculer mais il m'en empêche, rapprochant encore mon visage pour m'embrasser sur la joue.

– Merci de m'avoir sauvé la vie, chuchote-t-il, chatouillant mon cou de son souffle chaud.

Ne souhaitant pas donner trop d'importance à ses paroles, je me redresse pour reculer du lit.

Au même moment, des bruits de pas résonnent dans le couloir et deux personnes entrent en courant dans la chambre.

– Fiston ! crie l'homme.

Coltrane Bryant. Le père de Camden. Sa mère, Patty, est juste derrière lui. Bon sang, cette journée va de mal en pis. Je me décale dans un coin de la pièce tandis que ces deux personnes, que j'ai aimées presque autant que leur fils, se précipitent sur le lit.

– Mon chéri d'amour, dit Patty en embrassant Camden sur les joues. Tu vas bien. Dieu merci, tu vas bien, sanglote-t-elle.

Coltrane pose une main sur l'épaule de son fils et lui parle d'une voix rauque.

– Tu nous as fichu une sacrée trouille, fiston. Quand la maire a appelé et nous a dit que tu t'étais effondré dans le restaurant...

Il se racle la gorge et semble essayer de se calmer.

– Je… eh bien… on est contents de voir que tu vas bien. Maintenant, dis-nous ce qui s'est passé.

Les nouveaux arrivants étant concentrés sur leur fils, je longe le mur sur la pointe des pieds, essayant de me rapprocher de la porte. Je suis à deux doigts d'attraper la poignée lorsqu'une main saisit mon épaule.

– Suda Kaye, c'est toi ?

Je ferme les yeux, chamboulée d'entendre la voix de la seule autre femme sur terre que j'ai considérée comme une mère. Patty Bryant.

Si mon sourire est d'abord contraint, il devient sincère lorsque je me tourne vers cette femme que j'ai tant aimée. Des papillons envahissent mon ventre et je ne sais si je suis plus excitée ou angoissée de la revoir.

– Salut, Patty. Je suis contente de te revoir. Enfin… malgré les circonstances.

Patty couvre sa bouche grande ouverte avec sa main.

– Mon Dieu ! Deux miracles dans la même journée ! Mon fils est sain et sauf, et ma chère Suda Kaye est rentrée !

Ses yeux se remplissent de larmes et elle me prend dans ses bras. Elle me caresse le dos et me serre si fort que j'ai du mal à respirer.

– Eh bien, laisse-moi te regarder, dit-elle lorsqu'elle libère son étreinte et recule pour m'observer. Tu as toujours été la plus belle fille de la terre. Bien sûr, tu peux remercier ta maman pour ça. Col, chéri, regarde qui est là ! C'est notre Suda Kaye en chair et en os !

Coltrane me regarde de haut en bas, la mâchoire contractée. Puis il ferme les yeux, et ses épaules se détendent visiblement.

– Je pensais que je pourrais rester en colère contre toi. Mais te revoir est une véritable bouffée d'air frais, ma fille. Viens par là, me faire un câlin.

Il m'attire à lui et me serre fort contre son torse musclé tandis que sa main saisit ma nuque, tenant ma joue contre la sienne comme son fils l'a fait il y a quelques instants.

– Tu m'as manqué, ma puce. Mais pas autant que tu as manqué à mon fils.

Je ne respire plus et mes yeux se remplissent de larmes.

– Papa, tu l'étouffes... gronde Cam en riant.

– Mince, pardon ma puce.

Son père tapote mes bras comme l'a fait sa femme, et ses yeux verts balaient mon visage comme pour lire en moi.

– Tu as l'air en forme, ma fille, comme toujours. Je n'ai jamais vu de fille plus belle, en dehors de Patty. Et c'est encore vrai, toutes ces années plus tard.

– Merci. Vous m'avez manqué aussi, et...

– Oh. Mon. Dieu ! Mon sucre d'orge !

La voix de crécelle remplit la pièce en même temps qu'un bruit de talons aiguilles, et une masse rose et blonde se précipite entre Coltrane et moi. Elle nous bouscule pour passer, le père de Cam s'agrippe à la chaise pour ne pas tomber, quant à moi, mon coude heurte le mur et une douleur aiguë irradie mon bras.

– Camden, ma pomme d'amour, je viens d'apprendre la nouvelle. Tu vas bien ? Tu t'es cassé quelque chose ? Mon Dieu. J'étais en train de me faire faire les ongles... regarde !

Miss Barbie Colorado agite ses ongles rose bonbon devant le visage de Cam qui grimace et recule, la tête dans l'oreiller.

– J'étais à cinq minutes d'avoir fini quand ton frère m'a appelée. Je suis venue aussi vite que possible, et maintenant regarde, j'en ai abîmé deux.

Brittney fait la moue avec sa bouche siliconée tout en montrant ses ongles à Camden.

– Brittney, ça pue tu sais, répond-il avant de tousser et de tourner la tête.

Elle se lève d'un bond et pose ses mains sur ses hanches.

– Eh ben désolée, Monsieur Ronchon. Je cherche juste à être belle pour toi, tu sais. Que vont penser les gens si mes ongles sont abîmés, hein ? Ils vont penser que je ne prends pas soin de moi, et tu sais que j'ai toujours à cœur de donner une bonne impression pour toi.

Camden pousse un grognement et tend la main pour attraper celle de Brittney.

– Pardon, Brittney, commence-t-il, mais elle lui coupe la parole.

– Brittney ? Qu'est-il arrivé à Cookie ? Tu sais que j'aime que tu m'appelles Cookie, dit-elle en se penchant pour effleurer le nez de Cam avec le sien.

Il ferme les yeux, comme s'il cherchait à oublier le moment plutôt qu'à le savourer. Bizarre. Quoi qu'il en soit, il est vraiment temps que je parte.

Je pose ma main sur l'épaule de Coltrane et chuchote dans son oreille.

– J'étais contente de vous voir. Je vais filer, maintenant.

Il m'attire dans ses bras pour un autre câlin.

– À bientôt, j'espère, répond-il.

Patty me prend à son tour contre elle.

– Tu es rentrée pour de bon, ma chérie ?

– Oui. J'ouvre une boutique sur Main Street. Le fonds d'investissement de Camden m'a financée en partie.

Patty pose une main sur sa poitrine et me regarde en souriant.

– Quelle incroyable coïncidence ! C'est le destin qui vous unit de nouveau après tout ce temps.

– Euh... ben... je ne dirais pas que c'est le destin. Peut-être plutôt de la chance ?

Ou de la malchance, d'ailleurs, je me dis en souriant tout en reculant vers la porte.

– Suda Kaye, dit Cam.

Brittney tient la main de Cam et me fusille du regard tout en se blottissant contre lui.

– Ouais ?

– Merci, pour aujourd'hui. Si tu n'avais pas compris que c'était mon allergie à l'ananas... j'aurais pu mourir. Tu es restée calme et tu m'as sauvé. Je ne sais pas comment... Merci, conclut-il en soupirant.

– Tu ferais la même chose pour moi, je réponds en hochant la tête.

– Bien sûr.

– Repose-toi, je dis en frappant contre la porte. On se revoit au boulot. Je vais appeler la maire et lui dire que tu vas bien.

Il hoche la tête, puis la repose contre son oreiller sans me quitter des yeux, et je me mords la joue pour me retenir d'en dire davantage. Il va bien. Il ne risque plus rien.

Je suis à quelques pas de la porte, dans le couloir, lorsque j'entends Barbie Brittney râler de sa voix suraiguë.

– Tu es allergique à l'ananas ? Mais c'est tellement bon pour la santé ! J'adore ça, moi !

Je presse le pas au point que je suis presque en train de courir lorsque j'arrive à l'ascenseur, essayant de mettre autant de distance possible entre cette femme et moi.

♦

– Ma douce, sors tes fesses de cette chaise, pose ce catalogue et viens mater ça, crie Kyson planté à l'avant de la boutique.

Deux jours se sont écoulés depuis l'accident de Cam. J'ai craqué, hier, et je lui ai écrit pour lui demander comment il allait. Il m'a répondu que sa gorge est encore sensible mais qu'en dehors de ça, il n'a aucune séquelle et va très bien.

Maintenant, je suis assise dans ce qui sera mon arrière-boutique, devant l'énorme bureau que Kyson m'a construit. Il est recouvert de tissus, de babioles, de catalogues et de photos, et de plein d'autres choses dont je suis en train de faire l'inventaire pour m'assurer que j'ai tout ce dont j'ai besoin. À droite du bureau, Kyson a construit des étagères sur lesquelles je peux ranger mes perles, mes bouts de cuir et mes rouleaux de tissu. J'ai tout ce qu'il faut pour créer les pièces uniques qui iront dans la section « fait main » de la boutique. Il s'avère que je suis douée pour fabriquer des vêtements, des sacs, des écharpes et autres accessoires. J'ai toujours su que c'était le cas, mais pas forcément au point de vivre de mes créations. Il est clair que ça rend le concept du magasin encore plus fun et excitant.

– Suda Kaye ! crie Kyson.

Je grince des dents, pose le catalogue et mets un Post-it à la page que j'étudiais avant de rejoindre Kyson devant la vitrine. Mon cœur palpite lorsque je le vois. Ses jambes musclées et puissantes, son tee-shirt étiré sur son dos large et ses épaules carrées. Je me lèche les lèvres et prends deux secondes pour apprécier son corps.

Kyson Turner incarne tout ce dont rêvent les femmes. Il est grand, musclé, et il travaille avec ses mains. Ses jeans semblent toujours faits sur-mesure et moulent ses fesses à merveille. Sur lui, ses Timberland semblent dire « Non seulement je suis cool, mais en plus, je répare tout ce que je veux ». Beaucoup de femmes rêvent d'avoir un homme capable de les marteler comme il faut au pieu et qui sait aussi se servir d'un marteau dans la maison. Kyson est une perle rare, et la nana qui le fera sien sera une des plus heureuses sur terre. J'en suis certaine.

Je me déhanche et pose une main sur ma taille.

– Tu m'as appelée ?

– Il t'en a fallu du temps, répond-il en se tournant.

Il ouvre un bras et fait quelques pas en arrière pour me présenter la vitrine.

– Mate ça, c'est fini !

Un coffrage en cerisier arrive à hauteur de genou et longe tout le bas de la vitre. Le bois est traité avec un vernis foncé qui en fait ressortir les nœuds et reflète la lumière extérieure.

– Waouh, c'est magnifique.

– Attends, tu n'as pas tout vu. J'ai eu une autre idée. Je sais que je ne t'en ai pas parlé avant, mais j'étais sûr que ce serait génial et j'ai voulu te faire la surprise. En plus, ça rentrait dans le budget.

Il avance vers le mur, sur lequel je vois une série de boutons qui n'étaient pas là ce matin. Il appuie sur un des interrupteurs, et deux crochets suspendus à des câbles fins descendent lentement du plafond.

– Quand tu veux accrocher des trucs, comme des tapisseries, un vêtement ou une œuvre d'art, tu peux le faire avec ça. Tu as juste à te servir des boutons pour les placer à la hauteur que tu veux. Chaque crochet peut supporter jusqu'à cinquante kilos, je les ai testés.

– Waouh, c'est dingue ! C'est génial ! je m'exclame en me couvrant la bouche et en effleurant un des crochets.

– Ce n'est pas tout, poursuit-il en souriant de toutes ses dents blanches.

Il appuie sur un autre bouton, et une lumière éclatante illumine les crochets, en plus du reste de l'éclairage.

– Ça te permettra d'éclairer certains éléments pendant la nuit. Comme ça, tu pourras attirer l'attention des passants sur tes objets vedettes.

Je sautille sur place, époustouflée.

– Kyson ! je m'exclame en me jetant dans ses bras pour le serrer contre moi.

Ses bras passent dans mon dos et il me serre à son tour, baissant la tête dans le creux de mon cou.

– Eh ben, ma douce, si j'avais su que tu réagirais comme ça, je t'aurais préparé des surprises dès le début, dit-il en riant et en resserrant son étreinte.

Il respire mon parfum et je soupire lorsque sa barbe naissante caresse ma peau.

– Hmmm, tu sens la cerise. On te l'a déjà dit ?

Je me crispe aussitôt des pieds à la tête.

Oui, mais il n'y a qu'une seule autre personne sur terre à me l'avoir dit.

Je quitte ses bras et me recoiffe, les mains tremblantes.

– Euh... désolée. Ce n'était pas très professionnel.

– Professionnel ? Non, clairement pas, ma douce, mais je ne vais pas cracher dessus pour autant. On se tourne autour depuis le début, Suda Kaye. Sauf que tu changes du tout au tout quand ton... comment il a dit, déjà ? Ah oui. Quand ton vieil ami vient filer un coup de main. Vous sortez ensemble ?

Je le regarde en écarquillant les yeux.

– Cam ? Non. On a... on était ensemble, il y a longtemps.

Bien sûr, je serais ravie de reprendre là où on s'est arrêtés, mais ce n'est pas à l'ordre du jour.

Il va se marier, Suda. SE MARIER !

C'est tout ce qu'il me faut pour reprendre le contrôle de mes émotions et me concentrer de nouveau sur Kyson.

– Un amour de jeunesse, peut-être ? demande Kyson.

– On peut dire ça, oui. Ça s'est mal fini, mais on est... euh... amis, maintenant.

Le mot « ami » me laisse un goût amer dans la bouche.

– Amis ? répète Kyson en riant et en me regardant de la tête aux pieds. Je ne suis pas aveugle, tu sais. Il n'a aucune envie d'être ton ami. Il rêve d'être de nouveau avec toi. La seule question qui m'intéresse est de savoir si toi aussi.

Soudain, une frustration féroce me saisit et je penche la tête en arrière en poussant un grognement.

– Bon sang, mais pourquoi moi ?

Cette fois, Kyson éclate de rire et je croise les bras en le fusillant du regard.

– Tu ne sais rien de Cam et moi. On est simplement amis.

Beurk, ce mot est vraiment affreux.

– Les amis ne se déshabillent pas du regard comme vous le faites.

J'ouvre la bouche et la referme tout en repensant à la seule nuit que j'ai passée avec Cam. C'était le paradis. Mais c'était il y a dix ans. Tout a changé, depuis.

– Il est fiancé, je réponds d'un ton désinvolte.

– Et alors ?

– Il va se marier. Avec une femme qui pourrait être Miss Colorado, je précise d'un ton dédaigneux.

J'ai beau ne pas l'apprécier, je suis forcée d'admettre qu'en dépit de tout ce qu'elle s'est fait refaire, Brittney est le fantasme de tous les hommes.

– Peut-être qu'il ne veut pas d'une Barbie et qu'il préfère les grandes brunes au corps de rêve.

Je secoue la tête et plonge mes doigts dans mes cheveux.

– C'est absurde. Il y a deux secondes on flirtait ensemble, et maintenant tu me dis qu'un autre mec me veut ? Je ne comprends pas. Qu'est-ce que ça peut te faire ?

Kyson avance vers moi et s'arrête quand nos visages sont à quelques centimètres. Il pose une main sous mon menton et lève ma tête vers lui.

– Je veux savoir où je mets les pieds, ma douce. Je n'aime pas jouer dans le bac à sable d'un autre, si tu vois ce que je veux dire.

Il sourit et me regarde avec une intensité déstabilisante. Son parfum de sous-bois et de sciure enivre mes sens et je pose une main sur sa taille, m'agrippant à son tee-shirt.

– Ouais, je dis d'une voix rauque et honteusement désespérée.

– Tant mieux.

Il sourit, et sa bouche se rapproche de la mienne.

Le baiser est d'abord lent et léger. Nos lèvres se touchent à peine. Puis il passe son bras dans mon dos et me plaque contre lui. Je penche ma tête sur le côté et sa langue caresse ma lèvre inférieure, m'invitant à ouvrir la bouche. Il a un goût de citron, comme les chewing-gums qu'il mâche à longueur de journée. Je gémis délicatement et entoure son cou de mes bras pour nous rapprocher encore. Toutefois, pour un premier baiser, il manque d'intensité. Nos langues se cherchent et s'enroulent, et aucune ne parvient à prendre le dessus.

Sa main descend dans mon dos et est sur le point de trouver mes fesses lorsque la porte de la boutique s'ouvre, faisant sonner la petite cloche que Kyson a installée. Le tintement me sort de ma stupeur et nous tournons tous les deux la tête, toujours dans les bras l'un de l'autre.

– Je ne voulais pas déranger, dit Camden en arborant une expression que je préfère ne pas interpréter.

Je repousse immédiatement Kyson et m'essuie la bouche, cherchant à cacher les preuves de notre baiser. Kyson se lèche les lèvres et efface ce qui doit être une trace de rouge à lèvres au coin de ma bouche.

– Je me remets au boulot. On discutera plus tard, dit-il.

Je hoche la tête et me frotte les bras.

Lorsque Kyson disparaît dans l'arrière-boutique, je regarde Camden.

– Ce n'est pas ce que tu crois.

– Ah ? dit-il en haussant un sourcil. Parce que je crois que tu embrassais ton artisan.

– Ok, alors c'est peut-être ce que tu crois. Mais... euh... c'était une erreur.

Je fronce les sourcils en me demandant pourquoi je lui dis ça. Après tout, je ne lui dois aucune explication.

Cam respire lentement, comme s'il essayait de se calmer.

– Ça ne me concerne pas, je n'ai rien à dire.

Je ferme les yeux et tourne la tête. Bien sûr que ça ne le concerne pas. Puisque ce n'est pas moi qu'il veut, c'est Miss Colorado. Sa fiancée.

Sa fiancée.

Sa fiancée.

Maintenant que je me suis répété ce point crucial trois fois, je plonge mes mains dans mes poches arrière et me force à ranger le baiser avec Kyson dans un coin de ma tête. Il va me falloir une bouteille de vin, des chocolats et ma sœur pour repenser à ça.

– Qu'est-ce qui est prévu, aujourd'hui ? je demande en me forçant à sourire.

– Maintenant que je suis remis sur pied, j'ai pensé qu'on pourrait passer en revue les produits que tu as déjà achetés, et voir ce que tu as prévu en matière de stock.

– C'est ce que je faisais avant que tu arrives, je réponds, contente qu'il accepte de mettre de côté le baiser avec Kyson pour se concentrer sur le boulot.

Camden sourit et vient vers moi, passant son bras sur mes épaules, un geste amical et parfaitement platonique.

– Mais bien sûr, c'est ce que tu faisais. Si tu le dis.

Je pousse un grognement et lève la tête pour lui lancer un regard assassin.

– C'est vrai !

– Ok, je te crois, répond-il en tapotant le bout de mon nez avec son index. Montre-moi tout ça, ma biche.

Ma biche.

Ce simple surnom suffit à embraser mon sang et à m'exciter mille fois plus que le baiser de Kyson. Je suis fichue. Je suis condamnée à toujours vouloir ce que je ne peux pas avoir, ce que j'ai laissé derrière moi il y a dix ans.

– Grrr, les hommes sont insupportables, je marmonne en échappant à son étreinte.

– Ah, et maman et papa veulent que tu viennes dîner ce dimanche, dit-il simplement, comme si c'était parfaitement normal.

Je me fige devant mon bureau et pose mes mains à plat sur le dessus, pour me ressaisir et ne pas m'évanouir.

– Je te demande pardon ?

Camden s'adosse contre l'étagère et croise les chevilles et les bras. Mon Dieu, il est tout bonnement délicieux, dans ce costume taillé sur-mesure.

C'est ça ! J'ai compris ! Faut que je baise, en fait. D'abord, j'embrasse Kyson et me frotte à lui, et maintenant je bave devant mon associé, qui est aussi l'ex-amour de ma vie. Faut que je voie un psy, je crois. Après avoir baisé, bien sûr.

– Tu leur manques. Tu ne pouvais pas t'attendre à revenir en ville pour de bon et ne pas les revoir.

Camden caresse ma mâchoire du bout du doigt avant de fermer le poing et de le plaquer contre sa cuisse.

– Désolé, dit-il en fuyant mon regard et en soupirant. Ils t'adorent et ça fait dix ans qu'ils ne t'ont pas vue. Ils veulent t'avoir au repas de famille. Tu les connais, tu sais comment ils sont. Une fois que maman a une idée en tête...

– Rien ne peut l'arrêter, je termine avant de grogner. Cam, ce n'est pas une bonne idée. Tu n'as pas vu comment Brittney m'a regardée, à l'hôpital. Elle sait qu'on est sortis ensemble, et maintenant me voilà de retour en ville. Ça doit la rendre dingue, et honnêtement, je n'ai pas du tout envie de subir ça à nouveau. J'ai déjà assez à faire pour mettre ma vie en ordre.

– Elle ne sera pas là.

Je fronce les sourcils et grimace.

– Mais les dîners de famille sont obligatoires. Pendant les quatre ans où on était ensemble, on n'en a pas raté un seul.

Camden se lèche les lèvres avant de se mordre la joue.

– Oui, et ben, elle n'a pas encore été invitée.

Je m'assieds sur le bureau, interloquée.

– Mes parents n'ont pas vraiment accepté Brittney dans la famille.

– Mais non... je gronde en secouant la tête. Alors, c'est encore pire ! Et si elle apprend que je suis venue dîner alors qu'elle n'était pas invitée ? Qu'est-ce ce qu'elle va penser ?

– Que ma famille a invité une vieille amie à dîner, rien de plus.

Camden essaie de minimiser la situation alors qu'on sait tous les deux que c'est du pipeau.

– Pourquoi tes parents n'ont pas accepté ta fiancée ?

J'ai besoin de le savoir, c'est ce petit démon qui vit en moi et qui a besoin d'être apprécié et désiré.

– Accepte de venir dîner et je te répondrai.

– Les hommes sont dingues, je grommelle.

– Quoi ?

Je grince des dents et croise les bras.

– Très bien, je viens dîner. En tant que vieille amie. Mais Evie vient aussi.

– Ça roule. Maintenant, montre-moi où tu en es, dit-il en saisissant la pile de tissus pour les étudier de plus près.

– Tu te moques de moi ? Tu n'as pas répondu à ma question. Pourquoi tes parents n'acceptent-ils pas Brittney ? Elle est parfaite en tout point. Bon, elle est peut-être un peu égocentrique, mais...

Je ne termine pas ma phrase et attends qu'il réponde.

Il met ses mains dans ses poches, regarde le plafond, secoue la tête, puis il sourit en baissant les yeux sur moi.

– Elle n'est pas toi.

– Elle n'est pas moi ?

– Elle n'est pas toi, répète-t-il en haussant les épaules avec nonchalance, comme si de rien n'était.

Or pour moi, ses paroles n'ont rien de léger. Au contraire, elles m'accablent comme une vague géante qui s'écrase sur le sable avant d'emporter tout ce qu'elle trouve vers les bas-fonds de l'océan. Je suis aussitôt replongée dans un passé dont je ne peux pas m'échapper.

Pire encore, je ne sais même plus si c'est ce que je souhaite.

CHAPITRE 9

– T'es vraiment dingue, Huutsuu.

Evie secoue la tête en tenant une superbe robe bleu roi contre elle. Si j'ai hérité de la poitrine et des fesses de ma mère, Evie a eu ses longues jambes et sa force de caractère. Evie ne fait que du B là où je fais du C, mais je donnerais n'importe quoi pour avoir ses jambes.

– Pourquoi ? Parce qu'on va dîner et passer du temps avec des gens qu'on a toujours aimés et appréciés ? Des gens qui ont pris soin de nous quand maman est décédée ?

Je plisse les yeux en regardant Evie qui croise mon regard dans le reflet du miroir.

– N'oublie pas que Patty nous apportait à dîner deux fois par semaine et qu'elle nous invitait chez eux pour qu'on ne se sente pas seules. Moi, je ne l'ai pas oublié, en tout cas.

Les épaules d'Evie retombent, elle laisse pendre la robe contre elle.

– Tu as raison. Je trouve juste la situation hyper-compliquée. Il faut déjà que tu supportes Cam au travail tous les jours. Et maintenant, tu passes ton temps libre avec sa famille pour… quoi, au juste ? Vous allez ressasser le passé ? Tu ne veux même pas en parler avec moi.

– Ev… je gronde.

– Tu vois ? répond-elle en pointant son index sur moi. C'est précisément pour ça que je te trouve folle d'avoir accepté ce dîner.

Je saisis deux autres robes et les enlève de leur cintre avant d'en donner une à ma sœur.

– Viens, on va essayer celles-là.

Elle étudie le motif fleuri qui lui arriverait aux chevilles, et elle grimace.

– Fais-le pour moi ? je la supplie.

Ma sœur lève les yeux au ciel et prend la robe.

– D'accord. Pour toi, mais tu sais bien que je ne mettrais jamais ce genre de truc. C'est trop boho-chic. Tu aimes ça, toi. Pas moi. Je préfère que mes vêtements soient près du corps, pas qu'ils volent dans le vent.

Je ricane et empoigne le rideau pour nous enfermer. Je savais qu'elle n'aimerait pas cette robe, d'ailleurs j'ai prévu de l'acheter pour moi. Mais j'aime bien l'embêter. Si elle peut m'obliger à mettre des tailleurs et à trouver mon côté professionnel, elle peut bien se laisser un peu aller et essayer des fringues plus légères.

Je suis sur le point de fermer le rideau lorsque j'aperçois Miss Colorado qui vient vers les cabines d'essayage, tenant par le bras une autre femme au physique parfait. Une vendeuse apparemment épuisée les suit avec une montagne de vêtements sur les bras.

– Vous êtes bien sûre que ce sont les vêtements les plus chers du magasin ? demande Brittney à la vendeuse alors que je ferme le rideau et me tourne vers Evie.

– Ka… commence ma sœur, prête à râler de nouveau.

Je l'arrête en posant une main sur sa bouche et en lui faisant signe de se taire. Elle semble d'abord choquée, mais sa surprise laisse vite place à de la curiosité lorsque je désigne le rideau.

– Vous savez bien que je ne mets que ce qu'il y a de plus luxueux.

– Oui, Mademoiselle Cooperland, je sais, dit une petite voix fatiguée.

Brittney éclate de rire. Je jette un coup d'œil à travers le minuscule espace entre le rideau et le mur. Evie va de l'autre côté de la cabine pour en faire de même.

– Bientôt, je n'aurai plus à acheter toutes ces robes à crédit, dit Brittney. L'allocation de papa est minable. Mais quand je serai Madame Camden Bryant, c'est lui qui paiera toutes les factures, explique-t-elle en riant.

Son amie ricane aussi et se laisse tomber dans un fauteuil tandis que Brittney se regarde dans le miroir.

– Ce mec est trop gentil, meuf. Je n'en reviens pas que tu le trompes. Enfin si, je comprends. Mais qu'en pense Alejandro ?

Alejandro ? Je regarde ma sœur, qui écarquille les yeux, bouche bée.

Brittney agite ses cheveux pour leur donner du volume, puis elle s'envoie un baiser dans le miroir.

– Ça ne lui plaît pas, bien évidemment, mais il est amoureux de moi, alors il ne dit rien.

La jeune femme brune sort un petit miroir de son sac et étudie minutieusement son visage. Bien sûr, tout est à sa place. Je parie que son fond de teint est posé au pinceau et fixé à la glu.

– Mais tu m'as dit que tu l'aimais, toi aussi, dit-elle en refermant son miroir.

Oh non, c'est affreux. C'est terrible. Une bouffée de chaleur me saisit et je panique, serrant fort le rideau dans mes mains. Evie pose sa main sur mon dos et me caresse de haut en bas pour me réconforter. Je ferme les yeux et continue de tendre l'oreille.

– Ben oui, mais tu m'imagines ? Moi ? Brittney Cooperland, héritière d'une immense fortune, épouser un jardinier ? s'exclame-t-elle en secouant la tête. Non. Papa aurait été furieux et il m'aurait déshéritée, c'est sûr. Il faut que je protège mon héritage, tu le sais bien.

Son amie bâille en hochant la tête.

– Alors, tu couches avec les deux ?

Brittney ricane fièrement.

– Je n'ai eu à coucher avec Cam qu'une seule fois, dit-elle.

Une fois ? De quoi elle parle ? Je regarde Evie, qui hausse les épaules et secoue la tête.

– D'ailleurs tu ne m'as jamais dit comment tu avais fait pour séduire Camden Bryant, il y a quelques mois.

Il y a quelques mois ? Ça ne fait que quelques mois qu'il est avec Brittney et ils sont déjà fiancés ?

La vendeuse tend une robe à Brittney.

– Comme vous l'avez demandé, la robe la plus chère de la boutique, en taille trente-six.

Trente-six ? Argh. J'aime beaucoup trop les tacos pour ça. Mon quarante-deux me convient parfaitement. D'ailleurs, mes courbes n'ont pas l'air de déplaire aux hommes.

– Ah bon ? C'était tellement facile. Il était dans le bar de son frère et il enchaînait les verres. Je me suis assise à côté de lui et j'ai profité de son état d'ébriété. On a picolé ensemble, et je l'ai ramené chez moi. Il était un peu maladroit vu qu'il était saoul, mais j'ai obtenu ce que je voulais.

– C'était quand ?

– En août, vers le quinze. Il m'a dit que c'était une date importante, mais je n'écoutais qu'à moitié. Apparemment, il se met une cuite à la même date, tous les ans. Je crois que c'est à cause d'une femme. Je ne me souviens pas vraiment parce que j'étais trop occupée à déshabiller le barman du regard, glousse Brittney.

Le quinze août. C'était il y a cinq mois seulement, et c'était notre anniversaire. On fêtait toujours le jour de notre rencontre, l'année de ma première rentrée au lycée. Je fais un pas en arrière et appuie ma tête contre le mur.

Cette femme a profité de Cam. Elle l'avait prévu. Prémédité. Elle continue de se jouer de lui alors qu'elle porte sa bague. Bon sang, mais pourquoi l'a-t-il demandée en mariage ?

– Meuf, t'es dure, gronde la copine. Tu as un cœur de glace.

– Pourtant Alejandro me trouve chaude comme la braise, ricane Brittney. Hier soir, il était insatiable !

– Où était Camden ?

– On ne vit pas ensemble ! Et on n'a pas recouché ensemble depuis la première nuit. Je m'en suis assurée. C'est pas du tout mon genre, tu sais.

– Attends, quoi ?

La même question me brûle les lèvres. Comment peut-elle être fiancée à un homme avec qui elle n'est pas intime ?

Brittney tourne les talons et s'assoit à côté de son amie.

– Meuf, tu me prends pour une débutante ? Après qu'on a couché ensemble, il m'a mis un vent et il m'a ignorée. Pendant un mois. Il m'a dit qu'il ne couchait jamais plus d'une fois avec une femme. Alors, je suis allée le voir à son travail, j'ai fait une scène et il m'a emmenée dans son bureau. Je lui ai dit que j'étais enceinte et qu'il fallait qu'il m'épouse, sinon nos pères feraient un scandale. C'est même moi qui ai choisi ma bague. Je ne lui ai pas vraiment laissé le choix, en fait.

– Tu n'as pas fait ça ! s'exclame la brune d'un air outré.

Au moins, celle-là semble avoir un cœur, même minuscule. Quant à moi, je meurs d'envie de mettre une raclée à Miss Colorado, même dans cette boutique huppée. Bon sang, que fait Brittney aussi loin de Pueblo, de toute façon ?

Je gonfle mes poumons, et ma sœur me prend par l'épaule en secouant la tête.

– Je n'arrive pas à croire que tu es enceinte. Ça ne se voit pas, en tout cas.

Mon cœur se brise. Elle va avoir son bébé ? Bien sûr qu'il épousera cette sorcière. Le Camden que je connais ne tournerait jamais le dos à la mère de son enfant, même s'il ne l'aime pas. Pour Cam, il n'y a que la famille qui compte.

– Ah, mais je n'ai jamais été enceinte. J'ai juste dit ça à Cam pour ne pas qu'il me lâche. Bien sûr, le mois dernier, j'ai fait une fausse couche. Pratique, non ? Et j'ai fondu en larmes en lui disant que maintenant il allait me quitter, puisque je n'étais plus enceinte. Et le pire, c'est qu'il a tout gobé ! Quel loser ! s'écrie-t-elle en grognant comme la hyène qu'elle est.

Ma sœur me serre plus fort contre elle alors que je fais un pas vers le rideau. Peu importent les conséquences. Cette femme mérite une raclée !

Evie approche son visage de mon oreille et chuchote à voix basse.

– Laisse cette garce finir, on s'occupera de ça plus tard. Ne la tabasse pas tout de suite. L'enjeu est plus grand que ça.

Ma sœur me montre son téléphone, ouvert sur l'application dictaphone, m'indiquant qu'elle enregistre tout ce que dit Brittney. Je hoche la tête et grince si fort des dents que c'en est douloureux. Je dois faire appel à tout mon self-control pour ne pas me jeter sur cette garce et lui donner une bonne leçon.

– Et Alejandro ?

– Ce sera mon amant. Tout se déroule à merveille. Papa sera content, j'aurai tout l'argent que je veux, un nom de famille respecté dans tout le Colorado et un amant canon dès que l'envie me prendra. Bien sûr, j'accepterai d'écarter les cuisses pour Camden une fois par mois quand on sera mariés. Il est beau, ce ne sera pas non plus un supplice.

– Et Alejandro ? Qu'est-ce qu'il dit de tout ça ?

– S'il me veut dans sa vie, il doit accepter d'être mon secret. C'est la vie, c'est tout. Parfois, on obtient tout ce qu'on veut exactement comme on le veut, et parfois, on doit s'accommoder d'une situation pour la tourner à son avantage. C'est ce que je fais. Je m'arrange pour que tout le monde soit gagnant.

– Sauf Cam, remarque la copine.

– Euh, tu plaisantes ? Je suis un super-parti et je suis de loin la nana la plus belle qu'il ait jamais vue. Les Cooperland et les Bryant. C'est un mariage royal, digne d'un conte de fées. Je parie que tous les journaux voudront être invités.

Elle regarde au loin et semble se perdre dans ses pensées, sans doute dans le monde tordu qu'elle s'est inventé.

– Comment tu fais pour qu'il accepte de ne pas coucher avec toi ? Vous n'avez vraiment baisé qu'une seule fois ?

– Aie un peu confiance, répond Brittney en tapotant la cuisse de sa copine. Au début, je faisais semblant d'être prise de nausées, à cause de la grossesse. Après, quand je lui ai dit que j'avais perdu le bébé, je lui ai dit que j'avais mal, là, explique-t-elle en désignant son entrejambe. Et maintenant, je l'ai convaincu que ce serait romantique d'attendre qu'on soit mariés pour recoucher ensemble, comme si c'était notre première fois.

– Et il est d'accord ?

– Carrément ! Il est tellement naïf ! En plus, il a toujours besoin de se comporter en gentleman, ricane Brittney d'un ton machiavélique.

– Je dois te le dire, meuf, tu es vraiment une garce, déclare la brune en secouant la tête.

♦

Evie et moi attendons que le duo maléfique soit parti avant de sortir de la cabine pour rentrer chez ma sœur.

– Qu'est-ce que tu vas faire ? demande Evie d'un ton inquiet sans quitter la route des yeux.

– Tu veux dire en dehors de mettre une raclée à cette garce ? je gronde.

– Euh… ouais. On est censées dîner chez les Bryant ce soir.

– Faut que je lui dise, mais comment ? Comment dire à un homme que sa fiancée le trompe, qu'elle n'a jamais été enceinte, qu'elle a inventé sa fausse couche et qu'elle ne l'épouse que pour son statut social et son fric ?

J'en ai les larmes aux yeux et je ferme les paupières avant de presser mes poings dessus. Je fais de mon mieux pour retenir mes larmes et oublier toutes les choses affreuses que j'ai entendues. Il s'est saoulé et a couché avec elle à cause de moi. Enfin, je suppose en tout cas. On fêtait bien notre anniversaire en août, mais c'était il y a dix ans. Et que penser du fait qu'il ne couche jamais plus d'une fois avec une même femme ? Se pourrait-il qu'il soit encore amoureux de moi après tout ce temps ?

Oui, bien sûr. Parce que je ne l'ai toujours pas oublié, moi non plus. Camden est mon seul et unique, mon *véritable* amour. Je ne l'admettrai jamais à voix haute, mais je n'ai jamais cessé d'aimer Cam et j'ai toujours regretté notre histoire. Quand j'étais avec lui, la vie était simple. Je ne m'inquiétais jamais. Toutefois, si je n'ai jamais eu l'impression d'être freinée, il est vrai que je voulais plus. Je voulais découvrir autre chose, et nous n'avions pas ça en commun.

J'avais désespérément envie de parcourir le monde. Je voulais vivre tout ce qu'avait vécu ma mère. Je voulais que mon regard scintille comme le sien lorsqu'elle nous parlait des lieux qu'elle avait visités, de tout ce qu'elle avait vécu.

Lorsque ma mère est décédée, je n'avais jamais mis les pieds en dehors du Colorado et de la réserve. C'est la seule chose que maman ne faisait pas. Elle ne nous emmenait nulle part. Lorsqu'elle rentrait de ses voyages, elle était fatiguée et elle voulait profiter de ses filles et de son mari, s'il était en permission. Elle voulait faire des trucs de maman, comme préparer des gâteaux, nous emmener à l'école et venir nous chercher, nous emmener à des cours de dessin ou de danse orientale. Elle nous parlait de la vie et des garçons, et nous disait que même s'ils finissent toujours par nous briser le cœur, ça ne nous empêche pas de les aimer. Puis elle annonçait que ses ailes avaient besoin de voler et elle repartait quinze jours plus tard. On se retrouvait de nouveau sur la réserve avec Toko, confiant nos vœux aux étoiles, comme elle nous l'avait appris.

Je me souviens de ce jour comme si c'était hier.

♦

– Huutsuu, Taabe, venez par là, mes merveilles, dit maman en nous tendant les mains.

On se promène dans les collines de la réserve, comme on le fait souvent avant qu'elle ne reparte en voyage.

Ce soir, elle est assise au sommet d'une petite colline, et le soleil vient de se coucher. Evie et moi étions occupées à cueillir des fleurs sauvages pour mettre sur la table de Toko. Il n'aime pas que l'on retire des choses à la terre mais, comme nous sommes petites, il accepte de fermer les yeux et de nous laisser nous amuser.

– Venez, les filles, dit maman.

Nous montons la colline en courant. Evie est plus rapide que moi car elle est plus grande. À neuf et onze ans, nous grandissons à toute vitesse, mais Evie est toujours si grande, j'ai hâte de la rattraper.

Nous nous asseyons de chaque côté de maman et elle nous tient par la taille pour nous ramener contre elle.

– Regardez le ciel. Vous voyez les étoiles ?

Evie et moi levons les yeux et hochons la tête.

– Ce sont les vœux du monde entier qui attendent d'être exaucés.

J'écarquille les yeux, époustouflée par les millions d'étoiles.

– C'est vrai ?

– Oui, Huutsuu. Je vais vous apprendre à confier vos vœux aux étoiles. Choisissez bien votre souhait, car on ne peut en faire qu'un à la fois. Il faut attendre que l'un se réalise pour pouvoir en faire un autre. Et il se peut que vous attendiez toute une vie, mes filles.

– Waouh, je chuchote, émerveillée par tous ces vœux qui brillent dans le ciel.

– Comment on choisit son étoile ? demande Evie.

– C'est elle qui te choisira et te fera signe, Taabe. De la même façon que le soleil t'a choisie, ma belle.

Elle embrasse les cheveux dorés d'Evie avant de se tourner vers moi.

– Et toi, ma Huutsuu, laisse le vent t'aider à choisir.

Evie et moi restons immobiles un long moment, regardant le ciel tout en pensant à notre vœu. Je me souviens parfaitement d'avoir senti une petite brise sur ma peau et qu'au même moment, une petite étoile scintillante, juste à côté de la ceinture d'Orion, a attiré mon attention. J'ai aussitôt senti que cette étoile renfermait la réponse à tous les secrets de l'univers. C'était mon étoile. J'en étais certaine.

– Vous avez choisi vos étoiles, mes chéries ?

Evie et moi hochons la tête.

– Bien. Alors maintenant, répétez après moi sans quitter votre étoile des yeux.

Toutes les deux, nous regardons nos astres sans ciller.

– Je souhaiterais beaucoup...

Nous répétons les paroles de maman avec des voix émerveillées.

– Je désire vraiment...

– Avoir ce vœu...

– Rêvé cette nuit, conclut maman, et nous répétons après elle. Maintenant, poursuit-elle, confiez votre vœu à votre étoile, mais ne dites jamais à personne ce que vous avez souhaité, sinon votre vœu ne se réalisera jamais.

Cette nuit-là, j'ai demandé à être comme ma mère. À parcourir le monde, à voir tout ce qu'il y avait à voir pour remplir ma tête d'aventures. Mon vœu s'est exaucé, mais cela m'a coûté l'amour de ma vie.

Se pourrait-il que le ciel m'offre une deuxième chance ?

♦

– Kaye. Kaye ! Tu m'écoutes ?

Je secoue la tête et reviens dans le présent alors que ma sœur descend de voiture.

– Il faut qu'on se prépare pour ce soir, et toi tu dois décider comment tu vas dire à Camden ce qu'on a entendu.

Mon estomac se noue et j'ai l'impression que le sol se dérobe sous mes pieds.

– Je sais que je dois lui dire, mais je n'ai pas envie de lui briser le cœur. Je l'ai déjà fait une fois, j'apprécierais de ne pas avoir à le refaire.

Evie ouvre la porte de son immeuble et me pousse à l'intérieur.

– Écoute, je ne sais pas tout ce qui s'est passé...

Quelque chose se brise en moi et la vérité émerge soudain, après dix ans de silence.

– Ev, je l'ai quitté. Je l'ai quitté le soir où j'ai perdu ma virginité avec lui. Le soir même de mes dix-huit ans, après avoir lu la première lettre de maman.

– Oh, Kaye, comment tu as pu faire ça ? demande-t-elle d'une voix triste, car elle sait combien je l'aimais.

Plus encore, elle sait combien Camden Bryant m'aimait. Tout le monde le savait. Il a toujours été question de Cam et moi. Tout ceux qui nous connaissaient savait qu'on passerait notre vie ensemble.

– Il fallait que je parte. Il le fallait. Si je n'étais pas partie ce soir-là, je ne serais jamais partie. Alors...

Ma culpabilité rejaillit et je ne trouve pas mes mots.

– Alors, tu es partie. Je comprends. Comme maman le faisait. C'est ce que maman et toi faites de mieux, soupire-t-elle.

– Evie, tu es affreuse de dire ça, je réponds en me raclant la gorge et en me concentrant sur son regard glacial.

Evie hoche la tête, m'étudie en retour et ferme les poings en laissant tomber ses bras le long de son corps.

– Je comprends ce que Cam a ressenti cette nuit-là, et le lendemain, et l'année qui a suivi, et ainsi de suite. Nous sommes ceux qui ont été quittés. On ne suffisait pas à vous donner envie de rester. Et toi et moi ne suffisions pas à faire rester maman, non plus.

– Mais c'est complètement faux ! je gronde en me retenant de taper du pied par terre.

Elle sait forcément que c'est faux, non ? Evie est la personne la plus importante de ma vie. Elle l'a toujours été et elle le sera toujours.

– Ah bon ? Tu es partie, comme maman. Après tout ce qu'on a vécu quand on était gamines, alors qu'on ne pouvait compter que l'une sur l'autre chaque fois qu'elle partait, et enfin quand elle nous a abandonnées une bonne fois pour toutes.

– Abandonnées ? Bon sang, Evie, maman est morte ! Je ne suis pas morte, moi ! Et je suis restée en contact avec toi.

Je grince des dents et la fusille du regard, essayant de retenir toute la colère et la culpabilité qu'elle fait remonter à la surface.

Elle se passe la main dans les cheveux et se mord la lèvre.

– Non, tu n'es pas morte. Mais pendant dix ans, pour Cam et pour moi, pour Toko, pour tous ceux qui t'aimaient, c'était tout comme. Tu m'as appelée, et j'ai fait l'effort de venir te voir quelquefois, mais tu es partie pendant dix ans, Suda Kaye. Dix ans !

– Oui, c'est vrai, et je ne le regrette pas une seconde ! je rétorque, voulant la blesser comme elle vient de le faire.

Elle souffle et secoue la tête.

– Bien sûr que non, tu ne le regrettes pas. Maman non plus, d'ailleurs. Tu sais ce que je regrette, moi ?

– Non, je ne vois absolument pas ce que tu peux regretter puisque tu ne te laisses pas vivre, je rétorque.

Evie ignore la pique que je lui ai lancée et poursuit.

– Je regrette d'avoir été celle qui attendait ton retour. D'avoir désespérément eu besoin de toi dans ma vie. D'avoir souhaité que tu veuilles être dans ma vie...

Ses paroles me frappent de plein fouet et fissurent mon armure.

– Mais c'est le cas ! Je le suis ! J'ai toujours été dans ta vie. Et je suis là, maintenant.

– Ouais, c'est ce que tu dis, et je meurs d'envie de te croire. Mais je ne veux pas être la tocarde qu'on laisse sur le bas-côté encore une fois. J'imagine que c'est ce que Cam ressent, aussi. Qu'il est tiraillé entre son amour pour toi et son besoin de se protéger. On a ça en commun, lui et moi.

Je dévisage ma sœur, avec tout mon amour et ma compassion, espérant qu'elle va sentir et comprendre la sincérité de mes paroles.

– Evie, c'est différent cette fois. Je reste. J'ai la boutique. Je me suis engagée. Pour le magasin, mais auprès de toi aussi. Je veux faire partie de ton quotidien.

– Ok, dit-elle d'un ton qui me laisse penser qu'elle ne me croit pas.

– Je vais te le prouver. Les vœux se réalisent, tu sais. C'est le cas du mien, Ev, même si j'ai dû perdre quelque chose pour qu'il devienne réalité.

– Ah bon ?

– Maman avait raison, je réponds en hochant la tête. Tu te souviens de la nuit où elle nous a appris à confier nos vœux aux étoiles ?

Evie ouvre la porte de chez elle et s'adosse contre le mur en croisant les bras, comme pour se protéger.

– Je crois, ouais.

Je ne peux me retenir de sourire. Je sais qu'elle s'en souvient. Ma sœur a une excellente mémoire. C'est pour ça qu'elle est aussi douée avec les chiffres et qu'elle a décroché ses diplômes avec les félicitations du jury.

– Quand on a fait nos vœux, j'ai demandé à être comme maman, j'explique. J'ai demandé à parcourir le monde et à vivre toutes les aventures possibles.

Evie ferme les yeux et se lèche les lèvres. Elle semble soudain devenue horriblement triste et lorsqu'elle parle, sa voix est tremblante.

– Tu n'es pas censée raconter ton vœu.

– Mais tu ne vois pas ? je réponds en marchant jusqu'à elle pour la prendre dans mes bras.

Elle me serre contre elle et cache son visage dans le creux de mon cou.

– Mon souhait s'est exaucé. J'ai parcouru le monde. J'ai vu encore plus de choses que maman. Maintenant, je suis rentrée. J'ai rangé mes valises. Je veux construire ma vie ici et la partager avec la femme la plus merveilleuse au monde. Ma grande sœur.

Evie tremble contre moi et je sens ses larmes couler sur mon épaule.

– Tu m'as tellement manqué, chuchote-t-elle. Tellement. S'il te plaît, ne me quitte plus. Je n'ai que toi au monde.

Cette fois, je laisse mes larmes couler librement.

– Moi aussi, je n'ai que toi, je réponds en prenant son visage dans ses mains pour la regarder droit dans les yeux. Et, Evie, tu me suffis. Mon amour pour toi, ton amour pour moi, ce lien qui nous unit, tout ça me suffit. Ça a toujours été suffisant pour moi.

On se regarde un long moment, puis elle m'attire dans ses bras. On se tient l'une l'autre et on laisse nos inquiétudes et l'angoisse du temps perdu disparaître. Cependant, je ne suis pas naïve au point de penser que nos problèmes et la distance qui s'est formée entre nous durant mon absence ne reviendront jamais à la surface. Mais la prochaine fois, je serai prête.

– On tourne la page, je chuchote dans ses cheveux.

– On avance. Ensemble.

– Exactement, j'acquiesce en souriant et en gonflant mes poumons.

– Bon, il est temps de nous passer un coup d'eau sur la figure et de gérer ce qu'on a appris aujourd'hui, déclare-t-elle en essuyant ses larmes.

Je pousse un grognement et penche la tête en arrière.

– Argh, ne dis pas ça.

– Kaye, je ne vais pas te laisser ignorer ce problème. Si tu ne le lui dis pas, c'est moi qui le ferai. Mais il mérite de l'entendre de ta bouche. Je serai avec toi. Je te soutiendrai si besoin.

– Comme toujours, hein ?

– Ouaip. C'est ma mission, mon boulot de grande sœur, dit-elle en esquissant un minuscule sourire.

– Je t'aime, sœurette, je chuchote d'un ton plus solennel que je l'aurais voulu.

Elle me pousse en direction de salle de bains et me met une petite fessée.

– Allez, va te préparer. Je nous prépare des shots de tequila.

Je jette mes cheveux en arrière et la regarde en jouant des sourcils.

– Oooh, c'est que ma sœurette sait ce que j'aime !

– Non. Je sais surtout ce que tu aimes éviter, et la tequila t'a toujours aidée à affronter une situation difficile. Et... je t'aime aussi, Kaye. Tellement. Maintenant, va-t'en.

– À vos ordres, capitaine ! je réponds en passant la porte de la salle de bains.

Il est temps de dire à l'homme le plus aimant, le plus altruiste et le plus généreux que je connais que la femme qu'il pense épouser est une croqueuse de diamants qui lui ment et le trompe depuis le début.

CHAPITRE 10

La maison des Bryant est exactement comme dans mes souvenirs. Bâtie à la manière d'un ranch, elle s'élève sur deux étages bardés de bois, avec un grand porche, et elle est entourée d'un terrain immense. La brise fraîche porte une odeur de paille et de vie à la ferme. Je resserre ma veste en jean, essayant de me protéger du froid tandis qu'au loin, j'entends le bruit des animaux dans leurs abris. Des cochons grognent en dévorant leur repas, des poules caquettent et des chevaux frappent le sol avec leurs sabots alors qu'ils se préparent à dormir dans leurs box.

Tout ça m'est merveilleusement familier et je me rappelle aussitôt, avec une joie immense, toutes les nuits où Camden et moi avons traversé la ferme, main dans la main. Tout semble identique, mais ces moments semblent avoir eu lieu dans une autre vie.

J'ai tellement grandi, changé... Je ne suis pas la même personne qu'à l'époque. Je ne suis plus la jeune adolescente naïve qui était folle de son amour de lycée. J'ai parcouru le monde. J'ai vécu plus de choses durant les dix dernières années que la plupart des gens n'en vivront au cours de leur vie.

Il n'empêche que cette tranquillité me manque. Ce calme. Cela m'a manqué de passer du temps dans un même endroit, de savoir que je suis à ma place. Je n'ai jamais ressenti ça ailleurs qu'ici. La seule nuit que j'ai passée avec Camden, à faire l'amour dans le grenier de la grange, est la seule fois de ma vie où j'ai pensé pouvoir rester au même endroit pour toujours.

Sois libre.

Les paroles de ma mère résonnent dans ma tête. Je ne regrette pas les dix années que j'ai passées à arpenter le globe. J'ai profité de chaque moment comme si c'était le dernier. Mais... maintenant que je suis de retour ici... je ne suis plus la même. Je vois tout avec un regard plus mûr, plus expérimenté, et je vois tout ce que je n'ai pas su voir auparavant.

On peut rentrer à la maison. Tout est à la fois identique et complètement différent. C'est comme une vieille couverture, chaude, familière, mais plus douce à chaque lavage. Plus confortable.

– Vous voilà. Je commençais à penser que vous n'alliez pas venir, dit une voix grave depuis le porche de la maison.

Je tourne le dos aux champs qui s'étendent à perte de vue pour faire face à l'homme qui s'appuie contre le poteau en bois. Camden est vêtu d'un jean droit, de bottes de motard usées, d'une chemise gris foncé, et il arbore un immense sourire. Son carré blond foncé est attaché par un élastique juste au-dessus de la nuque.

Mon Dieu, cet homme est vraiment beau. Mon cœur bat la chamade en l'observant.

– Evie, ça fait longtemps, *Sunshine*, dit-il en haussant la tête en direction de ma sœur.

Evie court vers lui et se jette dans ses bras, comme je rêve de le faire mais ne le pourrai jamais. Ce n'est plus comme ça entre nous. J'ai perdu mon droit à cette affection quand je lui ai tourné le dos, il y a dix ans. Mon estomac se noue alors que je regarde Camden bercer Evie de gauche à droite, comme un grand frère le ferait avec une sœur qui lui a manqué.

Elle l'embrasse sur la joue et prend son visage dans ses mains.

– Tu as toujours été beau, Cam. Mais tu t'améliores avec l'âge, à ce que je vois, dit-elle en tapotant sa joue.

– Je pourrais dire la même chose de toi, répond-il en souriant.

Je grimace, jalouse de ma propre sœur, parce qu'elle a droit au Camden détendu et insouciant que j'ai connu dans le temps, alors que moi je n'ai droit qu'à l'homme d'affaires stressé et anxieux, qui me regarde comme si j'étais une inconnue qu'il trouve néanmoins attirante.

– Allez-y, entrez. Maman a préparé un festin, comme d'hab.

– Avec cinq mecs sous son toit, j'imagine qu'elle n'a pas le choix, je dis en souriant et en gravissant lentement les marches, car chacune me rapproche d'une destination où je ne suis pas sûre de vouloir me rendre.

Cam baisse les yeux et m'étudie des pieds à la tête, notant mes bottes de cow-boy rouges, mon jean bleu, ma blouse en dentelle blanche et ma veste en jean. J'ai attaché mes cheveux en queue-de-cheval et j'ai mis de superbes boucles d'oreilles en plumes de paon. Je sais que Cam aimait que je me coiffe comme ça, à l'époque, c'est pour ça que j'ai choisi cette coiffure ce soir. Quand nous étions en couple, il enlevait toujours mon élastique et le jetait par terre comme un vulgaire déchet. Il disait qu'il voulait pouvoir promener ses mains dans mes cheveux dès que l'envie lui prenait. Je crois que ce soir, je voulais voir s'il accepterait de relever mon défi secret.

– Un vrai diamant, chuchote Camden.

Je ferme les yeux et baisse la tête.

– Cam... je gronde.

Je sens une main sur ma nuque et l'autre sur ma hanche tandis qu'il me prend dans ses bras. Sa barbe naissante effleure la peau sensible de ma joue lorsqu'il m'embrasse sur la tempe, et je frissonne. Ce devrait être un bonjour lambda mais, avec Cam, avec cet homme, c'est tellement plus que ça...

Je le serre dans mes bras et m'accroche à lui. En dix ans, je n'ai rien désiré davantage que le réconfort de ses étreintes.

– Peu importe ce que tu portes, que ce soit un pyjama, un tailleur ou un jean ; que tu sois maquillée ou non, tu as toujours brillé comme un diamant, ma biche. Tu es la plus belle femme que je connaisse.

Je ferme les yeux et laisse son aveu remplir le vide qui s'est créé après toutes ces années sans lui, sans sa gentillesse et sa compassion. Cette facilité avec laquelle Cam peut transformer un jour sombre en un jour lumineux, rien qu'en étant là, rien qu'en me prenant dans ses bras et en me faisant un compliment, m'a terriblement manqué.

Je prends sur moi et je recule néanmoins.

– Qu'est-ce qui est au menu ? je demande d'une voix faussement insouciante.

Il m'accompagne dans la maison, sa main sur le creux de mes reins.

– Ton plat préféré, bien évidemment. Côtelettes de porc et poivrons grillés.

Des arômes divins m'enivrent quand j'avance dans le couloir, et j'en ai l'eau à la bouche. La pièce est immense, avec sur la droite la cuisine ouverte et ses placards blancs du sol au plafond, et sur la gauche, le canapé le plus grand que j'ai jamais vu. Trois hommes y sont assis, une bière à la main. Ils regardent le match sur l'écran de télé qui est accroché au-dessus de l'immense cheminée en pierre.

– Oh, ma chère Suda Kaye, entre. Viens t'asseoir à côté d'Evie, dit Patty en me faisant signe d'avancer.

Evie est installée à l'îlot central et elle grignote un bâtonnet de carotte. Patty est de l'autre côté de l'îlot, occupée à couper des poivrons rouges.

– Madame B. était en train de me mettre à jour les potins de Pueblo, dit Evie. Je ne me doutais pas d'avoir raté autant de choses en vivant à Colorado Springs.

Patty hoche la tête, j'avance vers elle et elle me prend dans ses bras, me serrant comme le font toutes les mères du monde. Ensuite, elle me tient à bout de bras et je remarque ses yeux brillants.

– Vous m'avez tellement manqué, mes filles.

– Vous m'avez manqué, vous aussi, je réponds. Mais je suis de retour et je n'ai pas prévu de repartir. Il faudra que tu viennes à la boutique quand elle sera ouverte, dans deux semaines.

Elle hoche plusieurs fois la tête.

– Bien sûr. J'ai dit à mon fils que son père et moi serons les premiers à passer la porte et à fêter ça avec toi.

Mon sourire est si grand que j'en ai mal aux joues.

– Salut, Suda Kaye, ça fait un bail, dit CJ.

Coltrane Junior est l'aîné des frères Bryant. Il fait deux ou trois centimètres de plus que Camden, il est super-musclé, et il n'a rien à voir avec le souvenir que j'avais de lui.

Il y a dix ans, il n'avait d'intérêt que pour l'équitation et le ranch familial. Il y passait tout son temps libre, lorsqu'il ne révisait pas pour décrocher son master en finances. À présent, il est tiré à quatre épingles, avec un pantalon de costume noir, une chemise en soie et des chaussures de ville. Ses cheveux châtain clair sont coiffés en arrière et coupés court, comme la plupart des businessmen.

Plutôt que de me prendre dans ses bras comme il l'aurait fait par le passé, il me tend la main. Je la regarde en fronçant les sourcils, surprise par un accueil aussi distant. Cela dit, j'aurais dû m'y attendre. Les frères Bryant sont terriblement loyaux les uns envers les autres, et j'ai brisé le cœur de l'un d'entre eux. Je lui offre donc ma main et il la secoue brièvement avant de plonger ses mains dans ses poches.

Heureusement, la réaction de Preston n'a rien à voir.

– Chaud devant ! s'écrie-t-il.

Il bondit par-dessus le canapé comme un champion de saut en hauteur, et il me percute de plein fouet. Il me soulève dans ses bras en me prenant sous les fesses et il tourne sur lui-même avant de me reposer et de me serrer si fort que j'en ai le souffle coupé. Ce mec a des bras énormes !

– Waouh, Pres, je ne peux plus respirer ! je glousse joyeusement.

– Désolé, sœurette ! Tu m'as tellement manqué !

Il frotte sa joue contre la mienne en poussant des grognements, puis il m'embrasse dans le cou et sur les deux joues avant de prendre mon visage dans ses mains.

– Laisse-moi te regarder un peu.

– C'est bon, frangin, dit Camden d'un ton menaçant.

– Calme-toi, mec. C'est Suda Kaye ! C'est ma nana !

Il me fait un clin d'œil en souriant jusqu'aux oreilles, parfaitement conscient d'agacer son frère. C'est l'accueil auquel j'aurais eu droit de la part de tous les frères Bryant si les circonstances avaient été différentes.

– Techniquement, c'était ma nana... marmonne Camden dans sa barbe.

Preston tapote mes joues en ignorant son frère.

– Tu es encore plus belle aujourd'hui qu'à dix-huit ans. Nom d'un chien !

Il me fait tourner sur moi-même et me reluque en sifflant.

– Mec...

Il désigne mes fesses, qui ont l'air canon dans ce jean, comme me l'a fait remarquer Evie avant de partir.

– Tu fais du sport ? Je gère une salle, maintenant. Les meufs canon peuvent s'inscrire gratuitement, déclare-t-il en souriant, me faisant éclater de rire.

Camden pousse son frère en arrière et l'emmène de l'autre côté de la cuisine.

– Ça suffit.

– Mais tu n'as pas vu ses fesses ? Waouh !

– Ignore-le, dit une autre voix derrière moi, alors qu'on tire ma queue-de-cheval.

Je me tourne et trouve les yeux marron du second frère le plus âgé de Camden, Porter.

– Port...

Je ne trouve pas mes mots, émue de revoir son beau visage. Porter est à peine plus petit que Camden, mais ses traits lui confèrent un côté beau brun ténébreux que les autres frères n'ont pas. Il ressemble sans doute beaucoup à son père, plus jeune. Ses cheveux sont bruns, ses yeux marron, et sa barbe naissante lui donne un côté hirsute mais ultra-sexy. Si je n'étais pas tombée amoureuse de Cam, j'aurais sans doute été dingue de Porter, comme la plupart des filles de la ville.

Il m'attire dans ses bras et son parfum me réconforte immédiatement.

– Tu nous as manqué, Suda Kaye, mais pas autant qu'à Cam. Il ne l'admettra pas, mais il était perdu sans toi. Il n'a plus été le même après ton départ.

Ma gorge se noue et je n'arrive pas à déglutir.

– Ce n'était pas facile, mais il fallait que je le fasse, à l'époque, je réponds à voix basse pour qu'il soit le seul à entendre.

Porter recule et me regarde droit dans les yeux.

– Tu es vraiment de retour ?

Je me lèche les lèvres et réfléchis à sa question. Est-ce qu'il veut savoir si je suis de retour à Pueblo ou dans la vie de Camden ?

– Oui, j'habite à Pueblo, maintenant.

Porter ricane.

– Ce n'est pas ce que je voulais savoir, mais je m'en contenterai pour l'instant.

– Tu deviens quoi ? je demande pour changer de sujet.

– Je suis proprio de Bryant Brews, à quelques rues de Main Street. Vous devriez venir, avec Evie. Les bières seront offertes par la maison, bien sûr.

Il tourne la tête vers ma sœur et la regarde des pieds à la tête. Il a toujours eu le béguin pour elle, mais Evie ne se laisserait jamais tenter. Je crois vraiment que le baromètre de sexytude de ma sœur est cassé, ou méchamment déréglé.

– Carrément, on viendra avec plaisir, n'est-ce pas, Evie ?

– Ouais, bien sûr, dit-elle en rougissant avant d'attaquer un bâtonnet de céleri.

– J'ai hâte, sourit Porter en haussant un sourcil.

– Ça, je n'en doute pas, dit Cam en secouant la tête et en posant sa main sur le creux de mes reins pour me guider vers une chaise.

– Super ! Tout le gang est réuni ! déclare Coltrane en arrivant dans la cuisine depuis la cave à vin, tenant deux bouteilles de rouge dans les mains.

Il les pose sur l'îlot avant d'en faire le tour pour m'embrasser sur la joue.

– Je suis vraiment content de te voir, ma puce.

Il en fait de même avec Evie et je regarde autour de moi.

Tout va bien, enfin.

Pour le moment.

♦

Tout à coup, Evie me met un coup de coude dans les côtes. On est assises sur le canapé et on vient de terminer le repas. Ça fait longtemps que je n'avais pas aussi bien mangé. Patty a toujours été une superbe cuisinière, mais cette fois, elle s'est surpassée.

– Aïe ! je gronde en la bousculant en retour.

Je suis hyper-détendue maintenant que j'ai le ventre plein et que j'ai bu deux verres d'un vin délicieux.

– Tu dois lui dire, chuchote Evie.

Je m'enfonce dans le canapé, essayant de disparaître.

– Me dire quoi ? demande Camden en donnant un verre de vin à Evie.

Il me tend ensuite un verre d'eau, car c'est moi qui conduis ce soir.

– Il mérite de savoir, Huutsuu.

Cam regarde Evie en plissant les yeux, conscient qu'elle emploie mon surnom amérindien pour m'encourager et donc que ce que j'ai à dire ne va pas être agréable.

– Voilà qui promet d'être intéressant, dit CJ en entrant dans la pièce.

Il reste debout derrière le canapé et croise les bras. À l'évidence, je suis loin d'avoir regagné sa confiance. Pendant le repas, je l'ai surpris plusieurs fois en train de me regarder d'un air méfiant.

Preston, le géant, déboule dans le salon et s'assoit à côté d'Evie avant de l'attirer contre lui.

– Qu'est-ce qui va être intéressant ?

– Euh, Cam, tu ne crois pas qu'on devrait aller parler en privé ? je demande.

– Alors ça, c'est une très bonne idée, acquiesce Evie en levant son verre comme pour porter un toast, avant de boire une gorgée.

– Non, répond Cam en secouant la tête. Si tu veux me parler, tu peux le faire devant mes frères. Vas-y, crache le morceau. C'est en rapport avec la boutique ? Tu fais marche arrière ?

Il fuit mon regard et s'éloigne du canapé. Il n'est qu'à deux mètres de moi, mais ses paroles me font tellement mal qu'il pourrait aussi bien être à deux kilomètres.

– Je ne ferais jamais ça ! je réponds d'un ton indigné.

– Ah non ? Pourtant, je me rappelle que tu as disparu après avoir pris de sérieux engagements, il y a dix ans.

– Cam, il ne s'agit pas du passé mais du présent. De ton présent, et de ton avenir d'ailleurs.

Je me lèche les lèvres et prend une grande inspiration en essayant de rassembler tout mon courage.

– Dans ce cas, je t'en prie, vas-y, dit-il.

Très bien. S'il veut faire ça en public, c'est son choix.

– Aujourd'hui, Evie et moi faisions les boutiques à Colorado Springs, et on a... euh... on a entendu quelque chose de très perturbant.

Je fronce les sourcils et bois une gorgée d'eau, essayant de gagner du temps.

– Et ?

– C'était... euh... ben, tu sais, c'était ta... ta fiancée. Et elle...

J'essaie de continuer, mais les mots refusent de quitter ma bouche.

– Brittney ? Quoi ?

– Argh. Brittney. Quelle horrible personne ! ricane Preston.

Evie, Cam, et moi regardons tous Preston d'un air horrifié.

– Quoi ? s'offusque-t-il. C'est vrai. Cette femme n'a rien de sincère. Je n'en reviens toujours pas que tu l'épouses.

Cam se lève, bouillant de rage.

– Ça ne te regarde pas, Preston. Ni toi, d'ailleurs, Suda Kaye.

– Je sais bien, et je suis désolée. Mais elle parlait à sa copine d'argent et du fait que bientôt, ce serait toi qui paierais tout et...

De plus en plus énervé, Camden se met à faire les cent pas en se massant la nuque.

– Je savais que c'était une mauvaise idée. T'avoir au dîner de famille comme au bon vieux temps. Je le savais, putain.

Je me lève et tends les mains vers lui.

– Ce n'est pas fini, Cam. Elle n'a jamais été enceinte. Elle t'a menti. Elle s'est servie de toi.

Patty, qui est en train de servir le dessert dans la cuisine, pousse un petit cri.

– Enceinte ? s'exclame-t-elle en posant ses mains sur sa poitrine.

Mon Dieu, je ne rêve que d'une seule chose : disparaître. Partir loin d'ici et de ce moment. Tahiti serait pas mal. J'ai toujours voulu y aller, de toute façon. Pourquoi pas maintenant ?

Camden s'arrête et me fusille du regard.

– Comment tu peux dire ça ? Qu'est-ce que tu crois savoir ? Tu ne sais rien de Brittney et moi et du bébé qu'on a perdu.

– Justement, il n'y a jamais eu de bébé, Cam. Je te jure que je peux le prouver...

– Non ! gronde-t-il d'un ton tonitruant. Brittney est adorable et oui, elle est peut-être un peu enfant gâtée, mais son cœur est pur. Je n'en reviens pas que tu me fasses ça. Que tu essaies de compromettre mon avenir encore plus que tu ne l'as fait en refaisant surface !

– Mec, écoute-la, dit Preston. Laisse-la finir, frérot.

Cam lève la tête vers le plafond et rit froidement.

– Bon sang, tu crèves d'envie de virer Brittney parce que c'est une gosse de riche. Mais ouvre les yeux, grand frère. Tu l'es aussi. On l'est tous. Au moins, CJ et moi travaillons pour mériter notre place. Alors que toi, tu te caches dans ta salle de sport et fais de la gonflette en crachant sur l'héritage de papa !

– Eh oh, tu dépasses les bornes, gronde Coltrane en tenant sa femme par les épaules. Je suis fier de vous quatre et de tout ce que vous faites dans vos vies.

Preston se lève, furieux à son tour.

– C'est une croqueuse de diamants, mec ! C'est à toi d'ouvrir les yeux ! Elle ne te mérite pas ! Et sache que j'ai utilisé l'argent de papa pour ouvrir ma propre affaire et que j'ai gardé le reste pour mes futurs enfants. Je construis mon avenir grâce à l'héritage et à la notoriété de papa. N'essaie pas de me rabaisser parce que tu as été vexé, mec. Tu vas dire la même chose de Porter parce qu'il a ouvert une brasserie au lieu de travailler dans la métallurgie comme toi et CJ ? Hein ? Ce n'est pas ce que tu disais la semaine dernière quand tu es allé picoler chez lui parce que Suda Kaye était de retour et que tu ne savais pas comment réagir ! Ne me refile pas tes problèmes et tes incertitudes, frérot. Grandis un peu. Sois un homme.

Camden soupire et referme sa main sur sa nuque.

– Quelques heures avec ma famille, et tu as déjà semé la pagaille, siffle-t-il en me fusillant du regard.

Soudain, une colère noire s'empare de moi et je craque.

– Eh, je ne voulais pas venir, moi ! Bien sûr, j'adore ta famille et ce sera toujours le cas ! Mais c'est toi qui as insisté pour que je vienne ! je gronde en le pointant du doigt.

– Eh ben, c'était une mauvaise idée. Je ne veux pas de toi ici.

Je suis sur le point de m'enfuir lorsqu'une horrible voix doucereuse émerge.

– Yoo-hoo, y a quelqu'un ? Mon sucre d'orge ? Ah, je vois que tu as de la compagnie, dit Brittney en entrant dans la pièce, vêtue de rose, comme toujours.

Evie se lève et me prend la main tandis que Barbie Colorado nous reluque en grimaçant.

– Ma pomme d'amour, pourquoi ton ex est chez tes parents pour le repas de famille ? Je n'ai jamais été invitée, moi, et je suis ta fiancée, râle-t-elle en faisant la moue.

Camden ferme les yeux et son dos se voûte. Toute sa colère semble soudain le quitter et il semble perdu. Épuisé. Il ouvre les yeux et me regarde froidement.

– Je suis désolée, je dis simplement.

– Tu te trompes, rétorque-t-il en ouvrant les bras pour prendre Brittney contre lui. Viens par-là, Cookie.

Cookie. Je la déteste encore plus, maintenant. Elle ne mérite pas ce genre de surnom parce qu'elle n'est rien d'autre qu'une vipère.

– Viens, Ev. On s'en va. C'est fini, je dis en tirant ma sœur par la main.

Evie secoue la tête et ne bouge pas d'un iota.

– Je ne peux pas. Ce n'est pas juste, dit-elle.

Elle sort son téléphone et appuie sur le bouton avant que je n'aie pu lui dire d'arrêter, et la voix de Brittney émerge dans le haut-parleur.

« Bientôt, je n'aurai plus à acheter toutes ces robes à crédit, dit-elle. L'allocation de papa est minable. Mais quand je serai Madame Camden Bryant, c'est lui qui paiera toutes les factures » dit sa voix avant de ricaner.

– Tu vois ! Je t'avais dit qu'elle en avait après ton fric ! s'exclame Preston en pointant son doigt sur la blonde qui a le culot de froncer les sourcils et de démentir.

– Sucre d'orge, c'est complètement faux. Je ne sais pas pour qui se prennent ces femmes, mais c'est faux !

L'enregistrement continue, et cette fois c'est la copine qui parle : « Ce mec est trop gentil, meuf. Je n'en reviens pas que tu le trompes. Enfin si, je comprends. Mais qu'en pense Alejandro ? »

Camden fronce les sourcils.

– Qui est Alejandro ? Brittney ?

Elle se mord la lèvre et ses yeux se remplissent de larmes.

Dans l'enregistrement, la copine continue de parler et confirme que Brittney est bien amoureuse d'Alejandro. Camden lâche Brittney et sa main retombe sur ses cuisses.

Tous ses mensonges sont révélés et les Bryant découvrent que Brittney n'est avec Camden que pour la fortune de sa famille, mais aussi qu'elle a abusé de lui alors qu'il était ivre.

– Brittney... gronde Camden.

– Cam, je t'aime, tu le sais bien ! N'écoute plus ces horreurs. Tout est faux. Je ne sais même pas à qui appartient cette voix.

La conversation enregistrée par ma sœur divulgue ensuite qu'elle a couché récemment avec Alejandro, que Cam n'est pas son style de mec et qu'elle s'est pointée à son travail pour lui dire qu'elle était enceinte après qu'il lui a mis un vent. Ensuite, cerise sur le gâteau, vient le plus affreux des mensonges de Brittney.

« Ah, mais je n'ai jamais été enceinte. J'ai juste dit ça à Cam pour ne pas qu'il me lâche. Bien sûr, le mois dernier, j'ai fait une fausse couche. Pratique, non ? Et j'ai fondu en larmes en lui disant que maintenant il allait me quitter, puisque je n'étais plus enceinte. Et le pire c'est qu'il a tout gobé ! Quel loser ! »

Un silence de plomb s'abat sur la pièce, interrompu par le caquètement diabolique de Brittney qui résonne dans les oreilles de tout le monde.

– Sors de chez moi ! rugit Patty en saisissant Brittney par le bras. Sors de ma maison et sors de la vie de mon fils. Je t'interdis d'approcher des Bryant. D'ailleurs, tu devrais quitter la ville parce que dès que j'aurai expliqué la situation à ta mère et à ton père, tu regretteras d'avoir posé les yeux sur l'un de mes fils.

– Non, non, s'il vous plaît, Madame Bryant. Mon père me déshéritera. Je n'ai pas de travail, je n'ai pas d'argent ! pleure-t-elle, faisant couler son mascara sur ses joues. Je vais partir. Je ne vous embêterai plus jamais. Mais ne dites rien à mes parents. Je vous en supplie ! sanglote-t-elle alors que Patty et Coltrane la sortent du salon et de la maison.

Preston, CJ et Porter entourent leur frère et posent chacun une main sur son épaule en signe de solidarité.

Camden a l'air d'un homme qui a tout perdu. Peut-être m'étais-je trompée, finalement, et qu'il ne tient plus du tout à moi. Certes, notre attirance est toujours là, mais peut-être que pour lui c'est seulement physique. Il ne m'a pas crue. Il a tout de suite pensé que je voulais lui faire du mal. Gâcher sa vie. Alors qu'en réalité, je voulais seulement lui éviter de vivre un mensonge.

Cela a beau m'anéantir, la vérité c'est que... Camden ne me fera plus jamais confiance.

Ce soir, c'est devenu flagrant. L'espoir d'avoir de nouveau Camden dans ma vie, d'avoir sa famille entière dans ma vie, a disparu en l'espace de dix minutes. Ce n'est peut-être pas moi qui ai chargé le flingue qui a gâché son couple, mais c'est moi qui ai appuyé sur la gâchette.

– Viens, Ev, on y va.

Evie et moi contournons le cercle de frères, et Cam tend le bras pour saisir ma main.

– Suda Kaye...

– On se voit au travail, je dis en retirant ma main.

– S'il te plaît... insiste-t-il d'un ton désespéré.

Je ne sais comment lui donner ce dont il a besoin en cet instant et ça a beau ne pas me plaire, ce n'est pas à moi de l'aider. J'ai perdu ce droit il y a dix ans.

Le cœur encore plus lourd que lorsque je l'ai laissé dormir nu dans la grange, cette nuit-là, je mets un pied devant l'autre et le laisse faire le deuil de sa relation en famille.

Mais j'ai beau m'éloigner, ses paroles continuent de résonner dans ma tête.

Quelques heures avec ma famille, et tu as déjà semé la pagaille.

CHAPITRE 11

Le lendemain, je suis allongée dans mon lit, les lettres de maman éparpillées autour de moi. Je relis ses mots, essayant d'y trouver un conseil caché. Souvent, relire ses lettres m'aide à guérir ma tristesse ou le mal-être que je peux ressentir. Je n'ai absolument pas l'énergie de me lever et d'aller bosser dans la boutique, mais ça n'empêche pas Kyson de poursuivre les travaux de rénovation avec son frère renfrogné.

C'est déjà le début de l'après-midi et je n'ai tout simplement pas le cœur à affronter cette journée. Mon cœur souffre et mon corps est ensuqué. Je ne cesse de revoir le déroulé des événements catastrophiques d'hier soir.

Je ferme les yeux en effleurant ses lettres et je lui parle à voix basse, comme je l'ai fait tant de fois depuis son décès.

– Maman, j'ai besoin de ton aide. De tes conseils. J'ai blessé Cam, encore une fois. Je ne l'ai pas fait intentionnellement, cette fois. Je le jure. Mais ça ne change rien à sa souffrance. Je m'en veux vraiment, mais quelque chose s'est brisé quand cette horrible femme a commencé à cracher son venin. J'ai craqué, maman. Je ne pouvais pas le laisser épouser cette vipère en sachant qu'elle ne l'aimait pas. Il mérite mieux que ça. Il mérite tout ce qu'il y a de plus beau sur terre.

Je soupire et rouvre les yeux en tenant une des lettres dans ma main. Elle date de mes vingt-quatre ans. C'est dans celle-ci qu'elle m'a parlé de l'aventure qu'elle a eue avec mon père biologique, Ian. Elle ne m'a jamais donné son nom de famille ni quoi que ce soit qui me permettrait de l'identifier. Chaque fois que je lui en parlais, elle me répondait que mon père était Adam Ross, le père biologique de ma sœur, son mari, et me disait d'arrêter de chercher des problèmes là où il n'y en avait pas. Au bout d'un moment, j'ai cessé de poser des questions.

Je comprends tout de suite pourquoi l'univers, ou ma mère elle-même, ont mis cette lettre dans ma main en cet instant.

Car elle parle de regret. La plupart de ses écrits traitent d'enthousiasme et de sa quête perpétuelle de nouvelles expériences, les mêmes traits qu'elle voyait en moi. Mais pas celle-ci.

Ma très chère Huutsuu,

Aujourd'hui, je me sens triste. Perdue. J'essaie désespérément d'écrire de belles choses à ta sœur et toi pour que, lorsque je serai partie, vous sachiez que vous étiez aimées à chaque seconde de votre vie. Je n'ai sans doute pas été la meilleure des mères. D'ailleurs, je sais que non. J'espère que vous savez que j'ai fait de mon mieux et que quand j'étais avec Evie et toi, je me suis attachée à me donner entièrement à vous.

Depuis que je suis petite, il y a toujours eu ce tiraillement en moi, ce besoin de partir qui a pris le dessus sur tout le reste. Je ne sais comment l'expliquer mais je crois que toi, ma chère Suda Kaye, tu comprends et ressens également ce vide en toi. Cette soif de découvrir tout ce que la vie peut offrir.

Toutefois, je regrette parfois de ne pas avoir été plus stable. Plus normale. Une maman gâteau et une femme au foyer parfaite pour Adam...

Il me suffit de penser à Adam pour que ma poitrine se resserre. C'est un homme si bon. Il m'a pardonné ma transgression avec Ian, il y a toutes ces années, et t'a prise sous son aile comme sa propre fille. Je ne crois pas pouvoir me pardonner cette trahison un jour. Néanmoins, sans cela, je ne t'aurais pas, toi. Et tu es tout, Huutsuu.

Tu es belle, effervescente, sauvage et pleine de compassion.

Je sais que tu es capable de déployer tes ailes pour t'envoler librement sans blesser les autres, comme je l'ai fait. Sans disparaître sans prévenir. Tu es plus intelligente que ça. Plus sage. Avec un peu de chance, mes lettres et mes expériences te mèneront sur le droit chemin. Quel qu'il soit.

Promets-moi simplement une chose, ma chérie... ouvre les yeux. Vois le monde tel qu'il est : beau. Tout être vivant est un miracle. Chaque pierre sur laquelle tu marches est un chemin de possibilités. Approprie-toi le monde. Un jour, le moment viendra où tu te sentiras contentée. Et ce sera aussi beau que tout ce que tu as vécu auparavant.

Hélas, j'ai ressenti cette satisfaction trop tard. Ne fais pas la même erreur. Pendant tes voyages, garde les yeux grands ouverts. Trouve ta place. Ton cœur t'y mènera. D'ici là, continue de voler librement, mon petit oiseau.

Avec tout mon amour,

Maman

Mes larmes ruissèlent sur mes joues. Cette lettre m'a toujours tracassée. C'est comme si elle avait su qu'un jour j'aurais besoin de replier mes ailes. Et pour la première fois en dix ans, mes pieds sont fermement plantés sur terre.

Avec ma sœur.

Dans le Colorado.

Dans ma boutique.

Avec... Camden.

– Argh.

Je dégage la couette à coups de pied et j'essuie mes larmes.

– Ça ne sert à rien. Il faut que je trouve un moyen d'arranger la situation avec Cam. Si tant est que ce soit possible.

Je m'assois dans le lit pour rassembler les lettres de maman. Je les plie avec soin et les range dans leur enveloppe correspondante avant de remettre la pile dans le tiroir de ma table de chevet, puis je me force à me lever.

Une idée me vient soudain, et je souris. Je saisis mon téléphone, débranche le chargeur et passe mon coup de fil.

Ma sœur décroche après deux sonneries.

– Ça va, après hier soir ? J'allais venir et t'apporter à manger, si tu ne m'appelais pas.

– Sœurette, j'ai une meilleure idée, je réponds en ouvrant mon armoire pour en sortir un legging, un tee-shirt et un sweat à capuche.

– Pourquoi j'ai l'impression que je vais le regretter ? marmonne-t-elle.

– Parce que je suis imprévisible ; quelque chose que tu adores chez moi.

– Je ne dirais pas que j'adore. Je dirais plutôt que ça me terrorise, ricane-t-elle.

– Quoi qu'il en soit, je suis de mauvais poil et j'ai envie que ça change. En tant que sœur, tu te dois de me suivre. Et quand c'est toi qui seras de mauvais poil, je te rendrai la pareille.

Evie pousse un grognement et soupire.

– Ok, qu'est-ce que tu as en tête ?

– Enfile une tenue de yoga et passe me prendre, je réponds en souriant.

– Du yoga ? On va faire du yoga ?

– Un truc du genre, ouais. Prépare-toi et viens me chercher. Je passerais bien te prendre, mais je n'ai pas de voiture.

– À ce propos... peut-être que ç'aurait dû être la première chose sur ta liste, suggère Evie.

– Tu ne fais rien pour arranger mon humeur, je rouspète.

– D'accord, très bien. Tu as gagné, pour cette fois. Je finis plus tôt aujourd'hui. Je rentre chez moi me changer et je passe te prendre dans une heure.

J'ouvre aussitôt l'application Google pour faire ma recherche. En cinq minutes, j'ai trouvé.

– Merci du conseil, maman, je dis en regardant autour de moi avant d'aller dans la salle de bains pour me doucher.

♦

– Tu es sérieuse ?

Evie balaie la salle du regard, notant les femmes à moitié nues, tandis que j'enlève mon pull et mon tee-shirt pour n'être plus qu'en brassière rose fluo et en legging.

– Je sais que ça fait un bail que tu n'as pas fait ça, mais moi j'ai jamais cessé de m'entraîner. Cela dit, je suis un peu rouillée depuis que je n'ai pas trouvé de nouvelle troupe.

Le dos d'Evie se voûte quand elle regarde les autres femmes. Certaines portent des jupes amples, des tops brassières et des chaînes de ventre, d'autres sont en tenue de sport complète, et beaucoup sont vêtues comme moi, sans vêtement superflu, tout en gardant les parties essentielles bien cachées.

– Ok, Mesdames. Choisissez un emplacement et allons-y ! lance une femme brune aux courbes sublimes.

Evie enlève son pull à capuche, mais garde son débardeur, et elle me suit sur le côté où nous pouvons regarder la prof sans être trop remarquées.

Je ricane dans ma barbe en voyant Evie poser sa main sur sa hanche et attendre les instructions. Comme si elle en avait besoin. On a beau être rouillées, on fait de la danse orientale depuis qu'on est petites. Maman nous a appris la méthode turque avec ses symboles manuels, mais aussi la version égyptienne qui est plus fluide. J'ai passé presque un an en tournée avec une troupe de danseuses, en Europe, et elles mélangeaient un tas de styles différents.

Les danseuses choisissent un emplacement tandis que la prof monte sur une petite estrade et allume un morceau que je reconnais aussitôt d'un de mes spectacles.

– Comme c'est le groupe intermédiaire, on va tout de suite passer aux mouvements de percussion et aux déhanchés vers le bas. Je vais vous montrer l'enchaînement, et vous pourrez le suivre à votre rythme.

Evie me fusille du regard en articulant « intermédiaire ! », et je réponds en souriant et en haussant les épaules.

Elle lève les yeux au ciel et se concentre sur les mouvements de la prof. En quelques minutes, Evie et moi suivons sans problème les déhanchés saccadés et les ondulations extérieures qui se transforment en mouvements circulaires. Je me laisse emporter par la danse, agitant gracieusement mes bras en rythme pour mieux accompagner la musique. Je me rends soudain compte que les gestes d'Evie sont identiques aux miens alors que ses yeux sont fermés, et je la vois afficher un sourire joyeux.

Pendant près d'une demi-heure, nous balançons nos hanches de gauche à droite, nous tournoyons sur nous-mêmes pour dessiner des cercles calculés mais fluides, et nous faisons travailler nos abdos comme notre mère nous l'a appris. Je suis tellement absorbée par la danse que je ne me rends pas tout de suite compte que la prof est descendue de son podium pour danser avec nous, imitant les mouvements que nous connaissons si bien.

Tout le groupe se met à nous accompagner tandis que la prof nomme chaque combinaison. C'est un des moments les plus heureux et exaltants que j'aie connus avec ma sœur.

Evie finit par ouvrir les yeux et se rend compte que toute la salle danse avec nous. Elle éclate de rire et lève les bras, alors elle se laisse emporter par la musique et se met à tournoyer sur elle-même. Elle est sublime. Evie a vraiment un don inné pour cette danse. De mon côté, j'ai toujours suivi attentivement les cours et je danse bien. Mais chez Evie, les mouvements semblent tout droit sortis de son âme. Elle vit la danse, même si c'est difficile à imaginer en voyant sa posture froide et réservée.

Moi, je connais sa vraie nature. Et maman aussi.

Peut-être que mon rôle est de la libérer du carcan dans lequel elle s'est engoncée depuis qu'elle est petite, de trouver le moyen de la délivrer de ses propres chaînes.

La prof finit par retourner à son estrade et éteint la musique lorsque le morceau touche à sa fin. Nos fronts, nos ventres et nos dos dégoulinent de sueur. Nous sommes trempées et répugnantes, et je me suis rarement sentie aussi bien.

Evie m'attire dans ses bras et m'embrasse sur la joue.

– J'avais oublié combien j'aime danser ! Ça fait une éternité que je n'ai pas fait ça et ça m'est revenu comme si je dansais tous les jours.

Je dégage les cheveux de son visage et les coiffe derrière son oreille. Ses joues sont roses, ses yeux turquoise et ses lèvres esquissent le plus beau des sourires.

– Tu as l'air heureuse, sœurette.

– Je le suis. Tu es de retour, que demander de plus ?

Elle penche la tête sur le côté et me regarde dans les yeux avec tant de sincérité que je suis émue aux larmes. Je prends ma sœur par les épaules, la prof descend du podium et vient vers nous.

– Mesdemoiselles, vous étiez géniales ! Vous avez un niveau très avancé. Vous m'avez carrément inspirée, moi et toute la classe, d'ailleurs. Il faut à tout prix que vous reveniez ! s'exclame-t-elle en joignant les mains en signe de prière.

– Carrément, je réponds en mettant un coup de bassin à ma sœur. N'est-ce pas, Evie ?

– Oui, je serais partante pour revenir une ou deux fois par mois, acquiesce-t-elle.

– Eh bien, voici ma carte. Je fais partie d'une troupe et on fait des spectacles en entreprise ainsi que dans des festivals, quand on a le temps. On est assez nombreuses pour ne pas avoir à assister à chaque représentation, si nos emplois du temps ne le permettent pas. Je sais déjà que la meneuse du groupe serait ravie de voir deux danseuses aussi douées que vous rejoindre nos rangs.

– Super !

Je saisis sa carte et la range dans la petite poche de mon legging.

J'ajoute :

– Je vous appellerai, c'est sûr. Je dansais avec une troupe, à l'étranger, mais je n'en ai pas retrouvé depuis que je suis rentrée à la maison.

– On serait ravies de vous avoir parmi nous. J'ai hâte de vous revoir en cours, dit la prof en tournant les talons pour rassembler ses affaires.

– Comptez sur nous ! je m'exclame alors qu'Evie me tire par la main pour récupérer nos affaires.

– Tu ne crois pas que tu vas être trop prise par ta boutique, Kaye ? demande-t-elle en prenant son sweat et son sac à main.

– Ouais, mais faut que je m'assure de pas être prise au point de négliger toutes les choses qui font que je suis moi, tu vois ce que je veux dire ?

Evie fronce les sourcils et hoche la tête, mais je sais qu'elle n'est pas d'accord avec moi. Apparemment, elle n'a pas envie d'en parler davantage.

– On fait quoi, maintenant ? demande-t-elle quand on sort de la salle et qu'on marche vers sa voiture.

– Comment ça ? On va boire et manger, bébé ! je dis en souriant et en dansant jusqu'à la portière conducteur.

Quand je suis avec Evie, elle préfère que je conduise. Ça a toujours été comme ça, même si c'est sa voiture. Je crois que ça remonte au jour où papa lui apprenait à conduire et qu'elle a eu un accident. Il s'était tapé la tête contre la vitre passager et il avait eu une série de points de suture, et il s'était aussi cassé le bras quand l'airbag s'était ouvert alors qu'il avait tendu le bras devant ma sœur pour la protéger. Il avait eu deux mois d'arrêt maladie.

Depuis, Evie est une mauviette lorsqu'il s'agit de conduire. Elle ne prend le volant que si elle est seule et qu'elle n'a pas le choix. J'imagine que c'est pour ça qu'elle ne va jamais nulle part. Il ne faut pas que j'oublie ça, quand j'essaierai de la libérer de son carcan.

Sur le trajet pour Pueblo, on s'arrête dans un petit pub ultra-cool. Nos cheveux attachés en chignons fouillis, toujours en tenue de yoga, le lieu semble parfait pour notre humeur et notre look. Toutefois, quand je passe la porte et tombe sur le sourire resplendissant de Kyson, je réalise que j'aurais dû rentrer me changer.

Il se lève, vêtu de son habituel tee-shirt blanc, toujours merveilleusement moulé sur son torse musclé. Il remonte son jean et contourne son frère, Lincoln, pour venir vers nous.

– Bonjour, Mesdames, qu'est-ce que vous faites ici ? Je ne vous pensais pas du genre à traîner dans des pubs de sportifs, dit-il en étudiant nos leggings, nos sweats à capuche et nos bottines Ugg.

– Ce n'est pas le cas, en fait, répond Evie. Mais on est du genre à traîner là où on sert des frites et de la bière.

Il sourit de plus belle ; un sourire qui ferait baver la plupart des femmes et les ferait rêver de le remplacer par un baiser sulfureux.

– Quelle coïncidence, dit Kyson en promenant son pouce sur sa lèvre inférieure. Je suis ce genre de mec, moi aussi. Vous voulez vous joindre à Linc et moi ?

Evie est sur le point de refuser, mais je prends les devants.

– Avec plaisir.

Elle tire sur mon coude et me ramène contre elle pour chuchoter dans mon oreille.

– Tu joues avec le feu, Kay. Ce mec ne cherche qu'à passer du bon temps, rien de plus.

Je me lèche les lèvres et m'arrête pour mater Kyson. Peut-être qu'il pourra faire disparaître toute ma tristesse et les horribles sentiments confus que je ressens après la confrontation d'hier soir avec Camden, et aussi me faire oublier que je l'ai sans doute perdu pour toujours.

– Qu'est-ce qui te fait penser que ce n'est pas ce que je cherche, moi aussi ? je réponds à ma sœur en haussant les sourcils.

– Ce n'est pas une bonne idée, dit-elle en grimaçant.

– Eh, Mesdemoiselles, inutile de vous prendre la tête. Je vous propose juste de la compagnie, des rires, un énorme plat de chicken wings et un pichet de bière fraîche. Rien de plus, déclare Kyson et levant les mains en signe de capitulation.

– J'espère bien que tu n'as pas d'autre idée en tête, Monsieur Touche-à-tout, sinon j'emmène ma frangine à la table libre, là-bas, gronde ma sœur en désignant une table au fond de la salle, près des toilettes.

– Beurk, Evie, je n'ai pas envie de passer ma soirée à écouter les gens faire pipi ni à avoir des relents suspects pendant que je mange, je râle en lui faisant les yeux doux.

Elle gonfle ses poumons et soupire de façon théâtrale.

– Allez, on te suit, dit-elle à Kyson.

– Par ici, Mesdames, répond-il en souriant. Je nous commande un autre pichet de bière et des wings.

– Merci, je dis de ma voix la plus douce.

On avance vers la table de bar et Evie me met un coup d'épaule.

– J'espère que tu sais ce que tu fais.

– Je n'en ai pas la moindre idée. Tout ce que je sais, c'est que ça fait des mois que je n'ai pas baisé. Kyson est ultra-canon, il a un corps de rêve, il est gentil et il ne cherche rien de sérieux, je réponds en haussant les épaules.

Elle m'arrête avant que je ne puisse poursuivre mon chemin.

– Tu envisages sérieusement de le draguer et de l'enjôler ?

– Ev, détends-toi, je suis une grande fille ! Et puis, personne ne dit plus « enjôler », bon sang. Je sais ce que je fais, sœurette.

– Apparemment pas, non, si tu crois que c'est un coup d'un soir qui va te faire oublier ta tristesse d'hier soir.

Je me tourne vers ma sœur et prends son visage dans mes mains pour approcher mon front du sien.

– Je ferai attention. Ne t'inquiète pas pour moi. Je n'ai rien décidé. Je sais juste ce que je ressens et que quand je souffre, il y a un tas de moyens pour apaiser cette douleur. L'un est de passer une super-journée avec ma sœur. L'autre est de boire un coup et de manger du gras. Et un autre encore est de passer une super-nuit au pieu avec un mec sympa, dont le seul but est de me procurer du plaisir.

Evie me fusille du regard.

– Sois maligne, Kaye. Ne couche pas avec ton artisan. Ne fais pas ça alors que tu souffres de ne pas avoir ce que tu veux avec Cam. C'est injuste pour toi, et c'est injuste envers Cam, chuchote-t-elle sèchement.

– Meuf, je gère. Tout va bien.

Quelqu'un siffle et on tourne la tête vers Kyson et son frère. Son sourire nous invite à les rejoindre, et il désigne son pichet plein de bière.

– Tout va très bien, je déclare en faisant un clin d'œil aux mecs avant de marcher vers eux.

– Ça va mal finir, je le sens, marmonne Evie en m'emboîtant néanmoins le pas.

CHAPITRE 12

– Ralentis, ma douce, dit Kyson lorsque je trébuche sur la seconde marche des escaliers qui mènent à mon studio.

Derrière moi, ma sœur hurle de rire. Alors, je me laisse aller contre le mur et j'éclate également de rire.

– Bon sang, je n'ai pas signé pour autant de folie, glousse Kyson en prenant Evie puis moi par la taille pour nous entraîner en haut.

Une fois sur le palier, Evie s'appuie contre son torse et lève sur lui des yeux émerveillés.

– Waouh, tu es vraiment mignon, dit-elle d'un ton admiratif.

– Tu trouves, ma belle ? répond-il avant de l'embrasser sur la tête.

– Oh que oui ! acquiesce-t-elle en hochant mille fois la tête.

– Et tu es tellement fort, j'ajoute en serrant ses biceps dans ma main. Je parie que tu peux faire plein de choses avec ces muscles. Genre plein, plein de choses, j'insiste en dégainant un sourire que je veux séducteur, mais qui est sans doute plutôt pervers.

– Bon sang, si j'étais un autre genre de mec, je vous prendrais toutes les deux dans mon lit pour vous faire grimper aux rideaux. Mais comme je ne suis pas un connard, que dirais-tu d'ouvrir cette porte, ma douce, pour que je puisse te border bien sagement dans ton lit.

– Mon lit ? je dis en souriant jusqu'aux oreilles et en me plaquant contre lui. Ça me semble paaaaaarfait.

– Ouvre la porte, Suda Kaye, gronde Kyson en secouant la tête.

Je fais la moue et fouille dans mon énorme sac. Lorsque mon doigt rencontre l'anneau de mes clés, je les brandis en l'air, à bout de bras, comme si je tenais un trophée.

– Woohoo ! Victoire !

Ma sœur me tape maladroitement dans la main.

Quand Kyson attrape les clés, je fronce les sourcils parce que j'ai l'impression qu'il me dérobe ma victoire. Je croise les bras en soufflant, soudain de mauvaise humeur.

Evie, de son côté, n'a pas ce problème. Elle est collée à Kyson et elle frotte sa joue contre son bras. Je la comprends, après tout. C'est un très beau bras, et il a l'air hyper-confortable.

Kyson ouvre la porte et nous guide dans le studio. Sauf qu'on n'est pas seuls.

– Putain, c'est quoi ce bordel ? s'exclame Kyson.

Camden se lève du lit où il était assis. Il est vêtu d'un costume froissé qui a clairement vu des jours meilleurs. Ses cheveux, d'habitude si bien coiffés, forment un amas de boucles qui tombent sur son visage comme s'il avait passé la journée à les peigner avec sa main.

– Qu'est-ce que tu fais là ? je demande avant de hoqueter. Oh non ! je râle en me tournant vers Evie, je déteste avoir le hoquet !

Evie lâche Kyson et vient vers moi d'un pas chancelant. Elle me fait signe de me taire, puis elle pointe du doigt notre invité surprise.

– Ah oui, c'est vrai...

Je me tourne de nouveau vers Cam et le regarde en clignant des yeux pour m'assurer que je ne rêve pas. Mon imagination est tellement dingue que ce n'est pas impossible.

– Vous êtes saoules, toutes les deux ? siffle Camden d'un ton glacial avant de s'adresser à Kyson. Tu les as fait boire pour profiter d'elles ? rugit-il.

– Non, non, non ! je m'exclame en secouant la tête. On s'est saoulées toutes seules. Enfin non, pas toutes seules. On traînait au pub avec Kyson et Lincoln le ronchon, et la bière coulait à flots, et... euh...

Mes mains tombent sur mes cuisses et je regarde Camden en prenant une mèche de mes cheveux, l'enroulant sur mon doigt avant de la mettre dans ma bouche.

– ... j'ai oublié de quoi on parlait.

Camden pousse un grognement et vient vers moi pour prendre mon visage dans ses mains.

– Tu es le plus bel homme de la terre, je déclare d'un ton rêveur en le regardant dans les yeux.

– Qu'est-ce que je vais faire de toi ? grommèle-t-il en fermant les yeux un instant.

Je fais la moue, mais retrouve vite mon sourire lorsqu'il me plaque contre lui en me prenant par la taille. Miam. Je me blottis contre lui et niche mon nez contre son torse, respirant ses parfums de citronnelle et de café.

– Je t'ai posé une question, aboie-t-il en direction de Kyson qui, lui, soutient Evie.

Kyson réagit au quart de tour.

– Tu te trompes, mec. Je ne suis pas comme ça. Mais de toute façon, c'est toi qui ne devrais pas être ici. Comment tu es rentré, au fait ?

Kyson ne lâche pas Evie, dont les paupières commencent à se fermer même si elle fait de son mieux pour ne pas s'endormir. Je parie qu'elle ne veut pas rater le spectacle.

– Moi je dis, sortez le pop-corn !

Mon Dieu, j'ai teeeellement envie de pop-corn !

Je réfléchis à ce que j'ai dans mes placards en me demandant si j'ai du pop-corn, lorsque le torse contre lequel je m'appuie se met à bouger. Je grimace et lève la tête, désormais très lourde. Cam est en train de crier, mais je ne comprends pas.

Kyson parle de déposer Evie chez elle, vu que c'est sur sa route.

Je perds bientôt toute capacité à me concentrer et j'ai soudain désespérément besoin de dormir. J'entends la porte se refermer, mais je n'arrive plus à ouvrir les yeux.

– Suda Kaye, chérie, reste avec moi. Laisse-moi te mettre au lit, ok, ma biche ?

– Mmm, avec plaisir, je réponds avant d'avoir un bref moment de clarté. Attends... euh... non. Tu ne viens pas dans mon lit, Monsieur je-suis-fiancé-à-Barbie-Bimbo-Garce.

Je cligne plusieurs fois des yeux et la pièce se met à tourner, me faisant vaciller dangereusement.

Cam me rattrape et me soulève dans ses bras.

– Chhut. Je ne suis plus avec elle. J'ai rompu cet après-midi. Pour de bon.

Ses paroles parviennent à mon cerveau malgré le brouillard alcoolisé qui l'enveloppe, et j'essaie d'applaudir, sans succès.

Quelque temps plus tard, je suis blottie dans un nuage de couettes et d'oreillers.

– Mmm, génial, je chuchote en soupirant joyeusement.

Je sens alors une main sur mon ventre, qui m'attire vers un endroit plus confortable encore. C'est comme si j'étais emmitouflée dans la plus douce des couvertures chauffantes, et je m'y accroche comme si ma vie en dépendait.

– Tellement confortable, je marmonne.

– Oui, ma biche. Encore plus que dans mes souvenirs. Bonne nuit, Suda Kaye.

– Bonne nuit, Cam. Je t'aime, je chuchote avant de sombrer dans un sommeil profond.

♦

Je suis réveillée brutalement par un bruit de perceuse. Pendant une minute, je ne sais pas trop où je suis. Le bruit m'est familier, c'est le même que j'entends depuis des semaines. Lincoln le ronchon se met au travail à huit heures, sans faute. D'après Kyson, il serait là à six heures si je l'y autorisais, comme c'est le cas sur ses autres chantiers. Toutefois, comme j'habite au-dessus de la boutique et qu'il a compris que j'aimais dormir, il a accepté de n'arriver qu'à huit heures.

Kyson.

Une main chaude effleure mon bras, mon épaule nue, puis mes cheveux. Je ferme les yeux et inspire lentement, essayant de me rappeler de ce que j'ai fait et, surtout, avec qui.

J'ai la tête dans le cirage, mais de toute ma vie, je n'ai jamais vraiment eu de gueule de bois à proprement parler. Et ce matin n'est pas une exception. Je n'ai pas pour habitude d'être saoule au point de ne pas me rappeler avec qui j'ai couché la veille. C'est arrivé, mais seulement avec des hommes que je fréquentais de façon régulière. Je ne suis jamais rentrée avec un inconnu avec lequel je ne sais plus ce que j'ai fait.

Mais hier soir, Evie et moi avons passé la soirée au pub avec Kyson et son frère. On s'est mis une cuite monumentale et on est devenues les cheerleaders de l'équipe locale, dont le match était retransmis, on s'est mises à huer et siffler l'équipe adverse.

Le propriétaire de la main chaude s'allonge contre moi, dans mon dos, et niche son nez dans le creux de mon cou, respirant mon parfum. Sa bouche effleure mon oreille, et je soupire. Sa main se pose ensuite sur mon ventre et je sens une érection impressionnante contre mes fesses.

– Bonjour, ma biche, dit une voix rauque et ensommeillée.

Camden.

Mon Dieu. *Mon Dieu.* MON DIEU !

Je me crispe aussitôt.

– Euh... quoi ? Cam ?

Je ne sais pas quoi dire. Cam frotte sa verge dure contre moi. Dans d'autres circonstances, j'aurais adoré.

Il me retourne sur le dos et se relève sur son coude. Ses cheveux tombent sur son visage en un amas de boucles, et je découvre qu'il est torse nu.

Est-ce que j'ai des vêtements, moi ? Oui, une brassière et un legging. Ouf.

Il est nu, lui ? Euh... peut-être. J'ai trop peur de prendre l'homme de mes rêves dans mes bras pour le découvrir par moi-même.

Soudain, sans m'en rendre compte, je me mets à trembler.

Cam dégage mes cheveux de mon épaule et glisse sa main sous ma nuque pour tourner ma tête vers lui.

– Suda, ma biche, tu trembles comme une feuille.

– Est-ce qu'on… est-ce qu'on a couché ensemble, hier soir ? je demande d'une voix tremblante.

Il esquisse un sourire qui transforme tout son visage, soudain si beau que je dois me retenir de lui montrer l'effet qu'il a sur moi.

– Je sais que ça fait longtemps qu'on n'a pas couché ensemble, mais si ça avait été le cas hier soir, tu le saurais, ma belle. Tu le sentirais sur ta peau, dans tes veines, et clairement en essayant de marcher.

Il baisse la tête et effleure mes lèvres.

C'est à peine un baiser mais… Qu'est-ce qui se passe, bon sang ?

Je gigote et essaie de bouger.

– Détends-toi, chuchote-t-il de ce ton affectueux qu'il avait quand on était ados.

Son visage est si près du mien que je sens son souffle sur ma peau.

Je lui obéis, si perturbée que je n'ai même pas l'insolence de lui interdire de me donner des ordres.

– Non, on n'a pas couché ensemble, dit-il d'une voix amusée. Tu es rentrée ivre morte. Ta sœur était dans le même état. Peut-être même pire.

Je me mords la lèvre et écarquille les yeux.

– Elle va bien ? Elle est où ?

– Elle va très bien, oui. Tu ne te souviens pas ?

Je secoue la tête.

– Quelle est la dernière chose que tu te rappelles ?

Ses yeux sont devenus plus sombres.

Je fais un effort surhumain pour fouiller dans ma mémoire.

Et soudain, tout me revient.

– On a été à un cours de danse orientale. C'était trop bien, d'ailleurs. Evie était superbe. Genre, sublime. Je vais l'obliger à m'y accompagner plus souvent.

Camden s'appuie davantage contre moi, et sa chaleur me colle contre un mur de flammes. Sans le vouloir, je gémis et me rapproche de lui. Je n'y peux rien. Cam est l'homme de mes rêves, et son torse nu est collé contre le mien. Son visage est si près que je pourrais l'embrasser. *Vraiment* l'embrasser.

Ses lèvres effleurent de nouveau les miennes et je soupire.

Mon Dieu, Cam m'a embrassée ! Dans mon lit. Bon, d'accord, il ne semblait pas dire « Je t'aime plus que la vie, j'ai besoin de toi dans ma vie, je meurs à petit feu sans toi », mais c'était clairement un baiser.

– Pourquoi tu m'embrasses ?

– Parce que tu es chou. Tu as toujours été tellement chou, mais là, tu méritais un bisou. Et tu en mérites un autre parce que tu continues d'être chou.

Je lui fais les gros yeux, mais ça ne l'empêche pas de plaquer de nouveau ses lèvres contre les miennes. Cette fois, sa langue caresse ma bouche, que j'ouvre automatiquement. Je rêve plus que tout de sentir sa langue contre la mienne, mais c'est peine perdue. Cam suce ma lèvre inférieure, la caresse une dernière fois avec sa langue, puis recule.

– Continue. Tu as dansé avec Evie. Et après ?

Je fronce les sourcils et me concentre sur la soirée d'hier.

– On est allées dans un pub. On est tombées sur Kyson et son frère, Lincoln, et ils nous ont invitées à nous asseoir avec eux pour manger des wings et boire des bières. Je crois qu'on a plus bu de bière que mangé de wings.

– Je crois que tu as raison, ouais. Et ensuite ?

– Euh... il nous a ramenées ici. On a laissé la voiture d'Evie au pub. Il nous a portées dans les escaliers comme l'Incroyable Hulk. C'était hyper-hot. Et super-cool.

Cam grimace et son visage devient froid. Dans un geste on ne peut plus possessif, il écarte ma jambe et s'allonge sur moi.

– C'est trop d'infos ?

Je me mords la lèvre et retiens mon souffle lorsque Cam frotte son érection contre mon entrejambe. Je passe mes mains dans son dos, bien plus musclé que par le passé, que je caresse de bas en haut.

– Oui, ma biche, c'est trop d'infos, ricane-t-il. Mieux vaut que tu ne parles pas des mecs que tu trouves canon alors que je suis sur toi, dur comme fer et prêt à te faire grimper aux rideaux.

Je plante mes ongles dans son dos, si fort que j'y laisse sans doute une marque.

– J'ai beau rêver de ça, de toi et moi, ensemble de cette façon... Cam... je ne crois pas que ce soit une bonne idée. Je ne veux pas que tu le regrettes.

– C'est une idée fabuleuse, ma biche, et je ne pourrai jamais le regretter. Jamais. Tu vas finir ton histoire, pour que j'en vienne au meilleur moment, celui où je te prends si fort dans ce lit que ce crétin, en bas, t'entendra hurler de plaisir et saura qu'il ne t'aura jamais. Jamais.

– Tu es sérieux ? je gronde en le fusillant du regard et en lui frappant le bras.

– Ce truc entre nous se termine ici, et maintenant, répond Cam en secouant la tête. Dorénavant, on est ensemble et on va régler nos problèmes petit à petit. Mais en attendant que tout soit réglé, je ne compte pas perdre de temps pour te prendre comme il se doit, déclare-t-il en glissant sa main entre nous pour la poser sur mon sexe.

Une immense vague de plaisir déferle dans mes veines en entendant ses paroles autoritaires et coquines, et mon clitoris se met à pulser. J'avance mon bassin contre sa main, désirant plus, et il sourit.

– Je parie que tu mouilles déjà. Tu as toujours été tellement chaude, il m'a fallu tout mon self-control pour ne pas prendre ce que tu m'offrais avant le jour de tes dix-huit ans. Je voulais être respectueux de la seule femme que j'aie jamais aimée. Et puis tu es partie, et on n'a pas pu expérimenter davantage.

Une boule d'angoisse se loge dans mon ventre, dissipant mon excitation. Ça fait dix ans que je l'ai quitté. Il mérite au moins des excuses.

– Cam, je suis désolée... Il fallait que je parte. Tu ne comprendrais pas.

Sa main se referme sur mon sexe et il frotte mon clitoris avec son pouce.

– Peut-être que si. Essaie.

Il rapproche son visage du mien de sorte que nos lèvres se touchent, mais il ne m'embrasse pas pour autant.

Je saisis ses bras et plante mes ongles dans sa peau tout en avançant mon bassin.

– Pas maintenant. On ne devrait pas parler de ça en étant au lit...

Sa main remonte sur mon torse et il empoigne mon sein pour le palper comme il aimait le faire, anéantissant mes chances de retrouver la raison et de me lever du lit. Au lieu de ça, je me cambre et m'offre davantage à lui. Il baisse la tête et mordille mon téton, sous ma brassière, et je miaule de plaisir lorsqu'il ouvre la fermeture Éclair à l'avant du soutien-gorge et se met à lécher mon téton déjà dur.

– Mon Dieu, oui, Cam !

Je me cambre autant que possible, et son autre main s'ajoute à la première, palpant ma chair et pinçant mon téton alors que sa bouche ne quitte pas l'autre. Il passe bientôt de l'un à l'autre, accordant autant d'attention aux deux jusqu'à ce que je sois pantelante et désespérée de le sentir en moi.

Cam pose sur moi un regard de braise, un regard si plein de désir que je ne sais pas s'il pourra être assouvi un jour. S'il ressent même un iota de la passion qui brûle en moi, il va nous falloir longtemps avant d'être rassasiés.

Dans un geste merveilleux, il sourit, pose sa main sur ma joue et baisse la tête pour trouver ma bouche. Mon corps est soudain rempli de beauté, une beauté électrique qui me fait frémir des pieds à la tête alors qu'il m'embrasse fougueusement. Il penche ma tête sur le côté et plonge sa langue dans ma bouche, et j'essaie de me redresser pour me rapprocher encore. Sa main glisse sous mes fesses pour les soulever, plaquant mon corps contre le sien et contre cette érection que j'ai hâte de voir de mes propres yeux.

Le baiser est un enchaînement sauvage. On est tous les deux affamés et désespérés de goûter à l'autre. C'est le plus beau baiser de toute ma vie. Mieux que quand nous étions jeunes, mieux qu'aucun homme après lui.

Camden Bryant n'est pas seulement fait pour embrasser, il est fait pour m'embrasser, moi.

Nos bouches apprennent de nouveau à se connaître et si cela semble durer une éternité, j'imagine que ça ne dure que deux ou trois minutes. Il mordille ma lèvre inférieure pendant que je m'attaque à sa lèvre supérieure. Sa langue glisse entre mes lèvres et j'ouvre davantage la bouche. L'un commence, l'autre répond. Comme nous l'avons fait des milliers de fois auparavant, il y a dix ans de cela.

Je suce sa lèvre et la caresse avec ma langue, le faisant grogner. Soudain, le baiser n'a plus rien de tendre. Je me sens fiévreuse, bouillante de désir, et ma seule préoccupation est mon envie de lui.

De ça.

De son corps, de sa bouche, de ses mains sur moi.

J'ai besoin de plus, tellement plus. Je le repousse et il me regarde enlever mon legging et ma culotte, puis ma brassière.

– Suda, chérie, tu es tellement belle. Je n'ai jamais vu de femme aussi belle que toi, dit-il d'un ton on ne peut plus sincère.

Je souris, m'allonge de nouveau et écarte les cuisses, sans honte, m'offrant à son regard brûlant.

Cam se lèche les lèvres et ses narines se dilatent. Je m'attends à ce qu'il enlève à son tour son pantalon et son boxer, mais au lieu de ça, il me surprend en se jetant sur mon sexe comme un homme affamé. Il empoigne mes cuisses pour les écarter davantage alors que sa bouche couvre mon sexe tout entier pour le lécher de bas en haut.

On gémit en même temps, et je plonge mes mains dans ses cheveux pour les empoigner lorsqu'il se concentre sur mon clitoris et le suce aussi fort que possible.

Cam reste ainsi un long moment, à me sucer, me laper, me mordiller et me titiller par tous les moyens qu'il connaissait déjà si bien à l'époque. En quelques minutes, je gémis et tremble. Un nœud de plaisir ardent se forme dans mon bas-ventre et remonte lentement. Mes tétons se mettent bientôt à fourmiller, durs et pointés vers le ciel. Je recule ma tête dans l'oreiller et m'accroche à la tête de lit pour pouvoir appuyer mon sexe contre sa bouche, et mon autre main plaque plus fort sa tête entre mes jambes.

Mon geste rend Camden complètement dingue et il grogne de nouveau en serrant plus fort mes cuisses pour m'empêcher de remuer.

Mon orgasme explose en moi, mais je ne peux toujours pas bouger. Son désir est sans fin, inassouvissable. Sa langue continue de titiller mon clitoris jusqu'à ce que je respire si fort que mes poumons sont en feu et prêts à éclater.

– Chéri, s'il te plaît, viens en moi, je supplie.

Cam ne répond pas et ne semble pas non plus m'écouter. Au lieu de ça, il redouble d'effort et me pénètre avec deux doigts, me faisant hurler de plaisir tout en continuant de me sucer et de me lécher.

– Cam, Cam, Cam, je gémis, en rythme avec les va-et-vient de ses doigts.

Je perds de nouveau la tête et hurle son prénom, en appelant même à Dieu, à quiconque pourrait me sauver de ce plaisir infini.

– Putain, ma biche, j'avais oublié que tu criais aussi fort, ricane-t-il avant de remonter lentement en déposant une série de baisers sur sa route.

Sa langue chatouille mon nombril, et mon entrejambe pulse de plus belle.

J'entoure Cam de mes bras et de mes jambes tandis qu'il remonte vers ma tête, embrassant tout ce qu'il rencontre. Mais au lieu de le regarder, je reste allongée et savoure toutes les sensations qu'il me procure, les gravant dans ma mémoire afin de pouvoir y revenir lorsqu'on reviendra tous les deux à la réalité.

– Ils sont plus gros qu'avant, dit Cam en soupesant mes seins. Ils sont plus beaux aussi, ajoute-t-il en léchant un téton.

– J'ai grandi, je réponds d'une voix rauque en caressant son dos musclé. Toi aussi, d'ailleurs.

Il sourit et baisse la tête pour m'embrasser. Je sens mon goût sur sa langue, et mon clito frétille de plaisir, ce traître.

– Ouais, tu as grandi, ma biche. De la plus belle façon qui soit.

Son sexe tressaute et je gémis désespérément.

– Tu prends la pilule ? demande-t-il.

Je souris, contente qu'il veuille me protéger.

– J'ai un stérilet. Ça dure des années. Et j'en ai un nouveau depuis que je suis arrivé à Pueblo. Je me suis fait dépister, aussi. Tout est nickel. Et toi, tu as été dépisté depuis... euh...

– Oui, ma belle. Et comme elle l'a dit, on n'a couché ensemble qu'une seule fois, et je ne m'en souviens même pas.

Je ferme les yeux et fronce les sourcils. Mon excitation disparaît quand je pense à Miss Colorado et à ce qu'elle lui a fait.

– Cam...

Il ne me laisse pas finir, il baisse la tête pour s'emparer de ma bouche, m'offrant un baiser intense et langoureux. En quelques secondes, mon excitation est revenue, encore plus pressante qu'avant.

– Je suis clean, dit-il. Mais avant qu'on le fasse, j'ai besoin que tu admettes que t'en as envie.

– J'en ai envie.

Il sourit et se redresse sur une main pour mieux me regarder.

– J'ai aussi besoin que tu admettes que c'est le début.

– Le début de quoi ? je demande en coiffant ses cheveux en arrière, découvrant qu'ils sont hyper-doux.

Un frisson me parcourt et je me couvre de chair de poule maintenant qu'il n'est plus collé à moi.

Son regard de braise ne me quitte pas lorsqu'il défait le bouton et la braguette de son pantalon. Je l'aide à le baisser sur ses cuisses et, remuant de gauche à droite, il finit par se débarrasser de ses derniers vêtements, qu'il jette par terre. Il se rallonge sur moi, entre mes cuisses, et approche son gland de l'entrée de mon sexe. Je gémis, retiens mon souffle, et j'attends.

– Le début de nous, répond-il enfin en me pénétrant à peine un peu.

– Bébé...

Je soupire et soulève mes hanches pour prendre plus de sa longueur, savourant chaque nouveau centimètre.

– Viens, je supplie, lui offrant les mots qu'il veut entendre sans m'engager comme il le souhaite.

Ce n'est pas une conversation que nous pouvons avoir maintenant. Car ce qui se passe est au-delà de toute logique.

– Je n'ai jamais su te dire non.

Il pousse un grognement et baisse la tête pour capturer mes lèvres au moment où il s'enfouit complètement en moi.

La sensation est folle, car soudain, la vie est belle et je me sens enfin chez moi. Connectée à Camden Bryant, mon estomac n'est plus noué et le vide contre lequel j'ai lutté toutes ces années a disparu.

Il se retire jusqu'au gland et me pénètre de nouveau, brusquement, m'emplissant de joie.

– Ouvre les yeux, Suda Kaye, dit-il en posant sa main sur ma joue.

Ce sont précisément les mots de ma mère, et mon premier réflexe est de lutter pour ne pas voir ce qui est devant moi. Car j'en ai peur. Toutefois, malgré la peur, je n'ai jamais été aussi heureuse et épanouie qu'en faisant l'amour avec Cam.

– Suda Kaye, ouvre les yeux, ma biche, répète-t-il.

Cette fois, j'obéis. Le regard de Cam déborde de désir, d'attente et de quelque chose que je n'aurais jamais cru voir : de l'espoir.

Les mouvements de Cam sont merveilleux, divins. Je passe un bras sur ses épaules et empoigne ses fesses de ma main libre, accompagnant ses va-et-vient jusqu'à ce que je ne sois plus qu'une boule de joie spectaculaire et de désir sans fin.

– Ça fait une éternité que j'attends ça. Regarde-nous, ma biche. On est magnifiques, ensemble.

Je suis son regard à l'endroit où nos corps se rejoignent. Sa verge est épaisse, dure et brille de mon essence. Je savoure chaque coup de bassin et la façon dont mon corps l'accepte et s'accroche à lui. Je contracte les muscles de mon vagin et il pousse un cri avant d'accélérer le rythme. Le voir offrir et recevoir autant de plaisir est sublime.

Une vague de chaleur jaillit de nouveau dans mon bas-ventre et se précipite dans mes veines, embrasant mon sang de plus belle, encourageant Cam à accélérer encore. Il s'enfouit en moi avec force et on s'agrippe l'un à l'autre alors que nos bassins se balancent d'avant en arrière.

Après seulement quelques minutes, nous ne tenons plus. Le plaisir est trop grand, trop intense. Cam jouit en même temps que moi et je m'accroche à lui aussi fort que possible. Il enfouit son visage dans le creux de mon cou et me mord, il tremble de la tête aux pieds en déversant sa semence en moi.

Nous restons ainsi un moment, sans bouger, liés par cet instant que nous ne voulons pas voir se terminer.

Cam finit par déposer une série de baisers sur mon cou, ma clavicule, puis ma bouche.

– Ça va ? demande-t-il en me tenant le menton et en étudiant mon regard.

– Ouais. Toi ?

– Oh que oui, répond-il en souriant jusqu'aux oreilles.

Je me lèche les lèvres et il me serre contre lui sans rompre notre connexion.

– Accorde-moi dix minutes, et je serai prêt pour le second round, murmure-t-il contre ma peau. Je ne suis plus aussi jeune.

– Le second round ?

Il est sérieux ? Il pense vraiment pouvoir faire mieux que la partie de jambes en l'air spectaculaire qui vient de se terminer ?

– Ben ouais, ma biche, le second round. Tu crois que je peux replonger en toi sans marquer mon territoire comme il se doit ? Je t'avais promis de te faire grimper aux rideaux et je ne compte pas me défiler. Et j'ai hâte de sentir ta bouche sur ma queue. Et comme tu as eu un orgasme de plus que moi, il me semble normal que tu essaies d'égaliser, ricane-t-il.

– Tu comptes vraiment les points ?

– Quoi ? dit-il en relevant la tête. Tu n'as pas envie de poser tes lèvres sur ma queue ? Tu disais que c'était ton truc préféré au pieu en dehors des cunnis. Ça a changé depuis ?

Je fais la moue et fuis son regard. Non, il est vrai que ça reste un de mes échanges favoris. J'aime avoir ce contrôle sur le plaisir de l'autre.

– C'est ce qui me semblait, murmure-t-il.

– J'ai faim, je déclare simplement.

Son bassin se soulève et je découvre non sans surprise qu'il est déjà un peu dur.

– Ça ne m'étonne pas. Mais tu vas devoir attendre la fin du second round.

Il recule les hanches et se retire, me faisant gémir de tristesse. Il sourit d'un air machiavélique, conscient que je ne voulais pas le perdre.

Mes yeux se rivent sur son sexe durcissant et je suis émerveillée qu'il soit prêt à remettre le couvert si vite. Il se redresse et s'accroupit, puis il remonte pour s'arrêter devant mon visage. J'étudie son gland luisant et découvre qu'il a raison, j'ai désespérément envie de le prendre dans ma bouche et de le sentir dans ma gorge. Je veux l'embrasser, le lécher et le rendre fou comme je le faisais il y a dix ans.

– Je vois que tu n'as plus faim de nourriture. Il y a autre chose que tu veux goûter ? ricane-t-il.

Je plisse les yeux et saisis ses hanches.

– Tu n'es qu'un enfoiré, je gronde, le faisant rire. Maintenant, donne-moi ce que je veux, j'ordonne.

– Toujours, ma biche. Toujours.

Il ajuste ses hanches et pose ses mains sur la tête de lit, derrière moi, plaçant sa verge devant ma bouche, à quelques millimètres de mes lèvres. J'en lèche le sommet et il pousse un grognement en penchant la tête en arrière.

– Quand j'aurai fini, tu vas me faires des œufs brouillés, du bacon et du pain grillé.

Je suce son gland et frissonne de plaisir en sentant son goût divin.

– Fais-moi jouir, et je te prépare le petit déj, le déj et le dîner, ma biche.

Je souris et l'embrasse sur le gland avant de lever la tête vers lui pour admirer son regard brûlant.

– Défi accepté.

– Putain, achève-moi tout de suite.

– C'est le but, ouais, je rétorque.

Je ne dis plus rien, après cela, car ma bouche est trop occupée.

En fin de compte, je le fais jouir et obtiens deux orgasmes de plus.

Défi relevé.

CHAPITRE 13

– J'aime que mon bacon croustille ! je dis en enfilant un legging propre et un débardeur, sans soutien-gorge.

Je ne sais pas trop si je cherche à aguicher Cam en ne mettant pas de sous-vêtements ou si je souhaite simplifier les choses au cas où nous entamerions le troisième round. Étant donné que les deux premiers étaient spectaculaires. Les meilleurs coups de ma vie, et je ne suis pas sans expérience !

– Tu crois que je ne le sais pas ?

Il est face à la gazinière, me montrant son dos musclé. Cam est superbe, avec ou sans costard. Il est ultra-sexy en jean et en tee-shirt aussi, mais rien n'est plus beau que de le voir torse nu, le bouton de son pantalon défait. Je ne sais pas pourquoi, mais je trouve sublime de voir un homme, et surtout celui-ci, un peu vulnérable... relâché.

J'avance vers le plan de travail.

– Ben, dix ans, c'est long, je déclare.

– Je le sais mieux que personne, crois-moi, marmonne-t-il en retournant les tranches de bacon.

Ce n'est pas la première fois qu'il parle de notre séparation sur ce ton. Je pensais qu'après des parties de jambes en l'air aussi divines, on aurait un peu avancé. Raté. Je grince des dents et sors deux tasses du placard.

– Tu veux qu'on en parle maintenant ? Je t'avoue que je ne préférerais pas. On vient de s'éclater et...

Cam se tourne vers moi, la spatule à la main.

– Non, je crois qu'on doit parler d'autres conneries avant de s'attaquer au fait que tu m'as brisé le cœur il y a dix ans.

Je grimace devant sa colère et contre-attaque aussitôt.

– Ouais, comme ton ex-fiancée.

– Ton artisan, dit-il en même temps.

– Faut croire qu'on a tous les deux des inquiétudes qui n'appartiennent pas à notre passé, je réponds en souriant.

Je nous sers des cafés. Il ouvre le frigo pour en sortir le lait et la crème à la citrouille, qu'il pose à côté de nos tasses. Je verse un nuage de lait et un sucre dans son café, et je pose son mug à côté de la gazinière avant de m'adosser au plan de travail. Je reste silencieuse une minute en réfléchissant à ce que je veux lui dire.

– Kyson est... un ami... je dis d'un ton incertain.

– Tu as l'habitude de rouler des pelles à tes amis ? rétorque-t-il en haussant un sourcil et en me regardant par-dessus son épaule.

Il enlève le bacon de la poêle et le pose sur une assiette.

Je respire un bon coup et décide d'être honnête.

– Parfois, ouais.

Il soupire et se met à casser des œufs dans une autre poêle.

– Tu ne le faisais pas, avant.

– Tu es injuste, Cam. Tu es le premier garçon que j'ai embrassé. Le seul avec qui j'ai eu des rapports sexuels pendant toute mon adolescence.

– Et après ?

Il se tourne et s'appuie également contre le plan de travail, croisant les chevilles puis les bras. Son tatouage tribal s'enroule sur son avant-bras puis son biceps avant de remonter sur son épaule, comme du lierre qui grimpe sur le mur d'une maison. Il est superbe et j'ai envie de l'étudier de plus près, mais ce n'est pas le moment.

– Après, je réponds en le regardant dans les yeux, j'ai fait ce que je voulais, quand je le voulais.

– Soit, ça me paraît normal, dit-il, mais sa mâchoire se contracte. Il n'empêche que tu avais l'air sacrément émoustillée en embrassant Kyson l'autre jour. Et voilà que tu manges et bois avec lui au point d'être tellement saoule qu'il doit te déposer chez toi et raccompagner ta sœur.

– C'est ce qu'il a fait ? Il a ramené Evie chez elle ?

Je m'en souviens vaguement, mais la soirée d'hier est trop floue.

– Bien sûr. Tu crois que je l'aurais laissée conduire dans cet état ?

– Non, je suis juste contente qu'elle soit bien rentrée.

– Ouais, apparemment il habite à Colorado Springs aussi. Il devait la ramener à sa voiture aujourd'hui. Je suppose que c'est déjà fait, vu qu'il a commencé le boulot il y a deux heures.

– Pourquoi elle n'est pas venue me voir ?

Camden m'offre son plus beau sourire.

– Je suppose qu'elle a vu ma voiture en bas et qu'elle a constaté qu'on n'était pas dans la boutique.

– Ah ouais. Elle a dû comprendre, je réponds, faisant sourire Cam. Bref. Kyson est beau, je poursuis. Il n'est pas anormal d'être attiré par un beau mec. Maintenant que je...

J'agite ma main entre lui et moi, morte de trouille à l'idée de mettre un mot sur ce qui se passe entre Cam et moi.

– ... Maintenant qu'on est... ce qu'on est...

– Exclusifs, déclare-t-il simplement.

– On n'en a pas parlé, Cam.

– Si, répond-il en hochant la tête en direction du lit, comme si c'était une réponse suffisante.

Je repose ma tasse et pose ma main sur ma hanche. Maintenant qu'on s'est envoyés en l'air, je peux avoir cette conversation.

– Le sexe ne veut pas forcément dire relation.

– Tu étais d'accord, au lit, pour dire que c'était le début de nous. Quand tu as crié mon nom à ton quatrième orgasme, tu l'as gravé dans le marbre. Ce n'est pas négociable, Suda Kaye. On va surfer sur cette vague jusqu'à ce qu'on comprenne ce qu'il y a vraiment entre nous.

– Et si je n'ai pas envie de surfer ? Je n'ai jamais été douée pour ça.

En revanche, pour ce qui est de coucher avec des surfeurs...

Cam se retourne pour servir les œufs et, contrairement à moi, il ne casse aucun jaune.

– Ma biche, est-ce que tu ne viens pas d'avoir les meilleurs orgasmes de ta vie dans ce pieu, il y a vingt minutes ?

Je me contente de le fusiller du regard.

– Et est-ce que tu ne m'as pas dit que tu m'aimais, hier soir, avant de t'endormir dans mes bras ?

À ces mots, mon insolence disparaît d'un coup et je couvre ma bouche grande ouverte. Je me sens soudain horriblement angoissée, je vacille et m'accroche au plan de travail en regardant Cam dans les yeux.

– Je n'ai pas dit ça, je chuchote.

Je suis, bien sûr, parfaitement consciente que mon amour pour Cam a été mon secret le mieux gardé pendant toutes ces années. Je n'ai jamais cessé de l'aimer malgré nos dix années de séparation. Or, en voyant l'homme qu'il est devenu, confiant, fort, beau, à la tête d'un empire qui lui permet d'aider des gens comme moi, je suis encore plus amoureuse de lui qu'auparavant. Cependant, je fais de mon mieux pour enfouir mes sentiments et ne plus y penser.

– Si, ma biche. Juste avant de t'endormir. Je t'ai prise dans mes bras, et tu m'as dit que tu m'aimais.

– J'étais complètement ailleurs. J'étais saoule ! J'aurais pu dire ça à n'importe qui. À Evie, par exemple.

– Sauf que c'est à moi que tu l'as dit. Tu as prononcé mon nom, ma biche. Ça compte beaucoup pour moi, même si à la lumière du jour, tu préfères faire comme si ça ne s'était pas produit. Mais je ne te laisserai pas faire.

Je ravale ma peur et secoue la tête.

– Cam, non... je supplie.

Il se lèche les lèvres.

– Je vois que ça fait beaucoup pour toi, ce matin. On a tous les deux besoin de temps pour prendre nos marques. Je te promets de te donner ce temps. Mais en attendant, je veux que tu me promettes qu'il n'y a que toi et moi. Personne d'autre.

– Tu vas me promettre la même chose ?

Il m'offre un sourire en coin ultra-sexy.

– Oui, ma biche. Je ne te demanderais pas d'être exclusive si je n'étais pas prêt à l'être aussi. Donc : plus de Kyson. C'en est fini de flirter avec tous les beaux gosses qui croisent ton chemin.

– Je ne flirte pas avec tous les mecs que je croise, je gronde, de nouveau irritée.

– Si, ma biche, répond-il en souriant. Tu ne t'en rends peut-être pas compte, mais en plus de ton côté hippie, détendu et « je croque la vie à pleines dents », ton corps est sublime. Tes cheveux sont superbes. Tous les hommes rêvent d'y plonger leur main pour les empoigner. Tu as un cul de rêve et le plus beau sourire que j'ai jamais vu. Même en ne faisant rien, tu flirtes avec tous les mecs que tu croises.

Waouh. On ne m'a jamais fait d'aussi beaux compliments. Le fait qu'il pense tout ça me donne envie de mettre le petit déj à la poubelle et de lui sauter dessus.

Mais je me retiens.

– Ce n'est pas de ma faute si les mecs pensent avec leur sexe. Moi, je suis moi, c'est tout.

– Oui, et tu as toujours été comme ça. Et crois-moi, tous les mecs hétéros de la terre seraient prêts à tout pour que tu sois dans leur vie et dans leur lit.

– C'est injuste ! Je ne peux pas contrôler ce que pensent les mecs ! je gronde, mais il m'ignore.

– Je te demande simplement de ne pas les faire fantasmer encore plus en flirtant avec eux, en te montrant culottée comme tu sais l'être, parce que c'est hyper-excitant.

Il saisit la poêle au moment où le pain grillé saute du toasteur. Il met les œufs sur les assiettes, puis le bacon, puis il beurre les tranches de pain et les ajoute au reste. Il pose une assiette devant moi, se penche et m'embrasse sur la bouche. Un baiser délibéré qui semble sceller le fait qu'il veut que je change.

– Alors, maintenant qu'on a baisé, tu penses avoir le droit de me demander de changer ? je l'interroge d'un ton inquiet.

Cam ne me veut pas telle que je suis, il veut que je devienne une autre.

Il pose son assiette, se tourne vers moi et pose ses mains de part et d'autre de ma taille pour me bloquer contre le plan de travail.

– C'est pas du tout ce que je dis, répond-il en prenant mon visage dans ses mains pour me regarder dans les yeux. Ce que j'essaie de te dire, Suda Kaye, c'est qu'il n'y a pas deux femmes comme toi sur terre. Et que je connais au moins une dizaine de mecs qui feraient tout pour goûter à ce que tu peux leur apporter. Je te demande de me laisser être le seul chanceux à t'avoir. Je te demande d'accepter que c'est le début de notre histoire.

Le fait qu'après dix ans de séparation, on soit de nouveau ici, prêts à tenter notre chance de nouveau, me met les larmes aux yeux. J'ai toujours voulu être avec Cam. Il est celui que j'ai laissé filer il y a tout ce temps, et il est en train de m'offrir une chance de le récupérer. Sauf qu'il ne semble pas conscient qu'on ne peut pas vraiment repartir à zéro.

– Ça ne peut pas être le début, Cam. On est restés ensemble plusieurs années, à l'époque.

Son sourire est si beau que mon cœur cesse de battre un instant.

– Alors, coupons la poire en deux et trouvons un terrain d'entente, ma biche. Lance-toi, et engage-toi à créer ce nouveau truc avec moi. Ensemble.

Créer quelque chose de nouveau.

Ça me plaît.

– Ça, je peux le faire, j'acquiesce.

Je sens que l'idée me plaît de plus en plus. Peut-être que ça peut marcher, finalement. On ne reprend pas là où on s'est quittés, on commence quelque chose de différent. Un nouveau terrain d'entente.

– Je te remercie, répond-il avant de se baisser pour m'embrasser tendrement et délibérément.

Comme s'il scellait une promesse.

Lorsqu'il a fini de m'embrasser, il se tourne et me pousse vers le tabouret.

– Maintenant, mange tes œufs avant qu'ils refroidissent.

– Oui, chef.

– Quelle peste, dit-il en riant. Faut croire que certaines choses ne changent jamais.

– Non, en effet.

♦

Après le petit déj, Cam et moi prenons une longue douche coquine ensemble, clôturant notre tableau de scores. J'ai beau ne pas avoir l'habitude de compter mes orgasmes, il est difficile de ne pas le faire lorsque j'en éprouve autant.

Je suis debout devant le lavabo, à côté de Cam, et je le regarde dans le reflet du miroir pendant que je mets du mascara et que lui se met de la mousse dans les cheveux.

– J'adore tes cheveux, je dis en lui faisant un clin d'œil.

– Je sais. Je l'ai compris. Chaque fois que j'ai ma bouche sur toi, tu passes tes mains dedans pour les tirer.

Je recule pour mieux l'interroger du regard.

– Ça te dérange ?

– Absolument pas.

Il se baisse pour m'embrasser brièvement sur la bouche puis dans le cou, avant d'inspirer profondément.

– Tu sens tellement bon, ma biche. C'est délicieux.

– Merci. Maman nous avait appris à fabriquer nos propres parfums, tu te souviens ?

– Ouais. Catori était un sacré personnage. Je l'adorais. Elle me manque.

Mon cœur se pince en pensant à ma mère, mais je n'ai plus les larmes aux yeux comme ça a longtemps été le cas. Il m'a fallu du temps, mais j'ai fini par pouvoir penser à elle sans pleurer ou déprimer.

– Alors, euh...

Je me racle la gorge et prends mon courage à deux mains.

– On n'a pas parlé de ce qui s'est passé avec Miss Colorado, en dehors du fait que tu as rompu avec elle.

Il lève brusquement la tête avant de la pencher sur le côté pour m'étudier. Je fuis son regard afin qu'il puisse répondre librement et je m'attaque à mes sourcils avec un crayon.

– Tu l'appelais Miss Colorado ?

– Entre autres, ouais.

Il est sans doute préférable que je ne lui dise pas les autres surnoms qu'Evie et moi lui avions trouvés.

– Pourquoi ?

– Chéri, je réponds en fronçant les sourcils, elle était parfaite de la racine de ses cheveux blond platine à la pointe de ses ongles manucurés, en passant par son visage toujours impeccablement maquillé et son corps svelte.

Il rit chaudement et je suis soulagée qu'il comprenne que je ne me moque pas de lui ; car ce n'est pas le cas. Elle était vraiment parfaite, même si elle était refaite et qu'à l'évidence c'était une garce manipulatrice.

– Ben, je ne serais pas sorti avec quelqu'un qui ne m'intéressait en aucun point, mais j'ai rencontré Brittney à une période bizarre. Ça faisait un moment que papa et maman me tannaient pour que je me marie et que j'aie des enfants pour perpétuer l'héritage familial. Je venais de rompre avec une nana que j'avais fréquentée pendant un an, parce que ce n'était pas *la bonne*, et il se trouve que c'était le jour de notre ancien anniversaire. Je n'étais pas au top. Brittney a débarqué et, le lendemain, elle a voulu qu'on sorte officiellement ensemble. Je lui ai mis un vent et, comme tu le sais, elle est revenue quelques semaines plus tard avec cette histoire de grossesse. Pour être honnête, à ce stade, j'étais tellement désespéré d'avoir enfin quelque chose qui m'appartienne que j'ai craqué.

– Comment ça ? je demande en fronçant les sourcils, m'adossant au lavabo pour mieux le regarder.

– Elle était là au bon moment, avec le bon scénario, répond-il en se passant la main dans les cheveux. Nos familles s'appréciaient et elle n'était pas moche. Bien sûr, elle était pourrie gâtée et un peu agaçante, mais je me suis dit qu'un bébé changerait sans doute tout ça et que si ce n'était pas le cas, c'est moi qui m'occuperais de lui. Au moins, mon enfant grandirait dans une bonne famille en se sachant aimé. C'est débile...

Il secoue la tête et je jette mon crayon dans ma trousse de maquillage pour le faire reculer contre le mur. Je pose mes mains sur sa taille et me blottis contre lui.

– Ce n'est pas débile, Cam. C'est beau. Elle s'est servie de toi. Elle a profité de toi alors que tu étais vulnérable. Il n'y a pas de mal à rêver d'une famille et à vouloir offrir le meilleur à son enfant, y compris une vie avec ses deux parents sous le même toit. C'est même louable.

– Tu trouves ?

Je souris et l'embrasse sur le torse, juste au-dessus du cœur. C'est quelque chose que je faisais tout le temps, et malgré les années, je n'ai jamais oublié la sensation de sa peau sur mes lèvres. Ressentir de nouveau ça, c'est tout simplement magique. Je soupire et caresse tendrement sa taille.

– Peut-être que c'est un peu vieux jeu, mais ça n'est pas moins honorable. J'ai encore une question, même si je vais sans doute passer pour... une garce.

– Quoi ?

– Pourquoi tu es restée avec elle, même après qu'elle a dit qu'elle avait perdu le bébé ?

Sa bouche se pince et sa mâchoire se contracte. Pendant quelques secondes, je me contente d'attendre sa réponse, ma main sur son cœur.

– Quand elle me l'a annoncé, elle pleurait tellement qu'elle s'est mise à hyperventiler. Moi, j'avais l'impression d'avoir été percuté par un semi-remorque. Pendant trois mois, j'ai cru que j'allais être papa. J'avais un but, une raison d'être en dehors de gérer l'entreprise familiale. Quand ce but a disparu, le manque que j'ai ressenti a été intense. Et Brittney était tellement convaincante dans sa détresse que je me suis enfin senti proche d'elle. On était liés par un événement traumatisant : la perte de notre enfant.

– Ouais, je comprends.

– Puis j'ai voulu faire ce qu'il fallait. Il fallait que je gère ma tristesse, mais j'étais face à une femme qui voulait être à moi et qui voulait construire une famille avec moi. En tout cas, je le pensais. Tu sais que c'est quelque chose que j'ai toujours voulu, et je ne rajeunis pas, et...

– Chuut...

J'embrasse de nouveau son cœur sublime et pose ma joue sur sa poitrine pour l'écouter battre.

– Je comprends. Tu es quelqu'un de bien, Camden Bryant.

Il me prend par la taille et joint ses mains dans mon dos.

– Qu'est-ce que tu lui as dit, après ce que tu as découvert dimanche ? je demande. D'ailleurs, je tiens à m'excuser. Je voulais te le dire en privé, mais la situation a un peu dérapé.

Il caresse mon dos, cherchant à me rassurer à mon tour.

– Ne t'en fais pas. Mes frères et moi ne nous cachons rien. On a appris très tôt à se confier les uns aux autres et à demander conseil en cas de coup dur.

Je hoche la tête et me demande ce que ses frères ont pu lui dire il y a dix ans. Je suppose qu'ils l'ont soutenu en lui disant que je n'en valais pas la peine. En tout cas, si la situation avait été inversée, c'est ce qu'Evie m'aurait dit.

– Qu'est-ce que vous avez décidé ?

– Eh ben, les parents sont furax. Ils n'aiment pas savoir qu'elle m'a manipulé pour que je l'épouse ou qu'elle m'a menti à propos de sa grossesse pour que je lui passe la bague au doigt. D'après ce que j'ai compris, ils vont en parler à ses parents, aujourd'hui, au country club. J'ai essayé de les convaincre de laisser couler, mais ils en sont incapables. Et à ce stade, je ne compte pas la protéger de ses propres parents. Elle a sans doute besoin de grandir un peu et d'être remise à sa place.

– Ça, c'est clair, je réponds en souriant. Et toi, tu le vis comment ?

Il hausse les épaules.

– Ça va, globalement. Cela dit, tu n'es pas pour rien dans mon bien-être.

– Mon Dieu !

– Quoi ?

– Ça craint... je râle en me laissant aller contre lui.

– Qu'est-ce qui craint ? insiste-t-il.

J’appuie mon front contre son torse et il saisit ma nuque.

– Qu’est-ce qui craint, ma biche ?

Je lève la tête vers lui en faisant la moue.

– Je suis ton lot de consolation !

Il me serre contre lui et éclate de rire.

– Chéri, je suis sérieuse ! je gronde en frappant gentiment son torse.

– Je sais, c’est pour ça que c’est si drôle.

– Comment ça ?

– Suda Kaye, tu n’as jamais été et tu ne pourrais jamais être un lot de consolation. Pour moi comme pour personne. Tu es le gros lot, chérie. Le premier choix, le premier prix. Crois-moi, ma belle.

Je le regarde en plissant les yeux, tout en réfléchissant à son compliment.

– Je dirais plutôt que ce sont toutes les femmes qui t’ont précédée qui étaient des lots de consolation. Tu es de retour là où tu devais être : dans mes bras. Sur une nouvelle ligne de départ.

– Un nouveau départ, je répète en souriant.

– Exactement. Enfin, pour clore le sujet, je n’ai aucun sentiment pour Brittney que je n’aie pas déjà oublié en une journée. Je suis sérieux. On allait élever un enfant ensemble. Quand elle a dit qu’elle avait fait une fausse couche, j’en ai souffert. Apprendre que tout ça n’a jamais été vrai m’a mis en colère et j’ai eu honte. Mais je n’ai eu aucun mal à tourner la page.

Un malaise s’empare de moi.

– Ouais, mais c’était ta Cookie, tu devais forcément ressentir quelque chose.

– Elle a choisi son propre surnom et m’a dit qu’elle aimait qu’on l’appelle comme ça. C’était bizarre, au début, mais je m'en foutais. Après tout, je la prenais pour quelqu'un de bien, et elle portait mon enfant; j'étais prêt à l'appeler comme elle voulait. Alors, c'est devenu une habitude. Et n'oublions pas qu'elle était jolie, qu'elle tenait à moi et qu'elle avait les atouts nécessaires pour intégrer la famille.

– Ouais, je suppose que tu as raison, je réponds en soupirant. Elle était clairement parfaite, en dehors de ses mensonges, de ses tromperies et de sa manipulation.

Cam ricane et me fait faire un demi-tour face au miroir.

– Finis de te préparer. Il faut qu'on aille voir les travaux. L'ouverture n'est plus que dans deux semaines. Et il faut que je rentre me changer, que je passe au boulot et que je réserve un restau pour ma nana et moi. Et toi, tu dois mettre les choses au point avec ton artisan.

Il sort de la salle de bains pour se rhabiller.

– Ta nana ?

– Oui, ma biche, ma nana.

– Je n'ai jamais dit oui à ça, je rétorque avant de me mettre du blush.

– Tu t'y feras, répond-il depuis le salon.

– Et je n'ai pas besoin de parler à Kyson, je réponds, même si c'est un énorme mensonge.

Le visage de Cam réapparaît dans le miroir.

– Ne joue pas à ça, ma biche. Dis à ton maçon de t'oublier, sinon c'est moi qui le ferai, déclare-t-il d'un ton qui ne laisse pas de place à la négociation.

Je l'imagine parler à Kyson et je vois aussitôt deux superbes gladiateurs se battre pour leur princesse. Je serais vêtue d'une belle robe en velours violet, mes seins débordant d'un corset, une couronne de fleurs sur la tête. Ensuite, j'imagine Cam poignarder Kyson dans le cœur, faisant gicler du sang partout, et mon fantasme prend aussitôt fin.

Mieux vaut éviter qu'ils se parlent. Ils pourraient en venir aux poings, et Kyson n'a pas l'air d'être du genre à reculer devant une bagarre. Quant à Cam, il a trois frères et il n'a pas peur de se battre non plus.

– Ok, je vais lui parler, je réponds, consciente qu'il faut qu'on parvienne à travailler ensemble, tous les trois.

Je n'aurais pas dû embrasser Kyson. Evie m'avait prévenue de ne pas mêler le travail et le plaisir, et elle avait raison. Cela dit, je viens de passer la matinée à enchaîner des positions plus coquines les unes que les autres avec Camden, le même qui a investi dans mon affaire.

– Aujourd'hui, insiste-t-il.

Je lui tire la langue en souriant. Je n'ai pas très envie de parler à Kyson. Ça risque d'être affreusement gênant. Il s'est jeté à l'eau en me disant qu'il voulait être avec moi, et moi je m'apprête à le rejeter pour être avec Cam, alors que je lui avais dit qu'on était seulement amis.

Mon Dieu, tout cela est terriblement compliqué.

Cam m'examine de la tête aux pieds et semble aimer ce qu'il voit. Pour l'instant, je porte un jean bootcut et un soutien-gorge violet, rien d'autre.

– Tu es prête ? demande-t-il.

Je pose une main sur mes hanches et dégaine mon sourire le plus insolent.

– Absolument. Je vais y aller habillée comme ça, oui.

Il passe son bras dans mon dos et m'emmène à mon armoire.

– Enfile un tee-shirt et arrête de jouer les pestes.

– Tu es nul.

– Ce n'est pas ce que tu disais dans la douche, au contraire.

Je saisis un tee-shirt à manches longues et à col en V et je le regarde, bouche bée.

– Tu es horrible.

– Encore une fois, ce n'est pas ce que tu disais quand je...

Je cours vers lui et lui couvre la bouche.

– Chut. Je m'habille. D'ailleurs, pourquoi tu n'irais pas tout de suite réserver le restau, comme tu l'as dit.

– Suda Kaye, gronde-t-il en secouant la tête, si tu crois que je vais descendre sans t'avoir à mon bras pour montrer à ce type qui de nous deux a passé la nuit et la matinée avec toi, tu te trompes.

J'enfile le tee-shirt et m'occupe ensuite de mettre ma ceinture. Elle est en cuir marron, avec une boucle argentée ornée d'une turquoise en son centre. Quelques secondes plus tard, j'enfile des bottines en daim parfaitement assorties à la ceinture.

– Ok, très bien, je suis prête. Allons narguer Kyson avec ta victoire.

Cam me prend par la taille et m'embrasse tendrement. Je ferme les yeux et frissonne lorsqu'il frotte sa barbe sur ma joue avant de déposer un baiser sous mon oreille.

– Je suis ravi que tu sois d'accord avec moi.

Je suis sur le point de l'envoyer bouler lorsqu'il m'embrasse de nouveau, saisit ma main et m'attire vers les escaliers qui mènent à la boutique.

CHAPITRE 14

Cam ne lâche pas ma main tant que nous descendons l'escalier et traversons la boutique jusqu'à l'entrée, où Kyson et Lincoln sont occupés à fixer des étagères. Quant à moi, je regarde autour de moi, émerveillée comme toujours que tout cela m'appartienne.

De la superbe vitrine sur-mesure aux présentoirs qui sont tous des pièces uniques, en passant par la caisse aménagée comme un bar de saloon, Gypsy Soul est véritablement une boutique pas comme les autres. Dans quelques jours, nous allons peindre toute la salle couleur aubergine, ce qui ira très bien avec le tissu gris pâle que nous avons suspendu au plafond pour cacher les poutres et les gaines électriques. J'ai envisagé un moment de garder le style entrepôt, mais ça ne collait pas avec l'ambiance cosy et sensuelle que je recherchais.

– Kyson, dit Cam après s'être raclé la gorge.

Lincoln se retourne le premier, il regarde Camden et prend un air dégoûté en s'arrêtant sur nos mains jointes.

– Salut, alors tu l'as enfin laissée sortir du lit, à ce que je vois. Je suis surprise qu'elle puisse encore marcher vu que tu as passé la matinée à la marteler, siffle-t-il.

Je hoquète, affreusement gênée. Camden, lui, fait un pas en avant et l'ambiance devient aussitôt électrique. Lincoln se tient plus droit, prêt à se battre, mais Kyson tend le bras sur le torse de son frère pour le freiner.

– Je gère, frangin. Ce n'est pas ton combat et tu dépasses les bornes, mec. Ce que tu as dit était hyper-insultant. Excuse-toi, gronde-t-il d'un ton ferme.

– Désolé, Suda Kaye, dit Lincoln. C'était méchant. Mais la prochaine fois que tu veux traîner avec mon frère comme tu l'as fait hier soir, à le draguer, à lui lancer des clins d'œil et à lui caresser le bras... tu pourrais peut-être te retenir.

Je fais un pas en arrière, comme s'il venait de me gifler.

– Mec, tu n'es pas cool. Suda Kaye ne me doit rien du tout. Ni explication ni excuse, si c'est ce que tu comptais lui demander, rétorque Kyson.

Lincoln secoue la tête et me regarde d'un air assassin, comme un rottweiler sur le point d'attaquer un cambrioleur.

– Les femmes comme toi sont toutes les mêmes. Vous finissez toujours par blesser les mecs bien. Vous voulez juste vous divertir avec eux en attendant de trouver mieux.

Mes yeux se remplissent de larmes. Toutefois, je n'ai pas le temps de répondre car Cam bouscule Kyson pour faire face à Lincoln.

– Tu vas trop loin, mec. Suda Kaye est ta cliente et tu lui dois le respect, gronde-t-il fermement avant de s'adresser à Kyson. Et toi aussi. Tu ferais bien de ne pas l'oublier.

Lincoln rouspète, mais ne répond rien.

– Tu as raison. Je m'en occupe. Il ne comprend pas, répond Kyson en posant une main sur l'épaule de Cam en signe de solidarité.

– Je veux qu'il parte. Tout de suite, siffle Camden, et sa colère est palpable. Aucun homme ne devrait jamais parler comme ça à une femme, et encore moins à la mienne ou à sa cliente. Est-ce que c'est clair ?

– Si tu le dis, mec, ricane Lincoln.

– T'arranges rien, frérot, râle Kyson.

Cam serre les poings et sa mâchoire se contracte.

– Je suis sérieux. Je ne veux plus te voir ici. Ramasse tes affaires et dégage. S'il le faut, on fera venir une autre équipe.

Je parviens enfin à me ressaisir et je fais un pas en avant pour poser ma main sur le bras de Cam.

– Cam, ça va. Vraiment, je vais bien. C'est un malentendu... je commence, alors que Lincoln jette ses outils dans sa boîte.

– Pas grave, laisse tomber, mec, dit-il avec un sourire insolent.

Il se baisse pour prendre sa boîte à outils, met sa casquette et se retourne vers la porte. Il l'ouvre pour partir, mais il s'arrête pour me lancer une dernière pique.

– Elle est tout à toi, gars. *Bon courage !*

J'écarquille les yeux et baisse la tête en me sentant rougir.

– Ne t'avise pas de revenir ! lance Camden.

Sa mâchoire est plus crispée que jamais et son visage déformé par la colère.

– Donne-moi une bonne raison de ne pas te virer aussi, dit-il à Kyson.

– Je ne peux pas te donner de bonne raison, soupire Kyson. Il a tellement dépassé les bornes que je ne sais plus quoi dire. La seule chose que je peux ajouter, c'est que mon frère est très protecteur vis-à-vis de moi. Je... j'ai... j'ai été méchamment trahi par une femme que je pensais être l'amour de ma vie. Mais ce n'est pas le sujet, ajoute-t-il en regardant ses pieds. Apparemment, Lincoln a mal compris la situation entre Suda Kaye et moi. Et on a... euh... entendu les feux d'artifice à l'étage ce matin, et mon frère l'a mal pris. Il n'a pas saisi qu'il n'y avait pas grand-chose entre elle et moi.

–Tu veux dire *rien*.

Kyson se lèche les lèvres et me regarde.

– Je ne dirais pas rien, mais je comprends que vous vous êtes rabibochés, maintenant. Qu'on soit d'accord, je n'ai jamais rien proposé de sérieux, même s'il est vrai que je t'ai draguée. Tu avais compris, ma douce, non ?

Enfin, une occasion de parler !

– Oui ! Mon Dieu, bien sûr. On est fait du même bois, toi et moi. Sans attaches. Seulement de l'amitié et du plaisir...

– Tu étais comme ça. Plus maintenant, siffle Camden sèchement.

– Ouais, j'acquiesce en hochant la tête. Cam et moi avons des problèmes à régler, et...

Je cherche mes mots, ne sachant par où commencer, lorsque Kyson me sauve la mise.

– N'en dis pas plus. Tout va bien. Je suis content pour vous, que vous vous soyez retrouvés et que vous fassiez l'effort d'arranger les choses entre vous. Je comprends, même si ce n'est pas ce que je cherche. Quoi qu'il en soit, mon frère a vraiment été trop loin et je compte en parler avec lui. Longuement. Je suis vraiment navré. Si vous êtes prêts à mettre ça de côté, j'aimerais finir le travail. Je connais de bons gars qui pourraient venir m'aider.

Son regard est doux et il semble à la fois frustré et attristé.

– Du moment qu'il ne revient pas, répond Cam, et que tu comprends que ta douce est en vérité *ma* douce, tout ira bien.

Kyson sourit et tend la main à Cam, qui la regarde plusieurs secondes sans répondre. Toutefois, Kyson ne baisse pas le bras, prouvant qu'il est intègre et insistant. Même Cam ne peut pas l'ignorer. Tandis qu'il lui serre la main, Kyson sourit et me regarde.

– Ton homme est un dur à cuire, même en costard. Ça te convient bien, dit-il.

Je lève les yeux au ciel et pousse un grognement.

– Les mecs sont tarés, je déclare, les faisant rire tous les deux.

– Je retourne au boulot et je vais passer des coups de fil pour appeler des renforts, dis Kyson. Encore une fois, je suis désolé pour cette histoire. Ça ne se reproduira plus, promet-il.

– J'y compte bien. Merci, répond Camden avant de se tourner vers moi en me tendant la main. Tu m'accompagnes à ma voiture ?

– Ça marche.

Une fois devant son Range Rover noir, il me prend dans ses bras en posant son front contre le mien.

– Ça va ?

Je lève la tête en riant.

– Moi ? C'est toi qui as pété un plomb.

Il fronce les sourcils et effleure mon nez avec le sien.

– Je ne peux pas tolérer qu'un mec te manque de respect, Suda Kaye. Jamais. Il a été trop loin.

– Mais tu as conscience que je sais m'occuper de moi-même ? Je le fais depuis dix ans, tu sais. Une fois le choc passé, je t'assure que je l'aurais remis à sa place. Et puis, ce n'était rien, tu sais. J'ai connu bien pire.

Cam soupire et son souffle chatouille ma peau.

– Mais maintenant, tu n'as plus à te défendre toute seule. Je suis là.

Je fourmille des pieds à la tête et le serre fort contre moi avant de plonger ma main dans ses cheveux pour l'embrasser langoureusement, savourant son délicieux parfum de menthe et de café. Mon parfum préféré... Camden.

Il plonge brièvement sa langue dans ma bouche avant de mordre ma lèvre inférieure. Nous nous embrassons longuement contre sa voiture, à la vue de tous. Et je me fiche de qui peut nous voir, c'est-à-dire tout le monde puisqu'on est sur Main Street, à une heure de grande fréquentation.

Lorsqu'on a enfin eu notre dose, je recule et plonge mon regard dans le sien.

– Ça va être bizarre, et difficile, pour moi. Je n'ai pas eu de petit ami depuis que j'étais avec toi. Je ne suis pas sûre de savoir être la copine officielle de quelqu'un.

– Comment c'est possible ? demande-t-il en fronçant les sourcils.

– J'étais sincère tout à l'heure, je réponds en haussant les épaules. Après toi, je ne me suis engagée auprès de personne. Si j'étais avec quelqu'un, c'était au maximum le temps d'une saison. Ensuite, l'envie de plier bagage me saisissait et je tournais la page. Je partais pour une nouvelle aventure.

Cam prend mon visage dans ses mains et me regarde dans les yeux.

– Ma biche, il va falloir que tu luttes contre cette envie, si elle revient, déclare-t-il d'un ton ferme mais les yeux pleins d'espoir et de tendresse.

Il veut me faire confiance.

Je veux être digne de cette confiance.

Je secoue la tête en soupirant.

– C'est bizarre. Je ne sais pas trop pourquoi, mais ça fait plusieurs mois que je suis rentrée, et ce sentiment n'a pas refait surface. Pas une seule fois. En général, il y avait des signes avant-coureurs. Je commençais à me sentir perdue, où que je sois. Je priais et j'en parlais à maman, puis j'ouvrais son carnet et je désignais une page. Et hop, j'étais dans l'avion ou dans un bus, en route pour ma prochaine destination.

– Son carnet ? demande Cam en me serrant plus fort.

Merde, je n'avais pas prévu de lui en parler, j'essaie de changer de sujet.

– Peu importe.

– Quel carnet, Suda Kaye ? insiste Camden.

– Une autre fois.

– C'est la troisième chose dont on évite de parler, tu sais, prévient-il, me faisant grimacer. Ma biche, tu ne m'as toujours pas dit pourquoi tu es partie il y a dix ans, et pour aussi longtemps. Et tu n'as pas non plus voulu discuter du fait que tu m'as dit que tu m'aimais hier soir.

– J'étais saoule ! Tu sembles l'oublier, je râle en priant pour qu'il accepte d'ignorer le sujet.

– Et maintenant, tu refuses de me parler de ce carnet. Je n'aime pas les secrets, et je n'aime pas l'idée qu'un nuage noir est suspendu au-dessus de nos têtes alors que je n'ai pas pris mon parapluie. Tu comprends ?

Je hoche la tête. Ma peur et mon angoisse me poussent à changer de sujet pour en trouver un autre, plus agréable.

Ce n'est pas le moment.

Et peut-être que ça ne le sera jamais.

Cam ne dit rien et continue de me transpercer du regard, essayant de m'arracher des réponses que je ne suis pas prête à lui donner. Une mélancolie transforme alors ses traits et il hoche lentement la tête à son tour.

– Ok, une autre fois. Pour l'instant, ne pensons qu'aux belles choses.

Je souris jusqu'aux oreilles et la tristesse de Cam disparaît.

– On va au restau, ce soir. Je t'emmène à Twenty-One Steak.

– C'est un endroit classe ?

– Une robe sexy serait fortement appréciée, répond-il en souriant. Maintenant, embrasse-moi avant que j'aille me changer pour le boulot.

Je l'attire contre moi et, cette fois encore, notre baiser est sulfureux et bien plus long qu'un simple baiser d'adieu.

– Bon sang, ça m'a manqué, ma biche.

– Qu'est-ce qui t'a manqué ?

– Ce sentiment de ne jamais vouloir partir. Ce besoin de toujours t'avoir dans mes bras, contre mon cœur. Je n'ai jamais connu ça avant toi ni depuis. Je suis ravi de l'avoir retrouvé.

Cette fois, je n'arrive pas à retenir mes larmes et je les laisse couler sur mes joues. Il les essuie tendrement, m'embrasse et recule.

– Maintenant file au boulot, gronde-t-il comme si c'était de ma faute qu'on se sépare.

Si ça ne tenait qu'à moi, on ne serait jamais sortis de chez moi ni même du lit, d'ailleurs.

– Ok, chéri.

– Reste, Suda Kaye, dit-il d'une voix douce avant de faire le tour de sa voiture pour ouvrir sa portière.

Je fronce les sourcils, confuse.

– De quoi tu parles ?

Il sourit, un bras sur le toit de son 4x4, tandis que ses cheveux blonds s'agitent dans la brise. Sous ce soleil radieux, son visage est encore plus doux et son sourire toujours plus sexy.

– Reste, c'est tout, répète-t-il.

– Reste... je répète en souriant et en secouant la tête.

– Oui, ma biche. Reste. Reste... pour toujours, dit-il avant de tapoter le toit de sa voiture et de s'asseoir au volant.

Il referme la portière, démarre et file en direction de chez lui.

Je croise les doigts en regardant sa voiture s'insérer dans la circulation et disparaître, puis j'envoie une prière à ma mère, à Dieu, à quiconque voudra bien m'entendre, leur demandant de m'aider à exaucer le souhait de Cam.

Et de rester.

♦

– Vous vous êtes remis ensemble ? s'écrie Evie.

J'éloigne le téléphone pour préserver mon tympan et le pose sur le plan de travail en mettant le haut-parleur. Je prends l'emporte-pièce et le place sur le cuir fauve pour y percer le premier trou. Cette ceinture, comme les quinze autres que j'ai déjà commencées, conviendra à toutes les tailles. Comme je poinçonne la bande de cuir sur toute sa longueur avant d'y dessiner des motifs, la cliente n'aura plus qu'à choisir une boucle interchangeable. Comme toutes les ceintures seront conçues de la même façon, les clientes pourront en acheter plusieurs afin de les assortir à leurs différentes tenues.

– Je ne suis pas sûre de pouvoir le confirmer, je réponds. Un « oui » paraît trop simple. Après tout, il y a deux jours il était fiancé, même si c'était pour de mauvaises raisons. Et je suis quand même partie pendant dix ans.

– Et…

Evie m'invite à poursuivre, mais c'est difficile. Je dois encore réfléchir à la situation.

Je soupire et pose mes outils pour coiffer mes cheveux en arrière.

– J'ai peur, Evie. Je ne veux pas tout gâcher. Mais je ne le voulais pas non plus, la dernière fois.

– Cette fois, maman n'est pas là pour tout ruiner, lance-t-elle d'un ton plein de malice.

– Evie… Ce n'est pas à cause de maman que j'ai rompu avec Cam.

Elle ricane faussement, ne laissant aucun doute quant à ce qu'elle pense de ce qui s'est passé à l'époque.

– Si tu le dis.

– C'est la deuxième fois que j'entends ça aujourd'hui. Et tu sais quoi ? Je n'ai pas besoin de ça, venant de toi. C'est peut-être la lettre de maman qui a déclenché mon départ, mais ses paroles n'auraient rien changé si je n'avais pas déjà eu le besoin de voyager en moi. La question est de savoir quoi faire de ce besoin, aujourd'hui. Mon désir d'aventure sera toujours en moi. Mais… je ne sais pas quoi faire, Ev. Je ne veux pas lui refaire du mal.

Evie change immédiatement de ton pour redevenir la sœur aimante que je connais.

– Huutsuu, tu ne lui referas pas mal. Tu n'as plus dix-huit ans.

– Quel est le rapport ?

– Kaye, tu as d'autres priorités, à présent. Tu es plus mature. Regarde tout ce que tu as accompli depuis que tu es rentrée. Dans quinze jours, tu vas ouvrir ta propre boutique. Tu peux en être fière. Te lancer dans la gérance d'un magasin implique forcément que tu es prête à t'implanter ici. Tu es en train de construire quelque chose de durable. Un chez-toi. Enfin.

Je laisse les paroles de ma sœur m'imprégner jusqu'au plus profond de mon être, à l'endroit où continuent de vivre tous mes doutes.

– Tu penses que ce sera suffisant ?

Elle gonfle ses poumons et j'attends, mon cœur bat la chamade.

– Il n'y a que toi qui peux le savoir, sœurette. Mais je pense qu'avoir Gypsy Soul, moi, Toko et maintenant Camden dans ta vie... j'ai besoin de croire que tout ça sera suffisant, sinon on sera tous perdus.

On sera tous perdus.

Même moi.

Elle n'a pas besoin de le dire, mais c'est ce qu'elle pense.

– Tu sais que tu es la femme la plus intelligente que je connaisse ?

– Ben oui, ricane-t-elle d'un ton léger, me permettant enfin de respirer normalement. Alors, c'est quoi la prochaine étape pour Suda Kaye et Camden 2.0 ?

– Tu veux dire en dehors de faire l'amour toute la nuit ?

Ma sœur pousse un grognement et se met à chantonner.

– Genre, tu n'as pas envie de savoir si on a couché ensemble hier soir ?

Silence. Et trois, deux, un...

– Ok, d'accord. Je veux savoir. Vous avez couché ensemble, hier soir ?

– Non, je réponds, puisque techniquement, c'est la vérité.

– Vous n'avez pas dormi ensemble ? Sa voiture était toujours là ce matin quand je suis passée après que Kyson m'a ramenée à ma voiture. Je n'ai pas voulu déranger.

– Je n'ai pas dit qu'on n'avait pas dormi ensemble.

Evie râle, clairement agacée, et j'éclate de rire. J'adore embêter ma sœur.

– Hier soir, on n'a fait que dormir.

– Ah, dit-elle d'un ton déçu. C'est tout ?

– Tu t'attendais à quoi ?

– Je ne sais pas, à plus. Je pensais que vous auriez réveillé tout le quartier en baisant comme des lapins.

Entendre ma sœur, qui ne jure jamais, dire « baiser comme des lapins » me ravit au plus haut point.

– Ben, ça, on l'a fait ce matin. D'ailleurs, on a fait tellement de bruit que Monsieur Touche-à-Tout et son frère nous ont entendus.

– Mon Dieu...

– Du coup, quand on est descendus, Lincoln m'a traitée de salope et m'a accusée d'avoir profité de son frère.

– Quoi ? s'écrie ma sœur, outrée.

– Bien évidemment, ça n'a pas plu à Cam qui a pété un plomb et l'a obligé à s'excuser.

– Mais non !

– Si. Cam a viré Lincoln et menacé de virer Kyson aussi.

– Arrête !

– Je te jure ! Kyson s'est excusé platement. Tout s'est arrangé et, ce soir, Cam m'emmène dîner à Twenty-One Steaks. Mais avant de partir, il m'a clairement dit qu'il voulait que je reste pour toujours.

– Wow, wow, wow, attends une minute. D'abord, est-ce que ça va, après ce qu'a dit Lincoln ?

Je hausse les épaules même si Evie ne peut pas me voir, et je reprends mon emporte-pièce, soudain prise d'une forte envie de faire des trous partout.

– Ouais, ça va. C'est comme ça ; il y aura toujours quelqu'un pour me juger, quoi que je dise ou fasse. C'est la vie. Je l'ai appris il y a longtemps. Mais là, Camden a réglé la situation.

– Apparemment, ouais. Comme un mec qui aime sa nana et qui refuse qu'on lui manque de respect, dit Evie d'un ton rêveur.

– Calme-toi, Ev. On a juste couché ensemble ; trois fois, techniquement. Il a pris ma défense de façon valeureuse et il m'emmène dîner. Mais on a un lourd passé. J'essaie juste de me concentrer sur le positif et de vivre l'instant présent, ok ?

– Ça roule. Tu vis l'instant présent. Tu sais, c'est maman qui disait ça. « Vivez l'instant présent, mes chéries ; on ne sait jamais quand tout va s'arrêter. »

Je souris en me rappelant une des fois où elle l'avait dit.

– Ouais, elle savait toujours quoi dire, et au bon moment.

– C'est vrai. En tout cas, j'ai hâte de connaître la suite. Tu m'appelles demain, après ton rencard ?

– Ça roule. Au fait, comment va Toko ?

– Tu le saurais si tu l'appelais. Mais sache que je l'ai convaincu de venir à l'inauguration de ta boutique.

– Quoi ? Il va sortir de la réserve ?

– Ouaip. Il a même dit qu'il avait trouvé quelqu'un pour l'emmener et le ramener chez lui. Il va dormir chez moi, mais il dit qu'il a hâte de voir son petit oiseau s'envoler pour sa première aventure dans le monde des affaires. Dans un endroit où tu peux voler sans risquer d'être emportée par le vent.

Où je peux voler sans risquer d'être emportée par le vent. C'est tout Toko, ça. Mon grand-père est la sagesse incarnée.

– Mais bon, tu le saurais si tu l'appelais, dit Evie. Tu peux essayer de le faire, s'il te plaît ?

– Ouais, faut que je prenne l'habitude. Et papa ? Il fait quoi ?

Quand nous étions petites, mon beau-père était absent plus qu'autre chose. Il était presque toujours en mission pour l'armée. Néanmoins, les moments où il était à la maison étaient les plus beaux, car maman faisait toujours en sorte d'être là aussi. Donc, deux ou trois fois par an, nous formions une famille parfaite. Cependant, ce n'était que de courte durée et, après son départ, maman nous déposait à la réserve chez Toko pour pouvoir repartir à l'aventure. En vérité, jusqu'à ce que son cancer l'empêche de voyager, quand on était au lycée, on passait plus de temps avec notre grand-père qu'avec nos parents.

– Je ne sais pas, râle Evie en soupirant. Ça m'inquiète, d'ailleurs. Il n'a pas répondu à mes deux derniers mails. Je sais qu'il partait en Pologne pour diriger une mission secrète quelque part au Moyen-Orient, mais il ne m'a pas donné de nouvelles.

– Ça fait combien de temps ?

De mon côté, ça fait plusieurs mois que je n'ai pas reçu de mail de papa. On a l'habitude de s'écrire aux dates importantes : mon anniversaire, le sien, celui de maman, l'anniversaire de sa mort, etc. Je crois que ça fait presque un an qu'on ne s'est pas parlé de vive voix. Soudain, je me sens triste en réalisant à quel point on a été égoïstes, tous les deux.

– Une quinzaine de jours.

– Oh, ma belle, ça ne fait pas longtemps. S'il est infiltré en mission, il ne pourra peut-être pas répondre avant un moment. Attends encore un peu avant de paniquer, tu veux ?

Après tout, mon père a toujours été parfaitement capable de prendre soin de lui.

– Ouais, ok. Je me remets au boulot. Tu m'appelles demain matin ?

– Tu me manques ! je chuchote.
– Toi aussi !
– Toujours, sœurette. Toujours. Je t'aime.
– Je t'aime aussi !

CHAPITRE 15

– Suda Kaye, tu es radieuse, dit Cam en m'étudiant de la tête aux pieds d'un air appréciateur.

Je souris en tenant la porte ouverte, une main sur la hanche. Je me tourne de côté en pliant légèrement les jambes pour mettre en valeur ma robe-nuisette.

– Cette robe te convient, chéri ?

Pour notre première sortie en couple, si on peut appeler ça comme ça, j'ai décidé de sortir le grand jeu : beaucoup de peau et encore plus de sex-appeal. La robe a de minuscules bretelles pour retenir le col boule qui offre un décolleté plus que généreux. Elle est en satin orange sanguine et elle tombe en pointe sur un côté tandis que, de l'autre, elle s'arrête à mi-cuisse. Je l'ai assortie à des sandales compensées couleur framboise et, pour m'assurer un maximum d'effet, j'ai lâché mes longues boucles et peint mes ongles en rouge bordeaux, sans oublier de me couvrir d'une huile pailletée afin de scintiller des pieds à la tête. J'ai bien sûr ajouté une touche flamboyante avec une grosse bague dorée sur le pouce ainsi qu'une paire de boucles d'oreilles assorties.

Camden me regarde une bonne minute, les poings fermés. Ses cheveux mi-longs sont attachés en queue-de-cheval juste au-dessus de la nuque, et il porte un somptueux costume bleu marine que je rêve déjà de lui enlever.

Apparemment, Cam a la même pensée car il me surprend en se plaquant contre moi pour me pousser en arrière et claquer la porte derrière lui.

– Chéri, qu'est-ce que tu fais ? je demande lorsqu'il passe ses mains sous mes fesses pour me soulever.

Je l'entoure avec mes bras, et il me porte, debout contre lui, jusqu'au pied du lit où il me laisse enfin poser les pieds par terre, me faisant lentement glisser le long de son corps.

– Tourne-toi, grogne-t-il d'une voix diabolique et lourde de désir.

– Cam, on a réservé, je réponds en me léchant les lèvres.

– Tourne-toi. Tout de suite.

Je sais que ce ton de Cro-Magnon ne devrait pas m'exciter, mais je ne peux rien contre les fourmillements qui parcourent aussitôt mes veines.

– Mon Dieu...

Mon cœur bat à cent à l'heure, mais je lui obéis. Je lui ai à peine tourné le dos que ses mains remontent sur mes cuisses.

– Penche-toi, Suda Kaye. Fais-moi voir ce que tu caches sous cette robe minuscule.

J'ai du mal à respirer, je me penche pour poser mes mains sur le matelas et il remonte ma jupe sur ma taille.

– Tss, tss, tss, tu es une vilaine fille, susurre-t-il, saisissant ma hanche d'une main tandis que l'autre caresse ma fesse nue.

Lorsqu'il glisse sa main entre mes cuisses et me découvre trempée, je ne peux pas me retenir de gigoter.

– Chériiiii...

– Tu pensais que je ne le verrais pas, ma biche ? Tu pensais vraiment que je pourrais être en ta présence et ne pas remarquer que tu es complètement nue sous cette pseudo-robe ?

Il pince ma fesse et la douleur me fait tressauter vers l'avant, sauf que sa main qui est entre mes cuisses me retient de bouger.

– Tu vois, si j'étais un autre, je te demanderais peut-être de te changer. Mais comme j'aime que ma femme soit heureuse et confiante, il va me falloir marquer mon territoire d'une autre manière. Et, à mon avis, te donner une mine fraîchement baisée alors que tu portes cette robe devrait faire l'affaire. T'en dis quoi, Suda Kaye ? demande-t-il en plongeant deux doigts en moi.

– Oh, Cam. S'il te plaît, je gémis en reculant contre sa main.

– Ça te plairait, ma biche ? Tu as envie que je te prenne tout de suite, si fort que tu me sentiras toute la soirée ? poursuit-il en formant un crochet avec ses doigts.

– Mon Dieu, oui, Cam ! Tout ce que tu veux, chéri. Vite.

J'entends la boucle de sa ceinture tinter et sa braguette s'ouvrir. Chaque seconde me semble durer une heure tant je suis impatiente. Je dessine des cercles avec mon bassin tandis qu'il se prépare à me prendre, et je ne tiens plus en place de savoir qu'il va me pénétrer d'un instant à l'autre.

Quelques secondes plus tard, je sens ses mains caresser mon dos et je frémis lorsqu'il se colle à moi et que sa chaleur se dissipe dans mes veines. Penché sur moi, il caresse mes bras avant de coiffer mes cheveux sur le côté pour effleurer ma gorge de ses lèvres.

– Je ne compte pas être doux, ma biche. Prépare-toi, prévient-il, une seconde à peine avant de positionner son gland entre mes lèvres et de s'enfouir en moi.

Je me mets instinctivement sur la pointe des pieds pour prendre autant de sa longueur que possible. Il me tient par la hanche et l'épaule et fait précisément ce qu'il a dit, s'enfonçant aussi fort que possible.

Chaque cellule de mon corps est concentrée sur Camden.

Sur son sexe qui pulse.

Sur la chaleur de son corps qui m'enveloppe comme une couverture protectrice, alors qu'il me prend sans ménagement.

Sur son parfum de citronnelle qui embaume la pièce.

Sur son souffle pantelant tandis qu'il s'adonne tout entier à son désir.

Bientôt, il tend le bras et s'empare d'un de mes seins pour le palper et titiller mon téton, avant de comprendre que j'ai besoin de plus. Il se met alors à le pincer, à le tirer sans retenue tandis que je recule mes fesses contre lui après chaque coup de bassin.

– Je veux ce qui m'appartient, Suda Kaye. Donne-le-moi. Tout de suite, ma belle, grogne-t-il au creux de mon oreille en accélérant ses va-et-vient.

Il ne m'en faut pas plus, ses paroles, ses ordres suffisent à me faire décoller et je m'envole au septième ciel. Je penche la tête en arrière et crie lorsque mon orgasme déferle dans mes veines, brûlant tout sur son passage, sans jamais s'arrêter.

Je suis encore en train de jouir lorsque Cam se redresse pour accélérer encore ses allers-retours, prolongeant mon orgasme, en en faisant le plus beau de toute ma vie. Je continue de reculer contre lui en pantelant, mes boucles d'oreilles fouettent mes joues, mes phalanges sont blanches à force de serrer si fort la couette.

– Stop, bébé ! je crie en contractant mon sexe, si fort que Camden s'enfouit une dernière fois, s'immobilise, puis se crispe des pieds à la tête, poussant un long grognement rauque qui brise le silence de la pièce.

Lorsqu'il s'est entièrement déversé en moi, il se détend et me caresse le dos, puis il se retire, me faisant gémir tristement. Il m'embrasse des fesses à la nuque et approche son visage de mon oreille.

– Détends-toi, ma biche. Je vais chercher un gant.

– Ok.

Je me force à prendre de longues inspirations, essayant de revenir sur terre après la partie de jambes en l'air la plus folle de ma vie.

Je suis toujours dans cette position lorsque je réalise que Cam vient de me prendre par-derrière, tout habillé, en se comportant comme un homme des cavernes, et j'éclate de rire.

Lorsque Cam sort de la salle de bains, je suis incontrôlable.

– Qu'est-ce qui est si drôle ? demande-t-il avant de m'embrasser sur la fesse.

Il saisit ensuite ma jupe pour la faire redescendre sur mes cuisses.

– Toi, je réponds en me redressant et en me recoiffant.

Je remets mes seins en place afin que le décolleté cache ce qu'il faut tandis que Cam rouspète et retourne dans la salle de bains.

– C'est le fait que je te prenne par-derrière qui est drôle ?

Je souris et avance vers lui pour le serrer dans mes bras.

– Chéri, tu ne m'as même pas embrassée, je glousse, comme une ado qui sort enfin avec le mec de ses rêves.

Il sourit et prend mon visage dans ses mains.

– Toi, cette robe, tes courbes, tes cheveux lâchés... le sourire le plus sexy sur la plus belle femme que je connaisse... j'ai réagi, conclut-il.

– Tu as réagi ?

– Ouais.

– Tu réagis souvent comme ça ?

– Jamais avec quelqu'un d'autre que toi, Suda Kaye.

– Dans ce cas, tu peux « réagir » quand tu veux.

Cette fois, c'est lui qui éclate de rire, me comblant de beauté et de lumière.

– Je suis ravi de l'entendre, ma biche. Je ne l'oublierai pas, crois-moi.

Je me mets sur la pointe des pieds et approche ma bouche de la sienne.

– Parfait. Maintenant, tu veux bien m'embrasser, puis me nourrir ?

– Avec plaisir, mais fais gaffe, ma biche, j'ai soif, gronde-t-il juste avant de m'offrir un baiser sulfureux.

♦

Nous arrivons avec vingt minutes de retard au restaurant, mais après que Cam a parlé à la chef de salle, nous n'attendons qu'une dizaine de minutes avant de récupérer une table.

Lorsque nous sommes installés, nous commandons des planches de charcuterie et de fromages locaux accompagnés de noix et de confitures variées.

Je tartine un morceau de pain avec un chutney de piment vert, j'y ajoute un bout de jambon et je couronne le tout avec une confiture à la cerise et aux dattes, puis je mords dedans.

– Mmm, c'est délicieux.

Les yeux de Cam sont rivés sur ma bouche et je me lèche les lèvres quand il hausse un sourcil.

– Ça m'a manqué, dit-il.

J'avale ma bouchée avant de boire une gorgée du vin délicieux que Cam a choisi.

– Qu'est-ce qui t'a manqué ?

Il prend à son tour un bout de pain pour y mettre une tranche de salami, du fromage aux noix et un cornichon, mais il le tient en l'air et me répond avant de croquer dedans.

– Te regarder manger. D'ailleurs, te regarder tout court, quoi que tu fasses.

– T'es mignon, Cam.

Il avale son toast en une bouchée et la mastique longuement en réfléchissant tandis que je me prépare une seconde mini-tartine.

– C'est vrai, tu sais. Ta façon d'appréhender les choses, quelles qu'elles soient, est spéciale. La nourriture, les vêtements, les gens, dit-il avant que son regard ne s'embrase. Le sexe, ajoute-t-il avec un sourire narquois qui me fait rougir. Tu vis, Suda Kaye. Chaque instant, chaque expérience sont excitants. Si tu apportais tes fringues à la laverie, tu parlerais à quelqu'un qui te raconterait toute sa vie, et tu serais invitée à leur prochain repas de famille. Et tu irais, et tu passerais un super-moment.

– Bien sûr, pourquoi pas ?

Il lève son verre et boit une grande gorgée.

– Tout le monde ne se réveille pas en pensant que chaque nouvelle journée est une nouvelle opportunité. Trop de gens se lèvent du pied gauche, font des boulots qu'ils détestent avec des gens qu'ils abhorrent, et rentrent chez eux pour préparer un repas qu'ils n'aiment pas dans une maison qu'ils s'échinent à payer.

– Hélas, c'est très souvent le cas, en effet.

– Mais pas toi. Pas ma Suda Kaye.

J'aime qu'il m'appelle sa Suda Kaye. Il ne semble pas avoir dit tout ce qu'il voulait. Pour l'instant, ses pensées sont perspicaces et flatteuses. Je me couvre de chair de poule, il recule sur sa chaise et me transperce d'un regard sincère.

– Ma biche, tu te rebelles contre les normes de la société, et ce faisant, tu vis. Tu vis vraiment. Je te trouve phénoménale, et ta mère serait fière de toi. Comme moi, je le suis.

L'air qui nous entoure devient électrique et mon cœur bat à cent à l'heure.

– Tu penses vraiment tout ça ?

– Absolument.

Il tend la main et nos doigts s'entrelacent.

– Tu es ici. On a trouvé un terrain d'entente. Il faut qu'on puisse parler du temps qu'on a passé loin l'un de l'autre, de ce qu'on a vécu, et qu'on avance. On n'est pas les mêmes, c'est sûr, mais nos caractères, nos valeurs, notre attirance l'un pour l'autre, tout ça n'a pas changé. En tout cas, pas pour moi.

– Pour moi non plus, je chuchote, le faisant sourire jusqu'aux oreilles.

– Tant mieux. Alors, on est sur la même longueur d'onde. Parlons du temps qu'on a passé l'un sans l'autre. Raconte-moi quelque chose que tu as fait ou que tu as vécu. Peut-être quelque chose que tu aimerais me montrer, un jour ? demande-t-il en souriant avant de boire une gorgée et de serrer ma main.

– J'adorerais t'emmener à Oslo. Tu as toujours su apprécier la beauté des paysages, et là-bas, il y a une route de montagne qui mène à un petit restaurant, à vingt ou trente minutes du centre. De là-haut, on voit les fjords, où les montagnes s'ouvrent sur la mer. La première fois que j'y suis allée, je mangeais un scone délicieux en buvant un latte, et je suis restée plantée là, les yeux rivés sur l'horizon. J'adorerais te montrer ça.

– Ça a l'air génial, je suis partant.

Il lâche ma main pour prendre un autre morceau de pain, et je réalise combien sa peau me manque. Être ici avec lui, à l'aise, avec des mets divins et un vin délicieux… je veux être plus près de lui.

– À toi, je dis. Dis-moi quelque chose que je ne sais pas à propos de toi.

Il frotte sa barbe et fronce les sourcils.

– Ok. Il y a deux ou trois ans, Porter m'a convaincu de l'accompagner à une randonnée à vélo de dégustation de bières.

– Ça a l'air génial, je réponds en souriant et en lui faisant signe de poursuivre.

– Ça l'était, mais quand j'ai accepté de l'accompagner, je ne savais pas qu'on partait pour cinq jours.

– Ça fait beaucoup de vélo, je déclare en me retenant de rire.

– En effet. Mais ça fait surtout beaucoup de bière. En gros, on est allés à Fort Collins, où commençait le circuit. On a pris nos propres vélos ; d'ailleurs j'ai dû en acheter un avant le voyage.

– Non… ne me dis pas que c'était un circuit difficile ? je demande en me penchant pour mieux l'écouter.

– Non, heureusement, il n'est pas cruel à ce point. C'était pour débutants, mais quand ça fait longtemps que tu n'as pas fait de vélo, ça ne fait pas de bien à tes fesses ni à tes testicules, j'aime autant le dire tout de suite.

J'imagine Cam gigoter sur une selle de vélo pour essayer de se mettre à l'aise, ce qui me fait éclater de rire.

– Ouais, ce n'était pas drôle, acquiesce Cam en riant.

– Comment tu as fait ?

– Tu voulais que je fasse quoi ? répond-il en haussant les épaules. Je me suis saoulé tous les jours pour supporter la douleur. Et comme j'ai décidé ça le second jour, le voyage a été finalement génial.

Je ricane et m'essuie la bouche.

– C'est à ce moment-là que Porter a décidé d'ouvrir une brasserie ?

Cam penche la tête d'un côté puis de l'autre, semblant réfléchir.

– Non, ça faisait déjà quelques années qu'il apprenait à brasser sa bière. Le circuit était surtout un moyen pour lui de se faire des contacts dans la région et de goûter davantage de bières. On a visité entre trois et cinq brasseries par jour.

– Waouh, ça m'a l'air super. Ça m'aurait plu, je déclare en mangeant une tranche de salami.

– Bien sûr, râle-t-il d'un ton amusé.

Nos plats arrivent, et je savoure un filet de bœuf extra-tendre.

– À toi, dit Cam en coupant sa viande.

– Hmmm, ben, il y a toujours la France. J'adore Paris, c'est clairement une ville pour les amoureux.

– Tu veux dire que tu y étais avec un homme, répond-il en me regardant dans les yeux, d'un air plus curieux qu'inquiet ou jaloux.

– Euh, si on veut...

Je prends une bouchée de purée et regarde par la fenêtre, lui pose sa main sur la mienne.

– Souviens-toi qu'on a tous les deux un passé. J'ai conscience qu'il va falloir que je te parle de Val tôt ou tard.

– Val ?

Ça doit être la femme avec qui il était avant Brittney.

– Continue, c'est encore à toi, dit-il avec un sourire en coin.

Nous mangeons en silence quelques minutes tandis que je réfléchis à un endroit qui pourrait lui plaire.

– Je pense que tu aimerais Lisbonne. Carrément, en fait.

– Pourquoi ? Qu'est-ce qui est cool à Lisbonne ?

– Plein de trucs, mais il y a notamment la librairie la plus vieille du monde, la Livraria Bertrand. Comme beaucoup d'endroits de la ville, l'extérieur est recouvert de mosaïques. À l'intérieur, il y a des étagères en bois du sol au plafond, et des tables avec des piles de bouquins.

Camden boit une gorgée de vin avant de répondre.

– Et la ville elle-même ?

– Elle est charmante. Les trottoirs sont pavés de pierres noires et blanches qui dessinent des motifs. Tu te balades, et tout à coup tes pieds frôlent de gros cercles de pierres noires, ou alors de minuscules pierres qui dessinent un visage de femme.

– Ça a l'air super.

– Et on pourrait se balader en tuk-tuk. C'est une sorte de kart de golf pour trois ou quatre personnes. Ils sont souvent conduits par des guides qui te font traverser la ville en t'expliquant l'histoire des quartiers et des monuments. C'est génial.

– Carrément, allons-y. Où que tu veuilles aller, je te suivrai avec plaisir. Je l'aurais fait il y a dix ans... et c'est toujours le cas aujourd'hui.

Son aveu me frappe de plein fouet et mon estomac se noue aussitôt.

– Pardon, qu'est-ce que tu as dit ? je demande d'une voix rauque.

– Ma biche, je te suivrais n'importe où. Avant, comme maintenant.

Une bouffée de chaleur me saisit et mon front se couvre de sueur, un goût âpre m'envahit la bouche, me faisant saliver, le signe que je suis sur le point de vomir. Je me lève si vite que ma chaise tombe en arrière, et Cam se lève également, venant à mes côtés pour ramasser ma chaise.

Je m'enfuis au pas de course et je file aux toilettes. Je claque la porte et appuie mon front contre les carreaux froids du mur, essayant de reprendre mon souffle. Des frissons de panique parcourent mon dos et ma peau se couvre de chair de poule. J'y vois flou, puis noir, avec de minuscules points blancs. Je n'entends plus grand-chose, mes oreilles se remplissent d'un vrombissement assourdissant, comme si j'étais sous l'eau. Soudain, je me mets à trembler violemment.

– Suda Kaye, laisse-moi entrer ! gronde la voix de Cam, qui me paraît venir de très loin.

Je me plaque contre le mur et m'efforce de respirer du mieux que je peux.

– Ouvre la porte, ma biche. Tends la main et ouvre le verrou.

Je l'entends parler, mais je n'arrive pas à bouger.

– Eh merde, j'escalade ! dit-il, mais ses mots arrivent déformés à mes oreilles.

Deux inspirations saccadées plus tard, mon front est toujours collé au carrelage, des larmes coulent sur mes joues, et Cam est là.

– Je suis là, ma biche. Je suis là. Tout va bien, dit-il en appuyant son front sur mon dos.

Il glisse une main sur mon ventre et me tient contre lui, je m'agrippe à sa main comme si ma vie en dépendait. Il dégage mes cheveux de mon visage, éloignant la pénombre qui menace de m'engloutir.

– Suda Kaye, je suis là. Tu es en sécurité. Respire avec moi, ma biche. Inspire… et expire… dit-il en s'exécutant également pour me guider.

Je finis par réussir à l'imiter, mes tremblements se calment et mon cœur ralentit légèrement. Cam le sent et me tourne vers lui pour me serrer dans ses bras. Je me blottis contre lui et glisse mes mains dans sa veste de costume pour les joindre dans son dos tandis qu'il caresse tendrement mes cheveux en arrière.

– Tu vas bien, ma biche. Je suis là. Je suis avec toi.

Lorsque ma panique finit par disparaître, je me sens détruite, émotionnellement comme physiquement.

– Tu es prête à y aller ? chuchote-t-il.

Je hoche la tête et essuie mes joues. Camden m'accompagne au lavabo, je me passe de l'eau sur le visage avant d'essuyer les traces de mascara sur mes joues. Il ne me lâche pas, me tend une serviette en papier en me tenant contre lui. Je suis submergée par la sensation d'être là où je dois être, ma joue contre son torse. Cam est là. Il m'aide à tenir debout. Il me garde contre lui.

Il me guide hors des toilettes, où nous attend la chef de salle, inquiète.

– Est-ce que vous allez bien ? Vous avez besoin d'un médecin ?

Cam s'occupe de répondre à ma place.

– Elle va bien, merci, répond-il avant de lui tendre sa carte de visite. Appelez ce numéro, et mon assistante paiera la note. Désolé du dérangement.

– Il n'y a pas de problème. Est-ce que vous préféreriez sortir par l'arrière ? demande-t-elle en désignant une porte à quelques mètres.

Ouf.

– C'est parfait, merci beaucoup, répond Cam en m'escortant vers la sortie.

– Désolée, je marmonne sans me décoller de sa chaleur réconfortante.

Lorsque je sens l'air frais sur mon visage, je reprends mon souffle, même si j'essaie toujours de comprendre ce qui vient de m'arriver. Cam nous emmène à sa voiture, ouvre la portière passager, enlève sa veste pour me la mettre sur les épaules. Il m'aide à m'asseoir et attache ma ceinture. Ensuite, il se dépêche de contourner la voiture et de s'installer au volant.

– Tu dors chez moi, ce soir. Je veux te garder près de moi.

J'acquiesce sans un mot. Je ne sais pas quoi dire, ses paroles ne cessent de passer en boucle dans ma tête.

Ma biche, je te suivrais n'importe où. Avant, comme maintenant.

Mes yeux se remplissent de nouveau de larmes et je tourne la tête vers la vitre.

Il irait partout avec moi. Donc, il ne m'aurait pas forcée à rester à Pueblo, il y a dix ans. Il ne m'aurait pas coupé les ailes pour prendre les rênes de l'empire familial.

Peut-être que si je n'avais pas agi si précipitamment, ça aurait pu marcher entre nous. On aurait trouvé un moyen.

Un frisson me secoue et je pleure en silence.

Cam tend la main pour prendre la mienne, qu'il porte à sa bouche pour m'embrasser sur la paume, le poignet et sur chaque doigt. Je tourne la tête vers lui, lui montrant mon visage ravagé par les larmes.

– Je vais prendre soin de toi. On va affronter ce qui vient de se passer. Ensemble, ok ?

– Je suis désolée, je déclare, essayant de ravaler ma culpabilité et ma peine. Je suis tellement, tellement désolée.

– Pourquoi tu es désolée, ma puce ? Je ne comprends pas.

Je ferme les yeux et laisse mes larmes couler. Après quelques secondes, je prends une grande respiration et avoue d'une voix tremblante :

– Je suis désolée d'être partie. Je suis désolée pour tout.

CHAPITRE 16

Nous roulons sur une longue route bordée d'arbres, dont les branches sont si hautes qu'elles se rejoignent en formant une arche, et l'espace d'un instant, j'imagine combien elle doit être belle sous le soleil. Le tunnel sinueux finit par s'ouvrir sur une grande maison à étages bâtie comme un ranch, qui s'ouvre sur un large porche.

Lorsque Cam se gare, il se dépêche de sortir pour venir de mon côté. Il défait ma ceinture, passe un bras sous mes genoux et l'autre dans mon dos, puis il me sort de la voiture en refermant la portière avec son pied.

– Tu n'as pas besoin de me porter, je vais bien. Je peux marcher, je chuchote d'une voix rauque.

– Ma biche, tu pourrais marcher, mais c'est hors de question. Laisse-moi m'occuper de toi.

Je soupire et essaie quand même de sourire en passant mes bras autour de sa nuque, nichant ma joue dans le creux de son cou.

Il ouvre la porte de chez lui et allume une lumière douce. J'essaie de lever la tête pour regarder autour de moi, mais je découvre que je n'en suis pas capable. Je suis tellement exténuée que je n'ai pas la force d'étudier sa maison comme je le ferais d'habitude.

Cam ne perd pas de temps. Nous traversons plusieurs pièces jusqu'à ce qu'il me dépose sur un lit couvert d'un duvet doux comme un nuage. Je suis assise, le dos voûté, sans pouvoir apprécier le décor. Je suis vraiment dans un sale état.

Mon cœur est brisé, endeuillé de tout le temps qu'on a perdu.

Mon esprit repasse ses paroles en boucle, et mes émotions se contredisent et se battent, à qui aura la première place. Je suis rincée.

Cam se déplace dans la chambre, puis il revient vers moi après avoir allumé une lampe de chevet dont la lumière tamisée illumine à peine son visage. Il semble terriblement inquiet, et je déteste savoir que c'est à cause de moi.

– Je suis constamment en train de te faire du mal, hein ? je demande avant de mordre ma lèvre à m'en faire saigner.

Les épaules de Cam s'affaissent et il sort quelque chose d'une grande commode, à quelques pas de moi.

– Suda Kaye, je ne sais pas ce qui se passe ni ce qui a déclenché ta crise d'angoisse… Je sais juste que, pour l'instant, je veux que tu te détendes et te reposes. Tu m'as fichu une sacrée trouille. Maintenant, lève les bras, dit-il en venant vers moi, un tee-shirt gris à la main.

Je lui obéis. Il se penche et saisit ma robe pour me l'ôter. Je trouve tout juste la force de soulever mes fesses pour l'aider. Il se dépêche de m'enfiler le tee-shirt, puis il ouvre le lit. Je me tourne sur le côté et rampe vers la tête de lit pour m'allonger. Il me couvre avec la couette, me borde et m'embrasse sur le front.

– Tu vas où ? je demande en saisissant son poignet.

– Faut que je donne à manger au chat et que je ferme la maison. Je reviens vite, dit-il en souriant.

– Tu as un chat ?

Mon humeur s'améliore un peu à l'idée que cet homme, qui est à la tête d'un empire, possède un chat. Je l'aurais plutôt vu avec un chien. Cela dit, un chat est sans doute plus simple lorsqu'on est un P.-D.G. débordé.

– Oui, acquiesce-t-il en souriant de plus belle. Quand tu te sentiras mieux, je te le présenterai. Il est plutôt sociable, donc ça ne m'étonnerait pas qu'il vienne vite à ta rencontre.

Je souris et crois voir ses traits se détendre légèrement. Il se penche pour m'embrasser.

– Dors. Je reviens tout de suite.

Je me blottis dans l'oreiller.

– Mmm, ok...

Je ne le vois pas revenir, car je m'endors aussitôt.

♦

Je me réveille dans la nuit, avec la sensation d'une chaleur intense dans mon dos, d'un bras lourd sur ma taille et d'un bruit de moteur près de mon visage. Je bouge la tête et cligne des yeux pour découvrir deux billes vertes rivées sur moi, entourées d'un amas de poils noirs. Le bruit ne provient pas d'un moteur mais du chat de Camden qui ronronne étonnamment fort. Il s'est installé contre ma poitrine, son visage à quelques centimètres du mien, sur l'oreiller.

Je lève la main et lui caresse la tête.

– Salut l'ami, je chuchote.

Le chat approche sa tête et la frotte sur ma joue.

– Mais dis donc, tu es super-sympa, toi, je dis en continuant de le caresser.

Cam me serre contre lui, je le sens bouger et frotter sa barbe naissante à mon épaule.

– Salut Poteau, dit-il en grattant la tête puis le cou du chat.

– Comment il s'appelle ? je demande sans cesser de caresser la boule de poils.

– Poteau.

J'ai du mal comprendre.

– Tu as dit qu'il s'appelle Poteau ?

– Ouais, répond Cam d'une voix rauque et sexy.

Je ne peux pas m'empêcher de rire. Le chat émet un miaulement agacé, sans doute parce que j'interromps sa session de câlins.

– Tu as appelé ton chat Poteau ?

– Ouais, confirme Cam en me serrant contre lui pour m'embrasser sur la joue.

– Pourquoi ?

– Parce que c'est mon pote. Il est gentil et avenant. Très sociable même, comme tu peux le voir. Il ne te connaît pas, et ça ne l'a pas empêché de se coucher contre toi et de s'endormir. Cela dit, ça prouve aussi qu'il a bon goût.

Cam glousse dans mon dos et je frissonne des pieds à la tête.

Je roule sur le dos sans quitter la chaleur de ses bras et il se redresse sur un coude pour me regarder.

– Ouais, je suppose que son nom lui va bien. C'est le pote de tout le monde.

– Exactement, dit Cam avant de m'embrasser tendrement.

Toutefois, le baiser n'est que de courte durée, car il tend le bras pour saisir son oreiller et le mettre sous sa tête.

– Tu es prête à me parler de ce qui s'est passé ce soir ?

Je pousse un grognement et couvre mes yeux avec mon avant-bras. Il prend ma main, la porte à sa bouche et embrasse chacun de mes doigts. C'est la deuxième fois qu'il fait ça, il ne le faisait pas par le passé. Ça rend son geste encore plus spécial, comme si nous apprenions à nous connaître, découvrant de nouvelles choses à aimer chez l'autre.

Nous restons quelques minutes dans le noir, jusqu'à ce que j'aie le courage de m'ouvrir à lui.

– Je ne suis pas sûre de ce qui s'est passé. Quelque chose s'est niché dans mon ventre et l'a noué, et j'ai eu peur de vomir.

– Suda Kaye, ce n'était pas de simples nausées, donc si tu comptais me faire gober ça, laisse tomber. Tu as eu une crise d'angoisse, ma biche.

Je hoche la tête et me tourne sur le côté pour me concentrer sur son beau visage. Il a beau faire sombre, la lumière de la lune qui pénètre par la fenêtre éclaire suffisamment la pièce pour que je le distingue parfaitement.

– Quelque chose t'a fait peur et je veux savoir quoi.

Je me lèche les lèvres.

– C'est quelque chose que tu as dit. Ça m'a frappée et... je ne sais pas... j'ai craqué. Ça ne m'était jamais arrivé. Jamais. Ça m'a fait peur, c'est vrai. J'ai cru que j'allais vomir ou m'évanouir.

Il hoche la tête et coiffe mes cheveux en arrière.

– Qu'est-ce qui a déclenché ça ?

C'est maintenant ou jamais.

Ici, dans le lit de Camden, je suis en sécurité. Plus rien ne m'empêche d'être honnête avec lui. Rien, en dehors de mes peurs et de mes angoisses. Or, je ne sais pourquoi, aujourd'hui, bien dans ma peau, ayant vécu tout ce que j'ai vécu, je me sens enfin capable d'affronter les conséquences de mes actes.

– Tu as dit que tu aurais été ravi de me suivre à l'époque, et que c'est toujours le cas.

Ses caresses s'arrêtent et il pose sa main sur ma joue.

– Il va falloir que tu m'expliques, ma belle.

– Cam, je suis partie pour découvrir le monde.

– Tu m'as quitté, déclare-t-il d'un ton lugubre.

Je secoue la tête et me redresse pour pouvoir prendre son visage dans mes mains.

– Ce n'est pas toi que j'ai quitté. C'est pour ça que ça a été si difficile, et pourquoi j'ai paniqué ce soir. Je... je...

Les mots m'échappent et, soudain, je suis ramenée à ce jour il y a dix ans, quand j'ai eu dix-huit ans et que j'ai lu la première lettre de ma mère.

♦

Evie me tend la pile de lettres que notre grand-père nous a données à la mort de maman. On les avait gardées dans une boîte, dans le salon. Il nous avait dit de lire la première le jour de mes dix-huit ans, jour où ma sœur fêterait également ses vingt ans. Je m'assois contre la tête de lit matelassée, défais le ruban et prends la première enveloppe.

Sur l'enveloppe rose s'étend sa superbe écriture : Suda Kaye – Dix-huit ans. Je la retourne et découvre qu'elle l'a scellée d'un baiser, ses lèvres sont gravées sur le papier avec un rouge à lèvres coquelicot.

Je ferme les yeux, ouvre l'enveloppe et en sors la lettre. Je me retiens de sangloter en lisant ses premiers mots, consciente que ma sœur est de l'autre côté de la pièce, sur son fauteuil en rotin, découvrant également les mots que lui a laissés notre mère. Je ne veux pas qu'elle ait à s'inquiéter pour moi en ce moment.

Lorsque j'ai repris le contrôle sur ma tristesse, je reprends ma lettre et poursuis ma lecture.

Suda Kaye, ma petite Huutsuu,

Je pars pour ma dernière aventure. Oui, c'est bien plus tôt que je l'aurais voulu, néanmoins, j'ai eu une belle vie remplie de beauté. Dire au revoir à mes filles pour la dernière fois est la chose la plus difficile que j'ai eue à faire de toute ma vie.

Par le passé, je savais toujours que j'allais retrouver mes reines de beauté. Mes fleurs des champs. Mon petit oiseau et mon soleil. À chaque retrouvaille, vous aviez grandi, mais moi aussi. Nous nous racontions nos expériences et nous passions les semaines suivantes à partager notre quotidien et à parler de tout ce que nous avions raté dans la vie de l'autre.

J'ai apprécié chaque expérience.

Profité de chaque instant.

Je vous ai aimées chaque minute de chaque jour.

Toi et Evie êtes mes plus belles réussites. Et j'espère que tu comprends, Huutsuu, que mon besoin d'aventure n'était pas parce que je n'étais pas heureuse d'être votre mère. C'était parce que je voulais pouvoir vous offrir davantage, à ta sœur et toi. J'ai essayé d'être une bonne mère, et au fond de moi, j'ai l'espoir de l'avoir été. Je voulais plus que tout être une mère dont vous seriez fières. Une mère qui avait accompli quelque chose dans sa vie.

Il est vrai que je n'étais pas douée pour les choses traditionnelles, comme l'étaient les mamans de vos amies, mais je vous ai fait découvrir mon monde. La danse. L'art. La musique. Mes expériences.

Et c'est ce que je veux aussi pour toi, Suda Kaye. Je veux que tu découvres le monde. Que tu vives tout ce qu'il y a à vivre et que tu ne pourras jamais connaître dans ton propre jardin.

Je sais que tu aimes Camden. C'est un jeune homme parfait, qui sera sans aucun doute un mari et un père génial. Il travaillera dans l'entreprise familiale et il réussira, les pieds fermement ancrés dans la terre du Colorado. Huutsuu, tu dois choisir... est-ce vraiment ce que tu désires, maintenant, aujourd'hui ?

Ne rêves-tu pas de sentir la terre chatouiller tes orteils ?

Ne souhaites-tu pas voir de tes propres yeux tout ce que la nature peut offrir en dehors de ta ville de naissance ?

Tes doigts ne fourmillent-ils pas à l'idée de vivre une nouvelle expérience à chaque coin de rue ?

Tu as tant à découvrir. Ne vis pas une vie de regrets. Si j'ai appris une chose, au cours de ma courte vie, c'est qu'il faut décider de ce que l'on veut et tout faire pour l'obtenir. Si tu n'es pas sûre de ce que tu veux, suis ton instinct. Enchaîne les expériences jusqu'à ce que tu trouves ce qui te correspond.

Je vous ai laissé, à ta sœur et toi, un héritage. Ma dernière volonté est que tu te serves de cet argent pour parcourir le monde, ma chérie. Vis tout et n'importe quoi, aussi longtemps que tu le pourras. Jusqu'à ce que tu aies tout vécu. Tu sauras quand le moment sera venu de t'arrêter. Comme l'a su ta maman.

Ne laisse pas tes pieds s'enraciner alors que tes ailes peuvent te faire voler.

Le monde t'attend.

Envole-toi. Sois libre.

♦

– Dis-le-moi. Ça fait dix longues années que j'attends, que je me sens coupable parce que, ce soir-là, on avait fait l'amour pour la première fois. Ça fait dix ans que je pense que c'est à cause de moi que tu es partie. Tu n'as pas idée de ce que ça m'a fait ; non seulement de te perdre, de perdre la femme que j'aimais, mais que ce soit juste après qu'on avait consumé notre amour. Je pensais t'avoir blessée. Irrémédiablement.

J'écarquille les yeux et m'assois brusquement, dégageant mes cheveux de mon visage.

– Non ! Mon Dieu, non ! Cam, tu étais tout ce dont j'avais toujours rêvé. Grâce à toi, cette nuit a été merveilleuse. C'était de loin la plus belle et la plus horrible nuit de ma vie.

Il se redresse pour s'appuyer contre la tête de lit.

– Alors pourquoi, Suda Kaye ? Tu as bouleversé nos vies à tous les deux en décidant de partir.

Je ferme les yeux et joue avec mes doigts.

– Parce que je savais que si je restais ne serait-ce qu'un jour de plus, je ne partirais jamais. Tu étais tout pour moi. Je n'avais que toi sur terre, en dehors d'Evie et de Toko. J'étais obsédée par toi.

– Ça ne répond pas à ma question, dit-il en secouant la tête. Et si ce que tu dis est vrai, ça explique encore moins ton départ. Alors dis-moi, insiste-t-il.

– Ok. Maman nous a écrit des lettres, à Evie et moi, durant les six derniers mois de sa vie. Notre grand-père nous les a données quand elle est morte. On devait ouvrir la première le jour de nos anniversaires ; mes dix-huit ans et les vingt ans d'Evie.

– Je te suis, mais ça n'explique toujours rien de nous deux.

Camden parle d'un ton sec, mais sa colère est tout à fait justifiée. Pour être honnête, je trouve qu'il gère bien mieux cette conversation que ce à quoi je m'attendais, après ce que je lui ai fait.

– Écoute-moi, j'y viens, je dis, et il hoche la tête. Lorsqu'on a eu ses lettres, on a aussi reçu l'héritage qu'elle nous laissait. À l'époque, on avait environ deux cent cinquante mille dollars chacune.

– Waouh, je ne savais pas.

– Moi non plus, jusqu'à ce que Toko nous donne les lettres et le document de son assurance vie. Maman voulait qu'on dispose de l'héritage tout de suite. Et dans sa lettre, elle m'encourageait à me servir de cet argent pour voir le monde, pour vivre toutes les expériences dont j'avais toujours rêvé. Il faut que tu comprennes que toute ma vie, maman m'avait rempli la tête de tous les merveilleux endroits qu'elle avait visités, de toutes les choses incroyables qu'elle avait faites, et j'étais obnubilée par chacune de ses anecdotes. Je ne voulais rien de plus que faire exactement comme elle, les découvrir par moi-même, de mes propres yeux.

– Merde, soupire-t-il en pliant une jambe.

J'ai beau savoir que ça ne lui plaît pas, je poursuis néanmoins.

– Quand j'ai su que sa dernière volonté était que je parcoure le monde, j'ai dû choisir entre décevoir ma mère, que je venais de perdre et que j'ai voulu imiter toute ma vie, et quitter l'homme que j'aimais, qui voulait m'offrir une vie tout à fait différente. Une vie tranquille et stable à Pueblo. Sans parler du chemin qui était déjà tout tracé devant toi, dans l'entreprise familiale. Je ne pouvais pas te forcer à choisir ; je ne voulais pas te mettre dans cette position.

Soudain, Cam me saisit par la taille et m'attire à lui pour m'asseoir sur ses genoux.

– Suda Kaye, je serais allé n'importe où, j'aurais dépensé n'importe quelle somme d'argent et j'aurais tourné le dos à ma famille si ça m'avait permis d'être avec toi.

Mes yeux se remplissent de larmes, qui coulent lentement sur mes joues.

– Mais je ne voulais pas que tu aies à faire ce choix.

– Tu aurais dû me donner la possibilité de choisir. Quand tu es partie, j'étais anéanti. J'allais voir Evie tous les jours, qui souffrait aussi parce qu'après avoir perdu sa mère six mois avant, sa sœur était partie aussi. Je regrette que tu ne m'aies pas parlé. Tu aurais dû me dire la vérité. Tu aurais dû m'offrir une place dans ton avenir, comme on l'avait toujours rêvé, dit-il, les yeux brillants de larmes.

Je plonge mon regard dans le sien.

– On forme un sacré couple, toi et moi, dit-il. Ça aurait pu être si différent. On aurait pu trouver un moyen de te permettre de voler sans que tes pieds ne quittent la terre. On aurait pu tout avoir, Suda Kaye. Peut-être qu'on aurait pu voyager tous les deux mois avec ton argent, et entre-temps, j'aurais travaillé avec mon père.

– Je ne pouvais pas me douter que tu étais prêt à faire ça. Tu n'as jamais parlé de voyager. Tu voyais ma mère partir sans cesse, et tu détestais qu'Evie et moi subissions ça. Tu me répétais tout le temps que c'était égoïste de sa part.

– Oui, parce que les ados ont besoin de leur mère. Et en fin de compte, quand elle a arrêté de voyager, c'était trop tard.

– J'ai pris tout ce qu'elle avait à offrir, Cam. Et pour moi, c'était suffisant.

– Mais tu ne vois pas que c'est faux ? demande-t-il en secouant la tête. Si c'était le cas, tu ne serais jamais partie comme tu l'as fait. C'était lâche, et ça a bouleversé nos vies à tous les deux. Je n'ai jamais eu la possibilité de te choisir, de me battre pour toi. Tu ne vois pas à quel point c'est tordu ? Tu as disparu en pleine nuit, après la première fois que je t'ai fait l'amour. Pourquoi tu as fait ça ?

Je suis secouée par les sanglots.

– Parce que je voulais faire l'expérience de ton amour au moins une fois. Une fois, pour en garder à jamais le souvenir. Et pendant dix ans, ça a été le plus beau de mes souvenirs.

– Ma biche...

Sa voix est chargée d'émotion, et il m'attire à lui pour nicher mon visage dans le creux de son cou, me serrant fort dans ses bras.

– Alors ce soir, tu as compris que tu aurais pu m'avoir moi, mais aussi tes aventures, et c'était une vérité trop dure à supporter ?

Je hoche la tête contre lui et sanglote de plus belle, toute pantelante, libérant des années de tristesse et de remords.

Camden me tient contre lui et moi je pleure, je tremble, je libère toute cette souffrance. Il ne me lâche pas une seconde.

Au bout d'une bonne demi-heure, je finis par me calmer, et nous restons silencieux un moment, dans les bras l'un de l'autre.

– L'orage est passé, ma biche ?

J'acquiesce timidement.

– Regarde-moi, chérie.

Je ravale ma peur et ma peine et me concentre sur son regard.

– Je t'aimais à l'époque. Je t'ai aimée pendant ton absence. Et je t'aime toujours maintenant. Notre amour n'est pas de ceux qui s'éteignent à la moindre brise. Il s'est peut-être caché pendant dix ans, mais il est ressorti de sa tanière et il brille comme mille soleils. Et, ma biche, il ne repartira plus, déclare-t-il en prenant mon visage dans ses mains. Maintenant, je comprends pourquoi tu as fait ce que tu as fait, mais je regrette quand même que tu ne te sois pas confiée à moi. Que tu ne m'aies pas donné la possibilité de faire partie de l'aventure. Toutefois, on ne peut pas revenir en arrière. On peut seulement avancer. Le cœur a ses raisons, et c'est toi que veut le mien. On s'en remettra.

Mes larmes continuent de couler, il les essuie avec ses pouces.

– Mais... mais... on serait déjà mariés, et on aurait déjà des enfants, et...

La liste de tout ce qu'on aurait déjà pu accomplir est infinie.

– Suda, tu as vingt-huit ans, pas quarante-huit. On a le temps de se marier et d'avoir les bébés dont on a toujours parlé, et on a le reste de notre vie pour le faire. On a vécu dix ans loin l'un de l'autre, à faire les expériences qu'on avait besoin de vivre. Pour être honnête, à l'époque, j'aurais très bien pu être égoïste et anéantir ton rêve de voir le monde pour satisfaire mes propres désirs, qui étaient de répondre aux attentes de mon père. Je ne peux pas te laisser porter toute la souffrance de notre passé. Tu es devenue la femme que ta mère voulait que tu sois, et comme je l'ai dit, elle serait fière de toi. Je le suis, moi aussi. Et si je n'ai pas fait partie de ta vie pendant ta découverte de toi-même, je suis là, maintenant. Et puis, on est plus âgés, plus malins, plus matures, et on a l'argent pour faire tout ce qu'on veut, quand on veut.

Je ricane, ravie qu'il fasse des blagues alors qu'il pourrait me crier dessus et me faire culpabiliser encore plus pour ce que je lui ai fait.

– Maintenant que je sais pourquoi tu es partie, je ne suis plus en colère.

– C'est vrai ?

– Oui. Je suis juste triste. Je suis triste que tu ne m'aies pas parlé de ce que tu as traversé en recevant les lettres de ta mère. Si j'avais su, on aurait eu une tout autre conversation, et j'aurais pris soin de toi. Tu avais dix-huit ans. La dernière volonté de ta mère était que tu parcoures le monde comme elle. Je ne peux pas t'en vouloir d'avoir choisi de l'écouter. À ta place, je ne sais pas ce que j'aurais fait. Je suis vexé que tu ne te sois pas confié à moi. Je suis triste qu'on ait raté dix superbes années ensemble, mais qui sait ce qui aurait pu se passer ? Maintenant, on est adultes. On a des responsabilités. Des familles. Et surtout, on est l'un avec l'autre. Aucun nuage ne plane plus au-dessus de nos têtes. Et on sait tous les deux ce qu'on veut.

– Dit comme ça, tourner la page a l'air hyper-simple.

– Ça l'est.

Je déglutis et essuie mes larmes.

– Je t'ai blessé et j'ai tout gâché.

Camden pose sa main sur ma nuque et me force à le regarder.

– Non, ma belle, tu as fait un choix. Et oui, ça m'a fait mal. Très mal. Je t'aimais, tu le savais. Je t'aime toujours. On ne peut pas changer ce qui s'est passé, mais on peut se concentrer sur ce qu'on fait maintenant. Tout de suite. Dans ce lit. Ensemble, on peut prendre une décision.

– Laquelle ?

– De ne plus perdre de temps. De ne plus laisser personne s'immiscer entre nous et nous empêcher d'être heureux. De profiter de ce nouveau départ. D'être honnêtes l'un envers l'autre à propos de nos besoins, de nos désirs, de nos rêves. Ensuite, on s'attellera ensemble, à deux, pour les concrétiser.

– Dans ta bouche, tout ça a l'air si simple.

– Parce qu'être avec toi est simple. Vouloir passer le reste de ma vie avec toi est simple. T'aimer est simple. Tant que je suis avec toi... je suis heureux.

– Et tout le reste est dans le passé, je chuchote d'une voix tremblante.

– En gros, ouais, acquiesce-t-il. Je pense qu'il faut qu'on en parle, mais on peut décider tout de suite de ne pas laisser le passé nous éloigner. On peut décider de ne pas laisser le passé gâcher la simplicité, l'évidence de notre amour. On doit accepter notre passé et ne pas le laisser définir qui nous sommes aujourd'hui.

– Je n'ai jamais aimé un autre que toi. Mon cœur et mon âme n'ont toujours été qu'à toi, Cam. Toujours, je déclare subitement.

Il sourit jusqu'aux oreilles, entoure ma taille avec son bras et glisse son autre main sous mes fesses.

– Alors, j'accepte volontiers ton cœur et ton âme et t'offre les miens en échange.

Sa main plonge dans mes cheveux.

– Je les protégerai, cette fois. Je te le promets.

Sa bouche survole la mienne et je gigote sur lui, prête à prendre tout ce que cet homme peut m'offrir et à lui donner en retour tout ce que j'ai.

– Je te fais confiance, dit-il avant de couvrir ma bouche avec la sienne et de sceller notre promesse par le plus beau des baisers.

CHAPITRE 17

Une semaine plus tard, je papillonne dans ma boutique qui est presque terminée. Les étagères sont montées, les présentoirs ont été livrés, les murs sont peints et des cartons sont empilés le long des murs, prêts à être vidés.

– Merci du fond du cœur, sœurette, d'avoir posé deux jours pour m'aider à tout mettre en place, je dis à Evie qui est en train de fouiller dans un carton de kimonos en soie multicolore.

Elle en sort un de couleur vert sapin avec des fleurs de cerisier dans le dos et sur les bras. Elle le pend sur un cintre et l'ajoute au portant circulaire.

– Je t'ai dit que je t'aiderais autant que possible, du moment que tu ne me demandes pas de m'occuper des comptes. Je suis ravie que Cam soit là pour superviser ça.

J'ouvre un petit carton contenant des bracelets en cuir clouté, qui devraient séduire les motardes qui font souvent escale en ville. Mon but est d'avoir de quoi plaire à tout le monde.

Une fois que j'ai déposé les bracelets sur un présentoir en velours noir, j'ouvre un autre carton, contenant cette fois des bagues sublimes que j'ai dégotées chez une créatrice en Arizona. Elle travaille surtout avec de l'argent, de l'or et des pierres semi-précieuses. J'ai aussi trouvé un artisan qui fabrique des serre-livres en géode hyper-cool, que je compte présenter à côté d'autres pièces uniques pour la maison, comme des vases ou des sculptures.

– Ouais, il a vraiment été top. Mais cette semaine, il est sous l'eau au boulot. Cela dit, il ne serait sans doute pas d'une grande utilité pour la mise en place de trucs qu'il trouve trop girly, de toute façon.

Evie glousse en accrochant le dernier kimono sur un cintre.

– Tu mets quoi d'autre sur ce portant ?

Je désigne le carton que j'ai déjà ouvert.

– Les débardeurs, là. Ils iront très bien avec les kimonos. Si tu peux mettre un des tops sous un kimono et y ajouter une des ceintures, ce serait parfait. Peut-être la marron avec la turquoise sur la boucle.

– C'est une super-idée. Très avant-gardiste, tout en étant Colorado-chic !

– Merci ! Maintenant, dis-moi, tu as des nouvelles de Milo Musclor ?

Evie se crispe et ne bouge plus. Je devine à son langage corporel qu'elle n'est pas contente, mais je connais ma sœur. Lorsque je la vois se redresser et lever le menton, je sais qu'elle s'apprête à éviter la discussion. Et je comprends que la situation, justement, ne lui plaît pas.

– Ben, je l'ai croisé dans un restau, à Colorado Springs. J'étais avec un client et il était avec...

– Avec... je dis en agitant la main pour lui dire de poursuivre.

Elle déglutit et sa mâchoire se crispe.

– Il déjeunait avec sa femme, déclare-t-elle froidement.

Sa femme ?

– Quoi ? Comment c'est...

Evie lève la main, m'intimant de me taire.

– Mon client et moi sommes allés les saluer et Milo a eu l'air très mal à l'aise.

– Il t'a présentée à sa femme ? Mon Dieu, c'est horrible.

– Non, répond Evie en secouant la tête. La petite blonde s'est levée d'elle-même, avec ses boucles sublimes et son corps de rêve, et elle s'est présentée en disant qu'elle était sa femme. Kimberly.

– Quoi ? Je ne savais pas qu'il était marié ?

Evie rouspète et dégage ses cheveux de ses yeux.

– Le pire, c'est qu'il avait l'air dégoûté qu'elle se présente. Il a fusillé mon client du regard, comme s'il pensait que c'était mon rencard, alors que lui déjeunait avec sa femme !

– Je suis désolée, sœurette. Ça a dû être dur...

– Non, non. Pas du tout. Ça fait peut-être mille ans que j'ai le béguin pour lui, mais ça a toujours été à sens unique. Il ne m'a jamais draguée, ne m'a jamais laissé penser qu'il me voyait autrement que comme une amie. Et maintenant, je sais qu'on ne sera jamais plus que ça.

– Euh... je n'en suis pas si sûre. Moi, il m'a clairement laissé entendre que tu lui plaisais. Il t'appelle même nizhóní. Il t'a toujours appelée comme ça, non ?

– Tu parles, dit-elle en ricanant sèchement. Il ne m'a pas appelée comme ça quand il était assis avec le double d'Heather Locklear.

– Aaah, alors il aime les blondes ?

Evie se tourne vers moi, le regard assassin, et je lève les deux mains vers elle en signe de capitulation.

– Désolée, sœurette, mais si sa femme ressemble à Heather Locklear...

– Quoi ?

– Meuf, tu n'as pas conscience d'être le sosie de Blake Lively ?

– On me l'a déjà dit, mais je ne vois pas le rapport avec Milo et sa femme.

– Ben, Heather Locklear pourrait clairement jouer la mère de Blake Lively dans un film, non ?

Evie continue de me regarder sans comprendre.

– Meuf, Milo aime un certain type de femmes, les blondes aux yeux bleus.

– Sauf que sa femme est petite, avec le corps de Jessica Rabbit.

– Et alors ? Tu incarnes le fantasme de tous les mecs. Tu es grande, fine, avec de magnifiques petits seins et des jambes infinies. Et tes cheveux sont les plus beaux que j'ai jamais vus, longs, épais, avec des boucles sublimes. Et la calvitie ne te guette pas !

– Waouh, merci, frangine ! Super-compliment : t'as pas grand-chose niveau boobs, mais t'es grande et tu ne seras jamais chauve.

On éclate de rire. Lorsqu'on reprend notre sérieux, je marche vers elle et pose mes mains sur ses épaules.

– Je suis sincèrement désolée pour Milo.

– Ouais, moi aussi. Je suppose que c'est la fin de mon béguin d'enfance.

– Ça veut surtout dire qu'il est enfin temps que tu sortes et rencontres des mecs ! je m'exclame en lui mettant un coup de hanche.

– Tu as un mec, sœurette, et je doute qu'il accepte que tu m'accompagnes dans les bars pour draguer.

– Il s'en remettra, je réponds en grimaçant. On pourrait aller à la brasserie de Porter. Les mecs adorent la bière. Nous aussi. Et on adore les mecs. Si on va chez Porter, Cam ne pourra rien dire.

– Je ne sais pas, répond Evie en fronçant les sourcils. Je ne suis pas sûre d'être d'humeur à ça.

– Trop tard. J'ai déjà pensé à la robe parfaite pour toi. Et elle est canon, je déclare en souriant.

– Ah non, c'est mort. Hors de question que tu me déguises.

– Eh, tu oublies que j'ai un goût irréprochable, je réponds en lui montrant le portant de kimonos. Je viens de recevoir de superbes robes-nuisette en soie. J'en ai mis une couleur orange sanguine la semaine dernière, pour mon rencard avec Camden, et c'est le soir où on a enfin réglé nos problèmes. Quand il m'a vue, il n'a pas perdu une seconde pour me prendre par-derrière. Sans me déshabiller.

– Bon sang... Préviens-moi avant de dire ce genre de chose, dit ma sœur en s'éventant avec sa main.

– C'est hot, hein ? je réponds en souriant, et mon sang s'embrase rien que d'y repenser.

Evie hoche la tête.

– Ouais, carrément. Tu en as en d'autres coloris ?

Je souris jusqu'aux oreilles.

– Voilà, ma Taabe. Mon rayon de soleil par une journée sombre.

– Je suis tellement contente que tu sois rentrée, Kaye, admet-elle de but en blanc.

– Pas autant que moi ! Je ne sais pas pourquoi, mais j'ai l'impression que tout est désormais en ordre. Je suis ici, j'ouvre une boutique, je me suis remise avec Cam et tu fais de nouveau partie de mon quotidien. Mon cœur est comblé, je suis à ma place.

Evie se mord la joue et hoche la tête, le signe qu'elle se retient de dire quelque chose.

– Quoi ? je demande. Allez, pas de secrets, on s'est promis de tout se dire, tu te souviens ?

– Et si ta place avait toujours été ici et que tu n'aurais jamais dû partir ?

Je frissonne.

– Je ne le saurai jamais. Tout ce que je sais, c'est ce que je ressens maintenant.

Je suis sur le point de changer de sujet, mais Evie insiste.

– Et si tu ne ressens plus la même chose dans un an ? Il se passera quoi ?

– Evie, on ne peut pas prédire l'avenir. Il ne sert à rien de vivre en se souciant de ce qui peut arriver ou non. Chercher constamment des raisons de m'inquiéter n'aura pour résultat que d'enlever toute la beauté de ce que je vis maintenant. Et puis, Camden et moi nous sommes mis d'accord pour profiter de l'instant présent, de cette nouvelle étape dans nos vies.

– Donc, vous ne faites aucun plan pour l'avenir.

– Mon avenir est dans cette boutique, dans ta vie et dans celle de Cam. Je m'y suis engagée. Je ne sais pas de quoi demain sera fait et je ne vais pas m'en inquiéter. Je vais seulement me soucier de ce que je peux faire pour qu'aujourd'hui soit une journée merveilleuse. Ça ne veut pas dire que je n'espère pas que le futur sera génial. C'est juste que je ne veux pas stresser en y pensant. Se faire du souci pour des choses qui ne se sont pas produites est une perte de temps. Je préfère prendre le temps de profiter de chaque nouvelle journée qui s'offre à moi.

Evie hoche la tête, puis elle soulève le carton pour le rapprocher du portant.

– Ça va aller ? Tu sais, après ce truc avec Milo ?

Elle me sourit tendrement ; c'est à la fois sublime et infiniment triste.

– Bien sûr. C'est juste décevant, chuchote-t-elle.

– Je suis là pour toi, sœurette.

– Et je t'en remercie, dit-elle en souriant de plus belle. Maintenant, mets-nous de la musique et finissons de préparer la boutique !

– Ça roule.

Je souris jusqu'aux oreilles et file à la caisse pour allumer la chaîne hi-fi.

– Tu veux écouter quoi ?

– Je ne sais pas, quelque chose qui nous motive.

– Tu ne préfères pas que j'ouvre une bouteille de vin ?

Elle éclate de rire et je souris en me disant que c'est en fait une super-idée. Je zappe entre les stations radio en faisant l'inventaire de ce que contient mon frigo, réalisant soudain que j'ai une bouteille de champagne. Je m'arrête sur une station pop-rock qui passe « Soak Up the Sun » de Sheryl Crow, et je monte le son à fond.

Il est temps de soutenir ma frangine en picolant !

♦

– Putain, quelle énergie... bon sang ! grogne Camden contre ma bouche tandis que je me rassois sur sa verge et que des étoiles éclatent derrière mes paupières closes.

Je crie et laisse mon orgasme m'embraser alors que Camden mord mon épaule et se crispe de plaisir à son tour.

Entrelacés contre la tête de lit, nous restons pantelants un long moment, redescendant lentement de notre fantastique partie de jambes en l'air.

Après quelques minutes à l'embrasser et à le mordiller dans le cou, je reprends le contrôle de mon corps malgré le brouillard de sexe alcoolisé, et je recule pour le regarder.

Ses yeux sont mi-clos et son corps alangui.

– Je vais te faire boire plus souvent, ma biche. Je n'avais jamais fait ça avec toi, et ça me plaît. Je veux le faire plus souvent. Très bientôt, même.

Je souris et baisse la tête pour l'embrasser langoureusement et mordiller sa lèvre.

– Mmm, ça peut s'arranger...

– Bon sang, tu es vraiment sauvage quand tu as bu quelques verres. J'aime ça.

Je glousse et lui fais un bisou rapide sur la bouche.

– Je reviens.

Je file dans la salle de bains pour enfiler la nuisette rose pâle qui m'attend sur le crochet.

Quand je reviens, Camden n'est plus au lit. Le frigo est ouvert, illuminant la cuisine de sa lumière jaune, mais surtout Camden vêtu d'un simple boxer. Miam, je vais pouvoir le déshabiller une deuxième fois.

Je marche jusqu'à lui et entoure sa taille de mes bras, par-derrière, caressant son torse musclé et ses abdos parfaits. Je l'embrasse du creux des reins jusqu'à la nuque, puis sur l'épaule où s'étend son tatouage. Il mord dans une fraise et en saisit une poignée.

– Quand est-ce que tu t'es fait tatouer ? je marmonne, mes lèvres toujours sur sa peau.

– Quand j'ai fini la fac et que j'ai passé l'été à Hawaï. Je savais que j'allais bosser dans l'entreprise familiale, donc j'ai voulu m'offrir un été rien que pour moi. J'ai fait le tatouage là-bas, pour symboliser ce tournant dans ma vie, où j'étais, où je comptais aller et ce que j'ai laissé derrière moi.

– J'aurais dû être là pour toi, je dis en retenant mes larmes.

J'appuie mon front sur son épaule, pleine de regrets pour ce temps que je ne pourrai jamais récupérer, même si on a pris un nouveau départ ensemble.

– Tu l'étais.

Je lève la tête en fronçant les sourcils.

– Comment ça ?

– Tu es dans le tatouage.

Je fais un pas en arrière et tends son bras, suivant les traits du dessin du bout du doigt.

– Où ça ?

Il sourit et lève le bras plus haut. Sur le biceps, au milieu des motifs tribaux polynésiens, il y a un oiseau de style amérindien qui n'a rien à voir avec le reste. Les ailes de l'oiseau sont déployées, sa tête est tournée sur le côté et son corps est couvert de motifs. La queue se termine en quatre plumes pointues, sous lesquelles je découvre des lettres empilées. La rangée du haut épelle S-U-D-A, celle du dessous K-A-Y-E.

Cette fois, je ne peux pas empêcher mes larmes de couler, et je me penche en avant pour embrasser le merveilleux dessin.

– Tu m'as gardée avec toi.

– Près de mon cœur. Quand je pose mon bras sur ma poitrine, l'oiseau est pile au-dessus de mon cœur. Et personne ne peut le voir à moins de regarder sous mon bras, parce que ce tatouage, et surtout mon petit oiseau, ne sont que pour moi.

– Bon sang, Cam...

Je me mets sur la pointe des pieds et le prends dans mes bras pour l'embrasser, déversant tout mon amour dans ce baiser. C'est un baiser d'amour perdu et retrouvé, un baiser pour guérir et apaiser, un baiser de regret mais surtout d'engagement.

– Je ne te dirai plus jamais au revoir. Je te le promets.

– Et je ne te laisserai pas rompre ta promesse, ma biche.

On est sur le point de s'embrasser de nouveau lorsqu'une sirène stridente retentit. On se tourne tous les deux vers le reste de la pièce, fouillant l'obscurité.

– C'est quoi ce bordel ?

– C'est l'alarme, répond Cam. Quelqu'un l'a déclenchée.

– Mon Dieu ! On essaie de me cambrioler ?

– Je ne sais pas. Appelle la police. Je vais voir.

Il se précipite vers le lit et enfile son pantalon.

– Non, Cam, attends que la police arrive.

– Ça prend trop de temps. Ne t'en fais pas, ça va aller, dit-il en me prenant par la nuque pour m'embrasser.

– Attends ! je crie en courant vers le lit pour sortir la batte de base-ball que j'ai cachée dessous. Tiens !

– Pourquoi tu as ça sous ton lit ?

– Au cas où. J'habite toute seule, faut bien que je puisse me défendre.

Il gonfle ses poumons et attrape la batte avant d'ouvrir la porte. Il regarde au pied des escaliers et secoue la tête.

– Appelle les flics.

Je cours vers la table de chevet et prends mon téléphone pour composer le 911, je tombe tout de suite sur une opératrice.

– Oui, je m'appelle Suda Kaye Ross, et j'habite au-dessus de Gypsy Soul, sur Main Street. On pense que quelqu'un est entré par effraction. L'alarme vient de se déclencher.

L'agent de police valide mon adresse et me dit qu'une patrouille est en route et sera là dans quatre minutes.

– Dépêchez-vous !

Je me précipite de nouveau en haut de l'escalier, mais ne vois rien.

– Merde, merde, merde !

Soudain, l'alarme s'éteint et mon cœur cesse de battre.

– C'est bon, Suda Kaye ! Tu peux descendre ! crie Cam en contrebas.

Je dévale l'escalier aussi vite que possible et m'arrête brusquement en voyant la porte d'entrée ouverte et Cam sur le trottoir, son regard assassin rivé sur la vitrine.

Je me faufile entre les cartons pour le rejoindre. Il est crispé des pieds à la tête et ses traits sont furieux. Je tourne la tête vers la vitrine et comprends aussitôt pourquoi.

Je me mets à trembler, pas de peur, mais de colère. La vitrine est fissurée, comme si quelqu'un l'avait frappée avec une batte, mais ce n'est pas ce qui me fait bouillir de rage.

De grosses lettres rouges sont peintes sur le verre, avec un message on ne peut plus clair :

LA VENGEANCE EST UNE SALOPE COMME TOI

Il n'y a qu'une personne qui pourrait me détester au point de faire ça.

Brittney.

– Je vais la tuer, siffle Camden. Elle pense avoir vécu le pire quand mes parents ont parlé aux siens ? Je vais la ruiner.

Je suis stupéfiée par ce que je vois. Tout ce travail envolé, brisé en mille morceaux.

– Comment je vais réparer ça à temps ? Il va falloir que je repousse l'ouverture.

– Hors de question. J'appellerai tous mes contacts et paierai n'importe quelle somme pour qu'elle soit réparée à temps. Ne t'inquiète pas, ma belle. Je suis là pour toi, dit-il en me prenant dans ses bras.

– Mais chéri, c'est une vitre fabriquée sur-mesure...

– Je suis là, insiste-t-il en me serrant plus fort.

Un bruit de sirènes nous parvient dans le vent et, bientôt, des lumières bleues illuminent la rue. Quand les voitures s'arrêtent devant la boutique, je réalise que je suis en nuisette et Cam torse nu. Démoralisée, je me blottis contre lui et m'accroche à la seule certitude que j'ai, Camden.

Ses paroles résonnent dans mes oreilles, mais je ne sais pas si elles sont dans ma tête ou si c'est lui qui les répète, son menton appuyé sur mon crâne. Quoi qu'il en soit, je me concentre sur la seule conviction que j'ai en cet instant.

Je suis là.

CHAPITRE 18

Une fois que la police a enregistré ma plainte, Cam me traîne à l'étage pour qu'on s'habille.

– Prépare un sac, ordonne-t-il.

J'enfile un pull et le regarde boutonner sa chemise.

– Pourquoi ? On devrait essayer de dormir, même si ça s'annonce impossible, je soupire en coiffant mes cheveux en arrière.

– Justement. Tu ne vas pas rester ici et tu ne vas pas y dormir pendant un moment. Peut-être même jamais, si j'ai mon mot à dire.

– Oh oh oh, je dis levant les mains et en avançant vers lui. On sait à qui on a affaire, une pauvre croqueuse de diamants dont les manigances ont été dévoilées au grand jour et qui a enfin été remise à sa place. Elle est en colère, c'est tout. Heureusement pour moi, mon associé a de super-contacts qui vont m'aider à régler le problème. Mais je n'ai pas peur d'elle, Cam.

La mâchoire de Cam se contracte, il prend un ton on ne peut plus sérieux.

Je sens qu'il s'impatiente.

– On ne la connaît pas vraiment, Suda Kaye. Ce n'est peut-être que le début. Il est hors de question que tu sois seule ici alors qu'on ne sait pas ce qu'elle prépare. Si elle est assez tordue pour m'avoir manipulé pour que je l'épouse, elle est capable de tout. Je ne suis pas prêt à risquer ton bien-être, je te le dis très sérieusement.

Je fais un pas vers lui et pose mes mains à plat sur son torse.

– Je vais bien, il ne va rien m'arriver.

Il me prend par la taille.

– Je sais, parce que je vais m'en assurer. Maintenant s'il te plaît, prépare un sac.

Je secoue la tête, prête à refuser, mais il me serre plus fort contre lui et me regarde dans les yeux.

– Je viens juste de te récupérer. Je ne laisserai rien entraver notre bonheur ou ta sécurité. S'il te plaît, ma biche. Fais ça pour moi, dit-il d'une voix torturée.

Je suis tiraillée, mais je me rends finalement compte qu'il ne me demande pas grand-chose.

– D'accord, je veux bien, pour l'instant. Je resterai chez toi jusqu'à ce qu'on ait réglé le problème avec Brittney.

Camden soupire et m'embrasse tendrement.

– Merci, ma puce.

– Il va falloir que tu me lâches si tu veux que je prépare mes affaires, je réponds en riant.

– Prends un gros sac, dit-il en retrouvant son sourire.

– En attendant, qu'est-ce qu'on va faire pour la vitrine ? On ne peut pas laisser ça comme ça, à la vue des passants.

Il fronce les sourcils et sort son téléphone.

– Tu as raison. J'ai une idée. Occupe-toi de ta valise, je m'occupe de la vitre.

J'ouvre mon armoire et Camden passe un coup de fil.

– Kyson, salut, c'est Camden Bryant. Désolé de t'appeler aussi tard. Gypsy Soul a été vandalisé... ouais, la vitrine a été cassée et des insultes peintes dessus. Quoi qu'il en soit, j'ai besoin de remplacer la vitre dès que possible. Tu as des contacts ?

Camden reste silencieux un moment tandis que Kyson lui répond.

– Ce serait super. Merci. Et, Kyson, je te revaudrai ça.

J'ai bien noté dans ma petite tête que Camden est prêt à être redevable à Kyson, mais pour l'instant je me concentre sur ma valise que je remplis de jeans, de robes, de sandales et de débardeurs ainsi que de sous-vêtements, sans oublier ma trousse de toilette.

Je ne sais pas quoi penser de Brittney. Est-ce qu'elle a fait ça sur un coup de tête et va s'arrêter là, ou est-ce qu'elle manigance autre chose ? Techniquement, c'est moi qui ai foutu en l'air le plan qu'elle avait savamment concocté pour remporter le gros lot. Je suppose qu'elle est dégoûtée que tout ne se soit pas passé comme prévu, et surtout que le gros lot en question soit désormais entre mes mains.

J'ai dit à Cam qu'il n'allait rien m'arriver, mais maintenant que j'y pense, je me demande si Brittney en a vraiment fini avec moi. J'ai connu des femmes comme elle, par le passé, donc j'en doute.

Je suis en train de réfléchir à tout ça lorsque Camden raccroche.

– Kyson dit qu'il va appeler à la première heure l'artisan qui a installé la vitrine pour lui demander d'en préparer une nouvelle. Et il vient tout de suite pour évaluer les dégâts et trouver une solution pour que la boutique reste présentable.

– Merci, je soupire, soulagée.

– Ce n'est pas moi que tu dois remercier. Si ce qu'il dit est vrai et qu'il peut obtenir un miracle de l'artisan, on lui sera redevable, répond-il d'un ton sec.

– Et tu n'aimes pas ça, hein ?

Il secoue la tête.

– Alors, pourquoi tu l'as appelé ?

– Parce qu'il n'y a rien que je ne ferais pour m'assurer que tu es heureuse et en sécurité. Kyson connaît l'immeuble par cœur, et il est réputé dans la région. Il a beau ne pas être mon meilleur pote, il est le mieux placé pour nous aider.

Je lâche le pull que je tenais et je marche vers Cam pour le prendre dans mes bras.

– Je t'aime.

Il inspire longuement, le nez dans mes cheveux.

– Mon Dieu, tu ne sais pas combien j'avais besoin de l'entendre, ma biche. Je t'aime aussi. Rentre avec moi, Suda Kaye. Allons nous reposer. On a une grosse journée devant nous.

♦

Je regarde la vitre brisée qui est désormais cachée par une grande bâche rouge, et je me dis que Camden avait raison à propos du travail qui nous attendait aujourd'hui.

Kyson passe la porte, un rouleau de gros scotch marron à la main.

– Salut, dit-il en venant vers moi pour me prendre dans ses bras. Bon sang, je suis content que tu ailles bien, ma douce.

Je me détends un peu dans ses bras, Camden se racle la gorge derrière nous.

Je souris et fais un pas en arrière.

– Merci, Kyson, je dis en désignant la vitrine. Merci pour tout.

– Je suis juste soulagé qu'il ne te soit rien arrivé.

– Tu as du nouveau concernant la vitrine ? demande Camden en passant un bras autour de mes épaules, m'attirant contre lui.

Si ça, ce n'est pas marquer son territoire... Mais ça ne me dérange pas. Ça m'a manqué pendant tout ce temps. Et à ce stade, je ferais n'importe quoi pour passer le restant de mes jours dans les bras de Camden Bryant.

Kyson ne manque pas de remarquer le geste de Cam et sourit d'un air narquois.

– Ouais, le mec est venu à la première heure. Il a pris les mesures et il prépare une nouvelle vitrine. Par chance, le gérant de la boutique d'en face l'a appelé récemment et il était en train de lui fabriquer de nouvelles vitres qui sont quasiment identiques à celles-ci. Comme il est en avance sur la rénovation d'en face, je l'ai convaincu de nous les filer. Mais ça va coûter une jolie somme.

– Pas de souci, répond Camden en hochant la tête. Est-ce qu'il a dit que ça pouvait être fait avant l'inauguration du week-end prochain ?

– Ouais, ce sera fait dans deux jours.

– Deux jours ? je m'exclame en sautillant sur place. C'est génial !

Et je fais une petite danse en rond, remuant les fesses sous le regard amusé des deux hommes.

Toutefois, ma petite célébration prend fin lorsque la Porsche noire de ma sœur s'arrête devant Gypsy Soul dans un crissement de pneus et qu'Evie en sort en courant, se jetant sur moi pour me prendre dans ses bras.

– Mon Dieu, Kaye ! Est-ce que ça va ? demande-t-elle.

– Frangine, tu m'étouffes.

Je fais un pas en arrière et la tiens à bout de bras. Je réalise alors qu'elle est en pyjama, sans maquillage, et surtout qu'elle est encore chaussée de pantoufles.

– Bon sang Evie, oui, ça va, qu'est-ce qui t'arrive ? je m'étonne en découvrant son regard angoissé. Tu as l'air de nager en plein cauchemar, sœurette, qu'est-ce qui se passe ?

Elle me regarde d'un air paniqué et elle frotte mes bras jusqu'à ce que je saisisse ses mains pour l'arrêter.

– Je... j'ai reçu un sms avec une photo de ta vitrine.

– Un sms ? Je ne t'ai rien envoyé, moi. C'est toi, Cam ?

Il secoue la tête.

– Kyson ?

– Je n'ai pas le numéro de ta sœur, ma douce.

– Alors, comment elle a pu recevoir un sms ? Montre-moi ton téléphone, Ev.

– Il est dans la voiture, dit-elle, les larmes aux yeux. J'ai eu peur qu'il te soit arrivé quelque chose. Je viens juste de te récupérer et... et... j'ai eu tellement peur... sanglote-t-elle.

Je l'attire dans mes bras et la serre fort contre moi.

– Va chercher son téléphone, Cam.

Il hoche la tête et marche jusqu'à la voiture d'Evie. Je caresse la tête de ma sœur, lui chuchotant dans l'oreille que tout va bien, lui assurant qu'il ne m'est rien arrivé. Elle finit par se calmer et respirer lentement et, enfin, elle me libère de son étreinte.

– C'est quoi ton mot de passe ? demande Cam.

– M-I-L-O, euh... je veux dire 6456 !

– Ton mot de passe est *Milo* ? T'es sérieuse ? je demande en la prenant par la taille.

– Tais-toi, rouspète Evie en croisant les bras.

De son côté, Cam est concentré sur le téléphone de ma sœur, et je le vois se crisper des pieds à la tête. Il serre les poings, sa mâchoire se contracte et sa colère devient palpable, me faisant reculer d'un pas.

– Quoi ? je chuchote d'une voix rauque. Qu'est-ce que c'est ?

– Sous la photo, il y a écrit « T'es la prochaine, espèce de garce ».

Je bouillonne aussitôt de rage, une rage si brûlante que je pourrais projeter des boules de feu avec mes mains, comme les super-héros dans les BD.

– Tu veux dire qu'elle a menacé ma sœur ? je gronde.

– Ma biche… prévient Cam en levant les mains.

J'arrache le téléphone des mains de Camden pour lire le message de mes propres yeux. Il y a une photo de ma vitrine vandalisée accompagnée, comme l'a dit Cam, de la menace contre ma sœur. Or, voir ces mots dirigés contre mon adorable sœur, qui ne ferait pas de mal à une mouche, décuple ma colère et me fait frémir de rage. Jamais je n'ai été aussi furieuse de ma vie.

– Je vais la tuer, je gronde. Elle habite où ?

Je serre les poings, prête à tout pour que ma sœur ne soit plus la cible de cette sorcière.

– Elle veut se battre ? Eh bien, c'est quand elle veut ! je hurle.

Cam prend mon visage dans ses mains.

– Tu ne feras rien du tout. On va le signaler à la police, et en attendant, on va juste s'assurer qu'Evie est en sécurité avec nous. J'ai plein de chambres d'amis à la maison. Pour l'instant, retournons à l'intérieur pour que tu lui prêtes des vêtements. On va boire un café et rappeler la police, ok ? Prenons le temps de souffler. Brittney le paiera, je te le promets.

J'enregistre ses paroles et je tourne la tête vers Evie, qui a les bras croisés et semble plus vulnérable que jamais.

– Ta sœur a besoin de toi, ma belle. Va t'occuper d'elle. Je m'occupe du reste.

Je me force à me calmer, puis je vais réconforter ma sœur.

♦

– Maman, papa, qu'est-ce que vous faites ici ? dit Camden.

Patty Bryant se précipite vers moi et me prend dans ses bras.

– Kaye, ma chérie, je suis contente que tu ailles bien.

Je serre Patty contre moi, laissant son inquiétude et son réconfort maternel dissiper l'énergie négative qui m'anime.

– Bonjour, Patty.

– Roh, arrête avec ce « Patty ». Tu m'appelais maman avant, et maintenant que tu t'es remise avec mon fils, tout est en ordre. N'est-ce pas, Coltrane ? dit Patty en souriant.

Coltrane contourne son fils, ouvre les bras et m'attire contre lui.

– Ma chère fille, je suis désolée que cette gamine pourrie gâtée ait vandalisé ta boutique. Quand Porter nous a appelés après être passé devant, ce matin, on savait qu'on devait venir pour te soutenir.

Je m'appuie contre Coltrane et savoure sa force paternelle. Mon beau-père et moi n'avons jamais eu une relation aussi simple que celle que j'avais avec le père de Cam.

– Et tes frères devraient bientôt arriver, aussi.

– Dis-leur de ne pas venir. Sans rire, j'ai la situation sous contrôle… commence Cam, mais son père lui coupe la parole.

– Fiston, tu sais bien que quand l'un de nous a des problèmes, on est tous impliqués.

– Exactement ! Viens par là, sœurette ! lance Preston qui apparaît dans l'embrasure de la porte, les bras tendus vers moi, me faisant signe de le rejoindre.

Je souris et cours vers lui pour me jeter dans ses bras.

Mon Dieu, cette famille m'a tellement manqué.

Preston me fait sauter dans ses bras, me faisant glousser, avant de me reposer par terre.

– Alors, à qui je casse la figure ?

J'éclate de rire.

– Tu m'as manqué, frangin.

Il me prend par l'épaule et m'attire contre lui en hochant la tête en direction de Cam.

– On en est où, frérot ?

Camden soupire longuement et se passe la main dans les cheveux pour la millième fois de la journée.

– La police s'en occupe.

– Qu'est-ce qu'on peut faire ? demande Porter, derrière nous.

Preston et moi nous tournons vers la porte.

– Est-ce que ça va, Suda Kaye ? interroge Porter d'une voix douce en posant une main sur mon bras.

– Ouais, je vais bien. Merci d'être venu. Merci à tous d'être venus, mais il ne fallait pas…

– C'est ce que font les familles, déclare CJ en arrivant aux côtés de Porter, les mains dans les poches, la mine renfrognée.

Je me demande un instant si j'arriverai un jour à conquérir le cœur de CJ, même si le fait qu'il soit là en dit long sur ce qu'il pense de moi.

Camden pousse un grognement et regarde le plafond.

– Bon, alors, tout le gang est réuni.

Je glousse et lâche Preston pour rejoindre mon mec, posant mes mains sur sa poitrine pour le regarder dans les yeux.

– Chéri, tu as une famille géniale qui tient à ton bonheur...

– Et au tien, ma chérie, dit Patty de sa voix douce. Aucune femme n'a jamais convenu à mon fils, à part toi. On est ravis que tu sois de retour. Et on est là pour toi et Camden.

– Merci, maman, je dis en souriant et en lui faisant un clin d'œil.

Je me concentre de nouveau sur Cam.

– Tout va bien. Plus on est de fous, plus on rit, non ?

Il rit enfin et me prend par la taille.

– Tu as raison. Alors, dis-nous ce qu'on peut faire pour t'aider à terminer les préparatifs. Comme ça, tu peux travailler sur tes créations en attendant que les détectives aient du nouveau à nous communiquer.

– Ben, tout d'abord, je suppose qu'il faut vider la vitrine pour que l'artisan puisse installer la nouvelle vitre. Et tous ces cartons doivent être triés, je dis en désignant les cartons entassés le long du mur. Certains produits doivent être mis sur les présentoirs et d'autres rangés dans la remise. Et puis, il y a Evie...

– Quoi, Evie ? demande Porter d'un ton rauque.

Je regarde Cam.

– Tu ne leur as pas parlé de la menace ?

– Quelqu'un menace Evie ? gronde Preston en bombant le torse.

Cam baisse la tête.

– Ben, la dernière chose que je voulais, c'était de voir mes frères se battre pour protéger Evie...

– Comment ça, la protéger ? demande Porter. De quoi tu parles ?

– Evie a reçu un message de menaces provenant de la personne qui a vandalisé la boutique, donc Brittney, a priori. En gros, le message dit qu'Evie sera la prochaine victime, explique Camden.

Il a à peine de fini de parler que Porter et Preston se précipitent à l'étage, grimpant les marches quatre à quatre.

Cam joint les mains derrière sa tête en soupirant.

– Bon sang...

– Ben ouais ! Qui aurait cru que Preston et Porter avaient le béguin pour Evie ? je m'exclame en souriant. Ça pourrait être cool, surtout maintenant que Milo n'est plus à l'ordre du jour.

– C'est qui, Milo ? demande-t-il, un éclat sinistre dans le regard. Tu veux dire, le mec qui t'aidait ? L'Amérindien, avec les longs cheveux noirs ? Il a le béguin pour Evie ?

– Je te l'ai déjà dit, Cam. Il est ami avec un de tes frères. Apparemment, il a aidé un membre de la tribu à obtenir le soutien de ta fondation, il y a quelques années.

Camden me regarde en essayant de comprendre de quoi je parle.

– Ah, merde. *Milo*... dit-il en fermant les yeux. Milo Chavis est le pote de fac de CJ ? Je n'avais pas fait le rapprochement. Je ne me souviens pas d'avoir bossé avec lui. Evie le kiffe ?

– Un peu, ouais ! Elle est amoureuse de lui depuis qu'elle est gamine.

– Waouh, ben, ça va être dur pour Porter. Evie lui a toujours plu.

– Justement, c'est parfait. La semaine dernière, Evie a croisé Milo avec sa femme... Donc il est hors concours, maintenant.

– Ok.

– Et Preston, pourquoi il a couru pour la voir ? je demande en fronçant les sourcils, inquiète que ma sœur soit sur le point de se retrouver mêlée à une bagarre entre les frères Bryant.

– Parce qu'il vous aime toutes les deux comme des sœurs et qu'il est férocement protecteur de sa famille. Il n'empêchera pas Porter de tenter sa chance avec Evie, ne t'en fais pas.

Je vide tout l'air de mes poumons et attache mes cheveux en chignon fouillis.

– Eh ben, c'est une sacrée journée. La vitrine cassée, la police, ta famille, et maintenant Porter qui veut déclarer son amour à ma sœur. Demain va être une journée terriblement ennuyeuse, à côté de tout ça.

Camden rigole et m'attire contre lui.

– J'espère bien, oui.

Je lève un regard inquiet vers lui et laisse ma peur remonter à la surface.

– Tu crois qu'elle est vraiment capable de faire du mal à ma sœur ?

– Non, répond-il en secouant la tête. Je pense qu'elle est vexée et qu'elle se venge. Je ne pense pas qu'elle soit dangereuse ; en revanche, elle est sacrément dérangée. Elle a besoin d'aide, mais je pense que des travaux d'intérêt général et un bon psy devraient suffire. Evie et toi ne risquez rien.

– Merci, Cam. D'être là, et d'être toi. Je suis désolée qu'elle t'ait fait du mal, mais je ne suis pas désolée que ça nous ait permis de nous rapprocher de nouveau.

Il sourit et effleure mon nez avec le sien.

– Sur ce point, je suis on ne peut plus d'accord avec toi. Allez, finissons les préparatifs. Maman a déjà ouvert les cartons et si elle continue à donner autant d'ordres à mon père, il va devenir fou. Si tu veux que les choses soient faites à ta façon, tu aurais intérêt à reprendre le contrôle, ma biche.

– Je préfère aller voir Evie pour m'assurer que les frères Bryant n'ont pas semé la panique, je réponds en riant.

– Bonne idée. Je vais dire aux parents d'aller nous chercher à manger, ça te va ?

– Super.

– C'est toi qui es super, Suda Kaye. Quoi qu'il t'arrive, ça ne t'empêche jamais d'avancer. Beaucoup de femmes seraient recroquevillées en larmes, dans un coin. Mais pas toi. Tu ne perds pas une seconde pour te concentrer et trouver une solution. J'adore ça chez toi.

– Je ne pourrais pas faire tout ça sans toi, je réponds en le regardant amoureusement.

– J'espère bien, ma biche. J'espère bien que tu n'auras jamais plus à faire quoi que ce soit sans moi.

Il m'embrasse tendrement et s'en va pour parler à sa mère.

Je me dirige vers l'escalier, mais je m'arrête à la première marche et me retourne. Les parents de Camden sont en train d'enfiler leurs blousons, Coltrane tapote le dos de son fils et Patty l'embrasse sur la joue avant de se diriger vers l'entrée en me faisant un signe de la main. Je leur réponds, mais je ne quitte pas des yeux l'homme que j'aime.

Soudain, je comprends que je ne veux plus jamais rien faire sans lui. Jamais.

Consciente que j'ai trouvé ma place dans le monde et que je ne veux plus la quitter, je gravis les marches pour retrouver ma sœur.

CHAPITRE 19

Camden enfonce sa tête dans l'oreiller et gémit. Je promène ma langue le long de sa verge et l'enroule autour de son gland luisant.

– Putain, ma biche…

Il plonge sa main dans mes cheveux et les empoigne si fort que je le sens jusque dans mes racines.

Un frisson de plaisir jaillit dans mon crâne et descend le long de mon dos pour atterrir entre mes cuisses où je suis impatiente de sentir Camden, mais pas avant de lui avoir fait perdre la tête. Je suce son gland et aplatis ma langue pour lécher la peau sensible sur le dessous de sa verge jusqu'à ce qu'il soulève son bassin et me fasse avaler autant que possible de sa délicieuse érection. Lorsque je sens son gland dans ma gorge, je fredonne, consciente de la réaction que je vais obtenir.

Camden pousse ma tête vers le bas et je déglutis pour lui offrir précisément ce qu'il veut.

– Putain, je vais jouir.

Il prend mon visage dans ses mains et je creuse mes joues pour le sucer aussi fort que je peux, accélérant les allers-retours jusqu'à ce qu'il ne tienne plus en place, serrant les dents, les yeux fermés, ses ongles plantés dans ma peau.

– Laisse-moi te prendre, Suda. J'ai besoin de te prendre. Maintenant ! grogne-t-il en saisissant mes épaules pour me faire rouler sur le dos.

Il écarte mes cuisses, empoigne mes fesses et s'enfouit en moi. Cette fois, c'est moi qui gémis, arquant mon dos, soulevant mon bassin pour prendre le plus possible de sa verge. Toujours plus.

– Plus loin, siffle Camden.

– Prends tout ce que tu veux, chéri, je réponds dans son oreille.

Quelques va-et-vient plus tard, Camden saisit mes genoux et les remonte sur ma poitrine, puis il s'agenouille pour me pénétrer davantage. Sa verge me transperce, touchant des points dont je ne soupçonnais pas l'existence, caressant les parois sensibles et à vif de mon sexe, déclenchant des frissons de plaisir qui parcourent mon corps. Il quitte mon regard pour baisser la tête et observer les allers-retours de son sexe dans le mien.

– Tu es tellement belle. Ouvre les yeux, chérie, et regarde. Regarde-moi te prendre.

Sa voix dégouline de désir et son regard endiablé est scotché sur l'endroit où se rejoignent nos corps.

Je m'efforce de lever la tête pour le regarder me prendre, c'est tellement excitant que j'en perds la tête.

– C'est trop, chéri. Trop, je gémis quand il incline son bassin de sorte que sa verge atteint ce point qui me fait frémir de plus belle.

Je pousse un cri rauque, approchant dangereusement de l'orgasme.

– Non, ce n'est jamais trop, gronde-t-il en accélérant ses coups de bassin.

Il saisit de nouveau mes genoux et entoure sa taille avec mes jambes. Je serre les cuisses sur ses côtes, m'accrochant du mieux que je peux.

Il ne me déçoit pas.

Quelques instants plus tard, mon bas-ventre se met à pulser et mon sang s'embrase tandis que je me crispe des pieds à la tête.

– Putain, oui ! gronde-t-il, une main sur ma fesse, l'autre empoignant mon épaule pour me guider comme il le veut.

Mon orgasme se dissipe peu à peu, mais Camden en semble encore loin. Ses muscles sont bandés et sa peau couverte de sueur. Soudain, il enfouit sa tête dans le creux de mon cou, s'enfouit une dernière fois et se déverse brusquement en moi, si fort que je fourmille de plaisir.

Je ferme les yeux pour me concentrer sur ses grognements virils ainsi que sur la sensation de son corps désormais rassasié et alangui contre moi. Son souffle est court, mais ça ne l'empêche pas de déposer une série de minuscules baisers sur ma gorge, ma mâchoire et ma clavicule.

– Je t'aime, Suda Kaye. Toujours.

– Je t'aime aussi, Cam. Toujours, je réponds en caressant son dos.

Il lève la tête et m'embrasse longuement, roulant sur le côté pour s'allonger contre moi. Ses doigts effleurent mon ventre, dessinant un cercle autour de mon téton, qu'il regarde durcir avant de poursuivre vers mes côtes.

Je soupire et me tourne également de côté pour me blottir contre lui.

– Je ne savais pas que le sexe pouvait être comme ça.

– Comme quoi ? Aussi bon ? Aussi excitant ? demande-t-il en m'embrassant sur le front avant de coiffer mes cheveux en arrière.

Je glousse et dépose un baiser sur son torse avant de tracer le contour de ses abdos.

– Non, c'est juste... C'est dur à expliquer. C'est différent, avec toi.

Il se crispe à tel point que je me demande s'il préfère éviter d'en parler. Il est si protecteur, en plus d'être jaloux de tous les hommes qui me regardent, que ce n'est sans doute pas la meilleure des conversations à avoir avec lui.

– Pourquoi tu penses que c'est différent ?

– Ça ne l'est pas pour toi ?

Il me regarde et sourit jusqu'aux oreilles.

– Si, ma biche. C'est différent pour moi, parce que c'est toi. La femme avec qui je veux passer le restant de mes jours.

Je souris et me relève sur un coude.

– Oui, mais je veux dire... avec toi, c'est tellement... intime. Je n'ai jamais ressenti ça.

Il joue des sourcils, d'un air enjoué, avant de redevenir sérieux.

– Je ne sais pas pour toi, ma biche, mais je n'ai jamais couché avec quelqu'un dont j'étais amoureux, à part toi. Je pense que c'est ce qui fait la différence, pour tous les deux.

– Hmmm, je pense que tu as raison. Il ne s'agit pas seulement du plaisir mais du lien qui nous unit. De vouloir procurer du plaisir à l'autre.

– Et d'ailleurs, tu m'en as sacrément procuré. Tu n'as pas perdu ton don pour les pipes.

Je ricane et lui frappe le bras en m'asseyant dans le lit, puis je me penche pour l'embrasser tendrement.

– Je vais me laver.

– Ok, mais reviens vite, je n'en ai pas fini avec toi.

– C'est une très bonne raison de me dépêcher, je réponds en me mordant la lèvre.

Je file vers la salle de bains et trébuche sur ma valise, laissée ouverte devant son dressing.

– Aïe ! je m'exclame en me cognant le gros orteil. Merde, ça fait mal ! je grogne en sautillant sur un pied, nue comme un ver.

J'entre dans la salle de bains à cloche-pied, Camden allume la lumière et me rejoint.

– Ça va ?

Je fais la moue et m'assois sur les toilettes.

– Oui, mais tourne-toi une minute, je réponds en me sentant soudain gênée.

Je fais pipi.

– Tu peux m'attraper une nuisette ?

Il rit et fouille dans ma valise avec son pied, poussant les vêtements d'un côté puis de l'autre.

– Comment tu veux que je trouve quoi que ce soit dans ce bordel ? Chérie, faut que tu ranges tes fringues dans le dressing. Tout le côté droit est vide. J'ai même libéré quelques tiroirs dans la commode pour tes sous-vêtements. À ce propos, ils sont une source d'inspiration fabuleuse.

J'étudie mon orteil pour évaluer les dégâts, écoutant à peine ce que dit Cam. Mon ongle est cassé sur le côté, ça craint.

– Quoi ? je demande sans quitter des yeux mon orteil.

– Ma biche, répond Camden depuis l'embrasure de la porte, il faut que tu t'installes. Tu ne peux pas vivre dans ta valise.

Je rouspète et me passe la main dans les cheveux.

– Chéri, j'ai toujours vécu dans une valise. Je ne sais pas faire autrement. Même quand j'étais chez Evie, je ne l'ai jamais vidée, alors que j'y suis restée pendant des mois.

Il croise ses bras divinement musclés et je m'imagine les mordre pour y marquer mon territoire. Il est toujours nu, et j'aime le voir aussi à l'aise dans sa peau. Ça ne paraît rien, mais c'est en vérité un gage d'intimité important. Seuls les couples qui se connaissent depuis longtemps peuvent être aussi à l'aise l'un avec l'autre, surtout quand la nana est assise sur les toilettes, occupée à inspecter son gros orteil.

– Ce n'est rien, je déclare en riant. De toute façon, je vais bientôt rentrer chez moi, non ?

Je me lave les mains et passe devant lui pour fouiller dans ma valise. J'en sors une nuisette bleu roi en soie, fendue sur les côtés.

Lorsque je l'ai enfilée, Camden me prend par la taille et m'attire contre lui.

– Je ne veux pas que tu partes. Je veux que tu mettes tes affaires dans mon dressing, tes culottes dans ma commode, et je veux que tu retournes à ton studio pour empaqueter le reste de tes affaires et les rapporter ici.

Je fronce les sourcils et pose mes mains de part et d'autre de sa gorge.

– Est-ce que... tu me demandes d'emménager avec toi ? Définitivement ? je demande en m'efforçant de ne pas prêter attention aux battements frénétiques de mon cœur.

– Je n'ai pas été clair ? On a dix années à rattraper. Je ne rajeunis pas, toi non plus. On a le boulot, nos familles, et on s'est retrouvés. Pourquoi gâcher notre temps libre sans être ensemble, sans dormir et dîner ensemble, sans se raconter nos journées et… reprendre le cours de notre histoire ? Je veux qu'on consolide notre relation.

– Qu'on consolide notre relation…

Je répète son souhait dans ma tête. Le mot « consolider » me dérange, comme lorsque Evie me parlait d'engagement et doutait de ma capacité à m'installer.

– Je veux être sûre d'avoir compris… Tu veux que je te prouve que je ne vais pas te quitter de nouveau en emménageant avec toi ?

Heureusement, son sourire béat efface tous mes doutes.

– Ce n'est pas une mauvaise idée, mais ce n'est pas comme ça que je le vois. Ce n'est pas pour ça que je veux que tu emménages avec moi. Je veux juste t'avoir dans ma vie aussi souvent que possible. Même si ça implique de supporter que tes vêtements traînent partout et tes goûts de hippie dans ma maison. Je veux que tu sois la première chose que je vois en me réveillant le matin. Je veux te faire l'amour tous les soirs. Je veux me disputer avec toi sur le sens du rouleau de papier toilette…

– Les gens se disputent pour ça, je demande en grimaçant, pour quelque chose d'aussi futile ?

Camden rit et me prend contre lui pour appuyer son front sur le mien.

– Pas nous, apparemment, si tu te fiches du PQ.

– Absolument.

– Tant mieux, moi aussi. Je veux juste être avec toi, ma belle. Il est vrai que si tu acceptes de vivre avec moi, ce sera une preuve de ton engagement, une preuve que tu étais incapable de me donner par le passé. Je n'irais pas jusqu'à dire que j'ai besoin de cette preuve, mais elle est la bienvenue, c'est clair. Et sache que je n'ai jamais voulu vivre avec une autre femme que toi.

– Et cette Val dont tu as parlé, vite fait ? J'ai cru comprendre que c'était sérieux avec elle.

– On est restés ensemble un an, acquiesce Cam. Elle voulait emménager avec moi, mais je n'étais pas d'accord. Il m'a suffi d'imaginer la voir nuit et jour pour décider de rompre avec elle, explique-t-il avant de soupirer longuement. Je ne me voyais pas passer le reste de ma vie avec elle, et je ne voulais pas lui donner de faux espoirs.

Je fronce les sourcils et caresse tendrement son torse.

– Je suis désolée, Cam. Est-ce que... est-ce que tu l'aimais ?

– Non. Je tenais à elle. Beaucoup, même. J'aimais passer du temps avec elle, mais pas assez pour l'épouser et faire ma vie avec elle. Pour faire simple, quand j'imaginais mon avenir, je ne la voyais pas à mes côtés.

– Pourquoi ?

Il sourit et prend mon visage dans ses mains, son pouce caresse ma joue.

– Parce qu'elle n'était pas toi, ma biche. Je ne me suis jamais remis de t'avoir perdue. Et j'en suis ravi, sinon on ne serait pas là, aujourd'hui, à parler de la vie qu'on veut construire ensemble.

Je niche ma joue dans sa main et ferme les yeux. J'aime l'idée qu'on construit quelque chose ensemble, bien plus que cette idée de consolidation et de stabilité.

– Je suis d'accord pour emménager avec toi.

Sa main se referme sur ma joue et il la serre délicatement, suffisamment pour que j'ouvre les yeux.

– C'est aussi simple que ça ?

– C'est aussi simple que ça, j'acquiesce en souriant. Je ne t'ai jamais oublié moi non plus. Maintenant que je suis de retour et que je suis avec toi, la terre s'est remise à tourner.

Je t'ai toi, Evie, nos familles, ma boutique, ton empire. Tout est... à sa place.

– Je suis on ne peut plus d'accord.

Il baisse la tête et s'empare de ma bouche. Nos langues s'entremêlent délicatement, amoureusement, puis il me soulève en empoignant mes fesses pour m'emmener dans son lit.

Ou plutôt... dans notre lit.

♦

Le lendemain, je me réveille sous les baisers de Cam sur mon bras. Il prend ma main et embrasse chacun de mes doigts.

– Bonjour, dit-il, assis en tailleur sur le lit.

Il est vêtu d'un pantalon de pyjama qu'il ne portait pas hier soir lorsque nous nous sommes enfin endormis.

– Bonjour, je marmonne.

– J'ai quelque chose pour toi. J'allais attendre l'inauguration de demain pour te le donner, mais j'ai décidé de garder ce moment pour nous.

– Tu sais que j'adore les cadeaux, je réponds en souriant.

Je m'assois contre la tête de lit et me couvre les jambes et la poitrine avec la couette.

Camden s'allonge sur le lit pour atteindre la table de chevet, dont il ouvre le tiroir. Il en sort un écrin rectangulaire, long et fin, comme ceux qui renferment de beaux porte-plume. Il referme le tiroir, revient vers moi et me tend la boîte.

– Merci, je dis en souriant. Je suis sûre que ça va me plaire.

– Tu ne l'as même pas ouvert !

– Ouais, mais ça vient de toi, alors...

– Allez, ouvre-le, ma biche.

Je m'exécute donc, et découvre une chaîne en or à laquelle est suspendue une petite bague. J'ôte la chaîne de ses attaches et la tiens devant mes yeux et, lorsque l'anneau scintille à la lumière du soleil, mon cœur cesse de battre et je retiens mon souffle.

– Respire, ma puce, dit Camden en posant une main sur ma cuisse.

Mes yeux se remplissent de larmes tandis que j'examine la bague. Je la connais par cœur, même si je ne l'ai pas vue depuis dix longues années.

– Cam...

Je serre la bague dans ma main et la place sur mon cœur.

– Je n'en reviens pas que tu l'aies gardée après... après ce que je t'ai fait.

Je ferme fort les yeux, accablée par les souvenirs qui m'assaillent.

Camden m'attire dans ses bras et je le serre fort contre moi en sanglotant.

– Eh, eh, arrête ça. Ce cadeau n'était pas censé te rendre triste, dit-il, inquiet.

Je déglutis, essayant de ravaler le nœud qui s'est logé dans ma gorge.

– Comment tu veux que... que je ne sois pas t... triste ? Tu l'as ga... gardée tout ce temps, je hoquette contre son épaule tandis qu'il me berce tendrement.

– Ma biche, regarde-moi, ordonne-t-il d'un ton sec.

Je secoue la tête et pleure de plus belle. Je me déteste pour ce que je lui ai fait il y a dix ans, pour tout le temps que je n'ai pas passé à ses côtés. Je me déteste d'être partie.

– Suda Kaye, regarde-moi, ma chérie, répète-t-il en prenant mon menton dans sa main, m'obligeant à lever la tête.

– Je t'ai fait du mal.

Mes propres paroles transpercent mon cœur déjà brisé.

– Tu as fait un choix, dit-il. Oui, ça m'a fait du mal. Mais ça t'a fait souffrir, toi aussi, chuchote-t-il en caressant mes cheveux. Maintenant que je t'ai retrouvée et que je comprends pourquoi tu es partie, j'ai réalisé que dans la vie, il faut parfois faire des choix blessants. Ça ne signifie pas que c'était un mauvais choix ; c'est la vie, c'est tout.

Je secoue la tête et il essuie mes larmes.

– On aurait pu passer ces dix années ensemble...

– On en a déjà parlé. Peut-être que oui, peut-être que non. J'ai beau vouloir croire que je t'aurais suivie n'importe où, tu avais raison à propos de l'engagement familial qui m'attendait. Je n'aurais pas pu tourner le dos à mon père, pas pour longtemps en tout cas. À l'époque, je n'aurais pas eu envie de le faire, avoue-t-il. Plus j'y pense, plus je comprends que le monde était à tes pieds, Suda Kaye. Ta mère avait tracé un chemin pour toi, un chemin qui te faisait rêver avant même qu'on se rencontre. Ai-je été anéanti ? Putain, bien sûr que oui.

Un sanglot m'échappe et il prend mon visage dans ses mains pour me regarder dans les yeux.

– Mais ce chemin t'a ramenée jusqu'à moi. On est différents, plus forts qu'à l'époque. Et on a la chance sublime de réapprendre à se connaître, tout en sachant que notre amour a survécu à tout ça.

Je déglutis et essuie mes larmes en réfléchissant à ses paroles.

– Et on est d'accord pour tirer un trait sur notre séparation. Tu vas emménager avec moi. On est ensemble. Cette bague symbolisait ma promesse de t'aimer toute ma vie quand on était gamins, et cette promesse tient toujours.

D'ici à ce que je la remplace par une bague de fiançailles, j'aimerais qu'elle retrouve sa place à ton doigt.

Je lève la main et laisse la chaîne glisser entre mes doigts.

– Pourquoi... euh... pourquoi elle est sur une chaîne ?

Il me sourit tendrement.

– Je l'ai portée autour du cou pendant tout ce temps. J'ai menti à Val et Brittney en leur disant qu'elle appartenait à ma défunte grand-mère et que, grâce à l'anneau, je me sentais proche d'elle, explique-t-il d'un air triste et vulnérable.

Je ne sais pourquoi, son aveu me fait éclater de rire.

– Mais non...

– Je voulais te garder avec moi, dit-il en haussant les épaules.

– Mais tu avais déjà ton tatouage.

– Ça ne suffisait pas. Je ne serai jamais assez proche de toi, Suda Kaye. Prendre notre temps et apprendre à nous connaître avant de mettre un énorme diamant à ton doigt va être une véritable torture, ma biche.

Je respire et enfouis mon chagrin pour faire place à la beauté des paroles de Cam, puis je passe mes bras autour de son cou.

– On forme une sacrée paire, hein ?

– Oui, mais je ne changerais ça pour rien au monde, répond-il en souriant.

J'ouvre le fermoir de la chaîne et laisse tomber l'anneau dans le creux de ma main avant de le passer à mon annulaire.

– Elle te va encore, dit-il.

J'éclate de rire et étudie la bague en souriant.

– Merci. Merci de me la rendre. Merci de ne pas me détester. Merci de m'aimer malgré tout.

– Je te l'ai déjà dit, ma biche. Il n'y a rien de plus simple que de t'aimer.

CHAPITRE 20

– C'est le grand jour ! Tu es excitée ? demande Evie avant de tourner sur elle-même pour me montrer la robe-nuisette qui lui arrive juste au-dessus du genou et dont la fente sur le côté met en valeur ses jambes divines.

Elle est en satin bleu clair sur la poitrine, puis le dégradé de couleurs se termine en vert sapin sur les cuisses. Elle a mis des escarpins à bout ouvert jaune citron, et un long sautoir qui tombe pile-poil sur son décolleté. Elle brille de mille feux comme le soleil qu'elle est.

J'ouvre les bras pour l'inviter à me faire un câlin.

– Tu es canon !

On sautille toutes les deux sur place comme deux fillettes qui vont à leur première soirée.

– Sunshine ! Tu t'es surpassée, dit Camden en descendant les marches de mon futur-ex-studio, deux bouteilles de champagne à la main.

Evie sourit, quittant mon étreinte pour refaire un tour sur elle-même.

– Ça te plaît ?

– Pas autant que ça plaira à mon frère, ricane Cam.

– Hein ? De quoi tu parles ? demande-t-elle, clairement perdue.

Ma sœur n'a jamais su voir qu'elle plaisait aux hommes. Ma théorie est que si elle ne sort avec personne, c'est parce qu'en tant que femme d'affaires, elle est hyper-froide et qu'elle ne prête pas attention aux signes que lui lance le sexe opposé.

– Laisse tomber, répond Camden en secouant la tête. Ce sera encore plus drôle à regarder.

Ce n'est pas faux.

– Ok, dit Evie en haussant les épaules. Laisse-moi t'aider avec le champagne.

Elle prend les bouteilles et les pose sur la caisse où nous avons installé le bar et le buffet.

Je joins les mains et fais le tour de ma boutique, juchée sur les bottines en daim rose à talon compensé que j'ai eues pour trois fois rien dans le magasin en bas de la rue. J'ai mis un pantalon en cuir hyper-moulant, une de mes ceintures cloutées et un bustier argenté. Un de mes poignets est couvert de bracelets joncs qui tintent à chacun de mes mouvements et l'autre arbore un des bracelets en cuir que j'ai fabriqués. Mes doigts sont ornés de bagues en pierres et argent, et le plus beau dans tout ça, c'est qu'en dehors de mes chaussures, tout ce que je porte est en vente dans ma boutique.

J'étudie un présentoir, ajustant les éléments, lorsque Camden arrive derrière moi et me prend par la taille.

– Ne sois pas stressée, chuchote-t-il dans mon oreille. Tu as fait du super-boulot. C'est magnifique et les gens vont être dingues de tous les objets uniques que tu exposes. Je ne serais pas surpris que tu sois dévalisée en quelques heures.

Je souris et me retourne pour le regarder dans les yeux.

– Merci de croire en moi et d'avoir pris un risque pour m'accompagner.

Il m'embrasse sur le bout du nez avant d'appuyer son front au mien.

– Tu vaux tous les risques du monde, Suda Kaye. Je crois sincèrement que tu vas avoir beaucoup de succès. Aie confiance. Prends le temps de respirer et de te détendre.

Je hoche la tête et vois Kyson entrer dans la boutique.

– Waouh. Qui êtes-vous et qu'avez-vous fait de mon maçon ? je demande en riant, quittant les bras de Cam pour me mettre à ses côtés.

Kyson sourit. Il est vêtu d'un pantalon de costume noir et d'une chemise rouge bordeaux. Il a mis un des bracelets en cuir gravé que je lui ai offert après que je l'ai vu le regarder dans la vitrine. Les premiers boutons de sa chemise sont défaits et, s'il n'a ni cravate ni veste, il est vraiment classe. Pour une fois, ses cheveux ne tombent pas sur son visage et je découvre des bouclettes que je n'avais jamais vues avant.

– Ma douce, la boutique est juste canon ! Presque autant que toi, dit-il en faisant un clin d'œil à Camden, qui jure dans sa barbe.

Je délaisse Cam pour serrer Kyson dans mes bras. Il me retourne mon étreinte, brièvement, car j'imagine que mon mec doit le fusiller du regard.

– Sans rire, Suda Kaye, je suis ravi d'avoir pu donner vie à ton projet, c'est un honneur, dit Kyson. C'est vraiment impressionnant.

Il me serre la main avant de tendre la sienne à Camden, qui hausse un sourcil avant de sourire et d'accepter de la serrer.

– Tu fais du bon boulot, Kyson. Merci d'avoir pris soin de ma nana. J'aimerais qu'on parle, la semaine prochaine ; ma boîte va avoir besoin d'entreprendre des travaux.

Kyson cligne plusieurs fois des yeux, clairement surpris.

– Sérieux ?

– Ouais, sérieux. Tu bosses bien et tu ne dépasses pas le budget, répond Camden en me jetant un coup d'œil. En plus, tu as bon goût en matière de femmes, mais tu sais quand céder la place avec dignité ! Je ne peux pas en dire autant de ton frère.

– Il s'occupe désormais de l'aspect administratif de la boîte. Il a toujours été doué avec les chiffres, donc je lui ai demandé de s'occuper de nos employés de bureau, des devis et des budgets, tout ça. Il ne sera plus sur les chantiers, mais si tu as du boulot pour moi, tu le croiseras forcément à un moment ou à un autre, dit Kyson en se massant la nuque. Il s'en veut énormément et se sent con pour ce qu'il a dit. Il traversait une période difficile, mais je crois qu'aujourd'hui il arrive à maîtriser ses excès de colère.

Camden pose une main sur l'épaule de Kyson et la serre.

– Je te fais confiance. Ça ne me dérange pas de bosser avec lui du moment qu'il ne revoit pas Suda Kaye.

– Ça, je peux te le promettre, répond Kyson en souriant.

– Parfait, acquiesce Cam en lui mettant une tape dans le dos. Va te chercher un verre, je vois que la maire vient d'arriver.

Je me tourne vers l'entrée et vois Madame Browning accompagnée de deux autres femmes, l'une en tailleur, ce qui me fait penser que c'est son assistante, et l'autre est une adolescente. La jeune femme a des jambes qui n'en finissent pas dans son mini-short en jean et ses bottines de cow-boy. Ses cheveux sont relevés en queue-de-cheval et elle porte un top canon un peu ample qui tombe sur une épaule.

– Mon Dieu, maman ! Cette boutique est trop cool ! s'exclame la jeune fille en se précipitant sur un sac en cuir auquel j'ai ajouté des clous et une frange multicolore. Il me faut ce sac, dit-elle en le prenant pour passer la bandoulière sur son épaule. C'est tellement moi ! Je peux l'acheter, maman ?

– Je t'ai dit que tu avais un budget de cent cinquante dollars, répond la maire en riant. Ce sac coûte sans doute plus que ça. Réfléchis bien à ton choix.

Les épaules de l'adolescente s'affaissent un peu, mais un autre objet attire son attention et elle traverse la boutique en courant. La maire vient vers moi en secouant la tête d'un air à la fois dépité et amusé.

– Ça, c'est Addison, explique-t-elle. Elle a seize ans.

– Addy, maman ! crie la jeune femme depuis le portant où elle se trouve, tout en enfilant une veste en jean patchwork qui lui va à ravir.

– Pardon, *Addy*, corrige Madame Browning en levant les yeux au ciel. Il lui faut un boulot, dit-elle. Elle déteste le sport et elle n'a aucune activité extrascolaire pour l'occuper. Elle a de super-notes, mais la seule chose qui l'intéresse, c'est la mode. Bref, votre boutique est superbe, ma chère, ajoute-t-elle en regardant autour d'elle.

– Merci, Madame la maire. Je suis contente du résultat, moi aussi. Et vous savez, je vais avoir besoin d'aide pour la tenir. Bien sûr, ce ne serait que quinze ou vingt heures par semaine, et je ne peux offrir qu'un salaire minimum.

La maire écarquille les yeux.

– Sans rire ? Ça ne vous dérangerait pas d'embaucher ma fille ?

– Pourquoi ça me dérangerait ? je demande en riant.

– Vous n'imaginez pas le nombre d'endroits où elle a postulé. Mais lorsqu'ils découvrent qu'elle est la fille de la maire, ils embauchent toujours quelqu'un d'autre. C'est on ne peut plus agaçant, et elle perd peu à peu confiance en elle.

– Eh bien, dites-lui de venir la semaine prochaine et on en parlera plus sérieusement.

– Parler de quoi ? demande Addy, vêtue de la veste en jean, le sac en bandoulière sur son épaule et une poignée de bracelets dans la main. Maman, tu as vu ça ? Ils sont trop cool ! Mes copines les kifferaient trop !

Je couvre ma bouche pour me retenir d'éclater de rire. Cette nana est adorable et elle a une personnalité lumineuse.

Les clients commencent à entrer et je vois qu'Evie les accueille.

Addy observe deux femmes qui doivent avoir la vingtaine et qui sont en train de regarder l'étagère où se trouvent les sacs à main. Elle s'éloigne de nous et se dirige vers elles.

– Non, Mesdames, j'ai le sac parfait pour vous par ici, dit-elle en les emmenant vers un autre présentoir où elle tend immédiatement un sac à l'une d'elles. C'est parfait, remarque-t-elle, mais ce serait encore mieux avec ce collier.

Elle pointe du doigt le présentoir de l'autre côté de la boutique, et les jeunes femmes la suivent sans hésiter.

– Elle est engagée, je dis à la maire. Rien ne peut battre un tel enthousiasme. Je sais déjà que lorsqu'elle connaîtra tous les produits, elle relookera toute la ville.

La maire me prend dans ses bras et me serre chaleureusement contre elle.

– Vous me faites le plus beau des cadeaux, Suda Kaye. Mon bébé va être tellement heureuse. Merci beaucoup. Maintenant je vais vous laisser à vos clients et faire quelques achats avant que la presse arrive.

– Amusez-vous bien. On est fermé le lundi, mais dites à Addy de passer après les cours, mardi.

– Je n'y manquerai pas. Encore une fois, merci.

Je balaie la foule des yeux et me rends compte que je ne sais pas où est Camden. Je finis par le trouver à la caisse avec des clients.

– Waouh, tu t'es déjà mis au boulot ?

– Bien sûr, répond-il en souriant.

Il encaisse une autre femme et je me dirige vers Addy, qui est en train de présenter des écharpes et des pashminas à un groupe de femmes plus âgées.

– Salut, Addy.

Elle sourit aux clientes avant de se tourner vers moi.

– J'adore votre boutique. C'est la meilleure de Pueblo, y a pas de doute là-dessus.

– Je suis ravie que tu le penses, parce que j'ai dit à ta mère que je veux t'embaucher deux ou trois heures par jour après les cours, et un jour le week-end. Tu en penses quoi ?

– Vous êtes sérieuse ? s'écrie-t-elle.

– Carrément, ma belle. Mais si tu veux le job, il faut que tu ailles aider mon copain, qui est aussi mon associé. Tu le vois, là-bas ? je demande en désignant la caisse, où une queue s'est déjà formée. Tu penses que tu peux faire ça ?

– Bien sûr ! Et quand il n'y a personne à la caisse, je peux aider les gens à trouver ce qu'ils cherchent.

– Super. Comme ce n'est pas encore officiel, que dirais-tu que je te paye en te donnant le sac que tu voulais et qui n'est pas dans ton budget ?

– Waouh, ce serait trop cool ! dit-elle en sautillant sur place. Je travaille à Gypsy Soul ! Mes copines vont mourir de jalousie !

– J'espère que non, sinon elles ne pourront rien acheter, je réponds en lui faisant un clin d'œil. Allez, vas-y, Camden a l'air un peu débordé.

Sans un mot, elle file en direction de la caisse, où Camden lui montre comment se servir de l'ordinateur et de la machine à cartes bleues.

Ravie, je fais le tour de la boutique et discute avec mes nouveaux clients, leur demandant d'où ils viennent, ce qui leur plaît, et ainsi de suite. Je suis en train de parler à une jeune avocate qui veut changer de style et qui hésite à acheter un pantalon en cuir. Je lui explique que ça peut être parfaitement professionnel si elle le porte avec une chemise en soie, lorsque quelqu'un tapote mon épaule.

Lorsque je me retourne, je me retrouve nez à nez avec le sublime Milo Chavis.

– Excusez-moi un instant, je dis à la jeune femme qui hoche la tête et s'empare d'une jupe en cuir.

Je prends le géant dans mes bras, tout de suite assaillie par son parfum de cuir et de feu de bois.

– Milo ! Je suis ravie de te voir, merci d'être venu.

– Je ne voulais pas rater ça. Et je ne suis pas seul.

Il fait un pas de côté, je m'attends à rencontrer sa femme, mais j'ai la merveilleuse surprise de voir le visage du premier homme que j'ai aimé et que je n'ai jamais cessé d'aimer, mon grand-père.

– Toko !

Mes yeux se remplissent de larmes et je m'incline. Il caresse mes cheveux avec ses deux mains, puis il saisit ma nuque pour m'attirer contre lui.

– Tu es venu, je renifle contre son poncho.

– Huutsuu, je n'aurais raté ça pour rien au monde, dit-il en me tapotant le dos. Maintenant arrête ça, ce n'est pas parce que je suis un vieillard qui ne sort jamais de chez lui que tu dois pleurer. Garde tes larmes pour une véritable tristesse.

Je glousse et recule suffisamment pour le regarder dans les yeux. Son visage doré est strié par les années qu'il a passées sous le soleil et ses longs cheveux noirs sont retenus par un cordon en cuir. Toutefois, ce sont ses yeux noirs, identiques à ceux de ma mère, qui me coupent le souffle comme à chaque fois. Ils ont beau être de la couleur de la nuit, ils brillent comme mille soleils. Et je crois y déceler une immense fierté.

– Mon petit oiseau a trouvé son nid, dit-il en prenant mon visage dans ses mains et en esquissant un minuscule sourire.

– Tahsuda, dit Camden en approchant. C'est un honneur de vous rencontrer enfin, après toutes ces années, ajoute-t-il en tendant la main vers lui.

Toko me regarde, puis il étudie la main de Camden avant de la serrer.

– Et je vois que tu as également trouvé ton âme sœur, dit mon grand-père en haussant un sourcil.

Je souris en hochant vigoureusement la tête.

– Tout le monde adore la boutique, dit Camden en me prenant par les épaules, et tu as déjà quelques milliers de dollars de recettes. Cette jeune fille que tu as embauchée...

Il fait mine de me fusiller du regard mais continue de sourire, me faisant remarquer que j'ai engagé quelqu'un sans lui en parler. Je n'y suis pas obligée, mais comme son fonds d'investissement est associé à ma boutique, je suppose que j'aurais dû lui en parler avant.

– ... elle a ça dans le sang, conclut Camden. Et elle a l'air de s'y connaître en matière de mode. Je viens de la voir vendre une écharpe à cinquante dollars à une femme en lui disant que la tenue qu'elle avait choisi d'acheter ne serait pas complète, sans. Bref. Tahsuda, j'aimerais beaucoup vous inviter à un dîner de famille, bientôt. Je serais ravi de vous accueillir chez nous.

Toko étudie Camden en silence.

– Tu as un changement d'adresse à m'annoncer, Huutsuu ?

– Euh, ouais, à ce propos... j'ai plus ou moins emménagé avec Camden...

– Je vois.

Toko plisse les yeux et me surprend en s'adressant froidement à Camden.

– Et vous trouvez acceptable de vivre avec ma petite-fille avant d'être mariés ou d'avoir prouvé votre volonté par un engagement sérieux ?

– Toko... je commence lorsque Camden lève la main pour me signifier de le laisser répondre.

– Ne t'en fais pas, Suda Kaye, me dit-il avant de s'adresser à mon grand-père. Eh bien non, en fait. Car elle mérite mieux que ça. Je ne voulais plus qu'elle vive seule dans son studio. Or, votre petite-fille est une sacrée tête de mule, et j'ai eu énormément de mal à la faire emménager avec moi aussi vite. Sachez que j'ai la ferme intention d'épouser Suda Kaye très prochainement, Monsieur.

Je lève la main pour lui montrer ma bague.

– Il m'a offert cette bague il y a dix ans, et il vient de me l'offrir de nouveau. Elle symbolise sa promesse de m'aimer pour l'éternité.

– Pour l'éternité, répète Toko en nous étudiant tour à tour pendant une longue minute. Oui, je vois effectivement l'éternité dans votre avenir, finit-il par dire. Je prierai pour vous avec les sages.

Je suis bouche bée et j'applaudis silencieusement.

– Super !

Camden fronce les épaules et se penche pour me parler à l'oreille.

– C'est une bonne chose ?

– Oh que oui ! S'il implique les anciens, c'est qu'il pense qu'on a un avenir ensemble. Sinon, il ne perdrait pas son temps à prier. C'est une superbe nouvelle, je réponds en chuchotant. Toko, pourquoi Milo et toi n'iriez pas manger quelque chose ? Je crois qu'Evie est par là-bas.

– Evie ? répète Milo, sortant enfin de son silence.

– Salut, mec, comment ça va ? demande Cam en lui serrant la main. Tu es venu avec ta femme ? J'adorerais la rencontrer.

Je fronce les sourcils, mais essaie de rester impassible.

Milo semble d'abord confus, puis agacé.

– Mon ex-femme ? Pourquoi je viendrais avec elle ?

– Ton ex ? je demande. Tu veux dire que tu n'es plus marié ?

Milo prend une longue inspiration et tire sur les manches de sa veste.

– Je n'aime pas en parler, mais oui, Kimberly et moi sommes séparés.

Toko toussote et croise les bras, indiquant que ça ne lui plaît pas. Dans notre culture, les divorces sont mal perçus.

– Mais... Evie t'a vu il y a quelques semaines, et une certaine Kimberly s'est présentée comme étant ta femme.

– Oui, c'était désagréable, et je préfère ne pas en parler ce soir, répond Milo en désignant la salle bondée.

– Oui, bien sûr. Eh bien, si tu veux voir Evie, elle est là-bas. Si j'étais toi, je l'aborderais en précisant que tu n'es plus marié.

– Pourquoi ? demande Milo en fronçant les sourcils.

Je hausse les épaules.

– Disons que c'est une intuition féminine.

– Ne t'en mêle pas, chuchote Camden. Ce ne sont pas tes affaires.

– Bien sûr que si, la vie amoureuse de ma sœur me concerne autant qu'elle. D'ailleurs...

– Sa vie amoureuse ? demande Milo.

– Bon sang, tu ne peux pas t'en empêcher, hein ? râle Camden en secouant la tête.

– Est-ce que tu sous-entends qu'Evie aimerait qu'on soit plus qu'amis ?

– Une union écrite dans les étoiles, soupire Toko. J'en parlerai également avec les anciens.

Je regarde mon grand-père en souriant avant de me tourner de nouveau vers Milo.

– Tu devrais peut-être lui poser directement la question...

– Elle ne m'a jamais donné le moindre indice...

– Pffff ! je m'exclame en vidant tout l'air de mes poumons.

– Désolé, mec, et je m'excuse aussi pour la langue bien trop pendue de ma femme. Evie est là-bas, tu devrais sans doute continuer cette conversation avec elle, non ? dit Camden.

Milo hoche la tête et ajuste sa veste.

– On est d'accord, répond-il en tournant les talons et en marchant d'un pas décidé vers Evie.

– Je me demande comment ça va se passer, je dis en souriant et en joignant les mains.

– Tu ne devrais pas te mêler des affaires de cœur de ta sœur. Il n'en adviendra rien de bien, dit Toko d'un ton solennel.

– Ok... je soupire en fronçant les sourcils. Oh, je sais, il nous faut à boire ! Toko ?

– Est-ce que tu as...

– Le vin amérindien que tu adores ? Oui. Evie m'a dit que tu viendrais peut-être, donc j'ai pris une bouteille rien que pour toi et je l'ai cachée à l'arrière, je réponds en prenant mon grand-père par le bras.

– Je te remercie, ma Huutsuu.

– Je suis ravie que tu sois là, Toko. C'est un peu comme si maman était là, aussi.

Je pense ce que je dis, mais je réalise également que ma mère ne pourra jamais être là pour partager les grands moments de ma vie avec moi, et mon cœur se brise un peu.

Toko s'arrête et pose sa main sur mon épaule en attendant que je le regarde dans les yeux.

– Ma Catori, ta mère serait folle de joie de voir ce que tu as accompli. Elle a toujours voulu que ses filles soient heureuses. Qu'elles profitent de la vie comme elle l'a fait. Qu'elles croquent la vie à pleines dents et qu'elles aiment toutes les choses et tout le monde qui en font partie.

– J'aime ma vie. Et j'aime toutes les choses et tout le monde qui en font partie.

Il baisse la tête et m'embrasse sur la tempe.

– Tu es la digne fille de ta mère.

– Oui, je crois, oui.

CHAPITRE 21

– Pourquoi tu ne m'as pas prévenue que Milo était là ? grommelle Evie dans mon oreille.

Je souris jusqu'aux oreilles et évite de me retourner, j'observe la fête qui bat son plein.

– Camden dit que je ne suis pas censée me mêler de ta vie amoureuse.

– Quoi ? Pardon, mais qui êtes-vous et qu'avez-vous fait de ma sœur ? Tu m'as entendue ? Milo est là !

Je ricane. La porte s'ouvre et le reste des Bryant fait son entrée.

– Tout comme Porter, à présent.

– Porter ? C'est quoi le rapport ?

Evie saisit mon bras et me tourne vers elle, l'air inquiet. Je soupire.

– Sœurette, comment tu peux ignorer que ces deux mecs sont dingues de toi ?

– Arrête, Porter est un ami de la famille, c'est tout. Et Milo...

– Milo est quoi ? je demande en me penchant vers elle. Canon, musclé, capable de mettre une raclée à tous les mecs ici présents, en dehors de Preston, et encore ? Ah, j'ai oublié de dire combien il était canon ?

Evie pousse un grognement agacé.

– Il vient de me demander si j'aimerais dîner avec lui. Il dit qu'il a une proposition à me faire.

– *Yes* ! C'est génial ! Vous faites ça quand ?

– J'ai dit que j'étais très occupée et que ça ne m'intéressait pas, répond-elle en secouant la tête.

– Tu as dit quoi ? je hurle, si fort que plusieurs personnes tournent la tête vers nous.

Je leur souris, empoigne ma sœur par le bras et l'attire dans un coin.

– Tu viens de dire que tu n'allais pas dîner avec lui ? Pourquoi pas ? Tu es amoureuse de lui depuis que tu es née. C'est ta chance, Evie, saisis-la !

– Tu ne m'écoutes pas, râle-t-elle en rejetant ses cheveux en arrière. Je ne peux pas être avec un homme marié.

– Apparemment, tu ne lui as pas parlé, parce que j'ai appris il y a une demi-heure que celle que tu as vue est son ex-femme. Son *ex*. Donc, fini Kimberly et bonjour Evie !

Evie fronce les sourcils et grimace d'un air trop chou.

– Alors, pourquoi elle a dit qu'elle était sa femme ?

– Comment tu veux que je le sache, moi ? C'est à Milo que tu aurais dû poser la question, tu ne crois pas ?

Evie se tient plus droite et lève fièrement le menton.

– Non. C'est fini. La conversation est close. Je me fiche de la proposition qu'il veut me faire. J'ai besoin de tourner la page et d'oublier ce béguin de jeunesse.

– Mais c'est ridicule ! Le bonheur pourrait être à ta portée !

– Tout comme la tristesse. Je n'ai pas le temps d'avoir le cœur brisé, et je peux voir à des kilomètres que ce type est un briseur de cœurs.

– Bah, laisse tomber, je réponds, exaspérée. Et si on allait dire bonjour aux Bryant ? Porter est plutôt sexy ce soir.

Je désigne le clan des Bryant, et plus précisément Porter, qui est vêtu d'un polo *Bryant Brews* et d'un pantalon de costume noir. Il a les mains dans les poches, il a l'air bien dans sa peau, qui est parfaite, d'ailleurs. Il est comme un étalon noir, à côté de mon blond préféré. Je regarde CJ, Preston, Camden et Porter, émerveillée par tant de beauté au masculin.

– Bon sang, les gènes de cette famille sont vraiment impressionnants.

Evie sourit enfin et me prend par le bras.

– Là-dessus, tu n'as pas tort, frangine.

Nous rejoignons les Bryant, Patty nous prend dans ses bras.

– Mon Dieu, les filles, cet endroit est superbe. Kaye, ma chérie, tu es une vraie magicienne. Partout où je regarde, il y a quelque chose de nouveau et d'intéressant à voir. J'adore.

Elle recule et prend mes mains dans les siennes.

– Je suis fière de toi, ma chérie. Et Catori serait folle de joie si elle avait été là aujourd'hui.

– Merci, Patty. Ça me touche beaucoup que vous soyez tous venus.

– J'ai hâte de commencer mon shopping. Mais d'abord, je vais prendre une petite coupette. Coltrane ?

Il vient à mes côtés et m'embrasse sur la tête.

– Tu as fait du super-boulot, ma puce. Je vais nous chercher à boire, tu veux quelque chose ?

– Avec plaisir. Du champagne aussi, s'il te plaît.

– Evie ? demande Coltrane.

– Je m'en occupe, papa, intervient Porter en me prenant brièvement dans ses bras. Ta boutique est super, Suda Kaye. Evie, tu m'accompagnes boire un verre ?

Je mets un coup d'épaule à ma sœur, qui me fusille du regard avant de sourire à Porter.

– Carrément.

Je les regarde partir en direction du bar et pousse un cri de surprise lorsque Preston me serre fort dans ses bras, me coupant le souffle.

– Bas les pattes, frangin, dit Camden. Bon sang, laisse ma nana respirer !

– Je suis méga-fier de toi, sœurette. C'est juste trop cool ! s'exclame-t-il en me secouant de gauche à droite, me faisant éclater de rire.

CJ désigne alors un tableau accroché au mur. C'est la photo d'une femme qui se tient debout sur un balcon, derrière un rideau voilé. On devine surtout sa silhouette, mais on aperçoit un peu de sa peau derrière le voilage. En gros, c'est une photo sexy d'une femme dont le regard est perdu à l'horizon.

– Il me faut cette photo. Elle coûte combien ? demande CJ.

– Pour toi, elle est gratuite, je réponds alors que Camden dit « Mille dollars ».

– Vendu. À qui je donne l'argent ? répond CJ sans quitter la photo des yeux.

– Eh, oh, l'artiste l'a mise à cinq cents dollars, Cam. Tu surfactures la pièce.

– Et toi, tu la sous-factures, répond-il en riant. C'est une superbe œuvre d'art.

– Elle est unique ? Il n'y a que ce tirage ? demande CJ, toujours sans la quitter des yeux.

– Bien sûr, comme toutes les pièces que je vends. La photographe est locale. Et c'est elle qui pose, aussi.

– Sans rire ? demande CJ d'un ton émerveillé qui me fait sourire.

Je ne sais pas si c'est la femme ou la photo qui le met dans cet état. Peut-être un peu des deux.

– Je veux la photo tout de suite, dit CJ.

– Calme-toi, frérot. Et si on laissait passer l'inauguration avant que tu te mettes à donner des ordres ?

CJ cligne plusieurs fois des yeux, comme s'il sortait d'une transe, et il semble se détendre.

– Waouh, désolé, Suda Kaye. J'étais...

– Sous le charme ? Attends un peu de voir celle que j'ai pour remplacer celle-là. On y voit son visage.

– Je peux la voir maintenant ? insiste-t-il.

– Mec, détends-toi ! dit Cam. Les photos ne vont nulle part. Va boire un verre et passe à la caisse pour payer. Mille balles, hein ? Je ne plaisante pas.

CJ sourit enfin, un sourire radieux qui illumine son visage, et je me détends un peu.

– Tu as du bourbon ?

– Non, y a pas de bourbon, répond Cam. On n'est pas dans un bar, mec, c'est la fête de ma copine, rétorque-t-il en poussant son frère vers le bar.

– C'était bizarre, je dis en étudiant la photo de Jasmine Quinn, ma nouvelle amie artiste.

– Il y a beaucoup de choses bizarres chez mes frères.

– Je t'ai dit que Jazz m'a demandé si elle pouvait faire des nus de moi, pour une nouvelle série ?

Camden hausse les sourcils et se racle la gorge.

– Et... euh... tu as répondu quoi ? demande-t-il d'une voix tendue.

Je le prends dans mes bras et me plaque contre lui pour effleurer sa joue avec mon nez.

– À ton avis, je lui ai répondu quoi ?

– « Quand est-ce qu'on commence ? » dit-il en riant, caressant mon dos jusqu'à mes fesses.

– En fait, je lui ai dit qu'il faudrait que j'en parle à mon homme d'abord.

Je n'oublierai jamais son sourire, plein de fierté et de joie.

– Excellent. Dans ce cas, non. Je préfère être le seul homme à admirer tes... atouts.

– C'est bien ce que je pensais, je réponds en souriant.

Je suis sur le point d'embrasser mon mec lorsqu'un bruit étrange me fait tourner la tête vers la vitrine.

Je m'apprête à ouvrir la porte d'entrée lorsqu'une série de projectiles heurtent la vitre, et une masse jaune et gluante coule sur la fenêtre.

– C'est quoi ce bordel ?

De nouveaux bruits suivent et Camden se précipite dehors, suivi de près par Preston, CJ et Porter.

– Que tout le monde reste à l'intérieur ! Evie, appelle les flics, je dis à ma sœur en tournant les talons pour sortir.

Milo, qui se tient à côté de Toko, me bouscule en courant dans la rue.

– Putain ! je gronde en sortant à mon tour, découvrant que Preston tient un homme aux traits hispaniques par le col et la ceinture.

Il l'a plaqué contre le mur de la boutique d'en face, ses pieds ne touchent pas le sol.

– Tu jettes des œufs sur la boutique de ma sœur, mec ? T'es fou ? File-moi un œuf, dit-il en tendant la main.

Camden lui donne aussitôt un œuf.

Je regarde autour de moi et vois un pick-up de paysagiste, à l'arrière duquel sont posées des douzaines de boîtes d'œufs.

– Alors, comme ça, tu aimes les œufs ? Ça te plaît, ça ? rugit Preston en écrasant une coquille sur le torse du mec. C'est agréable ? aboie-t-il en étalant le jaune sur son tee-shirt.

– Dégage, mec ! Elle mérite pire que ça ! crie le type en se débattant contre Preston.

S'il heurte les tibias de mon beau-frère, ce dernier ne laisse rien paraître et ne le lâche pas.

– Tu te prends pour qui ? Suda Kaye fait quelque chose de sa vie, elle se lance dans les affaires, et c'est comme ça que tu la traites ?

– Elle a ruiné ma vie ! crie l'autre alors que Preston tend de nouveau la main.

Camden lui donne un œuf, mais il pousse son frère de côté, qui lâche le mec. Celui-ci se penche aussitôt en avant pour reprendre son souffle, mais Camden ne lui en laisse pas le temps, saisissant son col pour le plaquer de nouveau contre le mur.

– Parle. Maintenant ! siffle-t-il. Tu as intérêt à avoir une bonne raison de vandaliser la boutique de ma femme.

– Ta femme ! Tu parles, y a quelques semaines, tu étais avec ma femme ! hurle l'autre en crachant.

Ah, je comprends, c'est Alejandro. L'amant dont parlait Brittney.

– Alors, c'est pour ça ? C'est à cause de Brittney ? Cette croqueuse de diamants qui n'a fait que mentir ? Qui m'a fait boire pour coucher avec moi, qui a prétendu être enceinte pour que je l'épouse ? C'est ta femme ?

– Elle est partie et c'est à cause de ta meuf ! répond le mec en baissant la tête d'un air dépité. Brittney a quitté la ville. Elle est partie avec un mec du country club de ses parents.

– Et ça te donne le droit de casser la vitrine de ma nana, d'y écrire des insultes et de la vandaliser de nouveau le soir de l'inauguration ? Tu pensais gagner quoi en faisant tout ça ?

Camden lâche Alejandro et fait quelques pas en arrière alors que des bruits de sirènes nous parviennent.

– Je l'aimais. Je voulais vivre avec elle. Je lui aurais tout donné. J'étais même prêt à être son amant, juste pour l'avoir dans ma vie. Une femme sublime et parfaite comme elle, d'une bonne famille… normalement elle n'aurait jamais daigné regarder un homme comme moi. Un immigré mexicain, qui a monté son affaire. Je m'en sors bien, mais je n'aurais jamais eu assez d'argent pour la satisfaire. Mais on s'aimait. Je sais qu'elle m'aimait.

Il lève la tête et se tient plus droit, faisant preuve d'une bravoure à laquelle je ne me serais pas attendue, étant donné les circonstances.

Mais ce n'est pas ce qui me surprend le plus. Camden pose ses mains sur les épaules d'Alejandro et me prouve alors qu'il est un homme encore meilleur que je le pensais.

– Tu l'aimais peut-être, et il n'est pas impossible qu'elle t'aimait aussi, mais parfois l'amour ne suffit pas. La seule chose que Brittney aime plus que tout, c'est le fric. Tu peux faire mieux, mec.

– Tu ne la connaissais pas comme je la connaissais, répond Alejandro d'un ton glacial.

– Ça c'est sûr, mais regarde où ça t'a mené. Je peux peut-être convaincre Suda Kaye de ne pas porter plainte contre toi, mais tu vas payer pour la nouvelle vitrine, et si tu as causé d'autres dégâts ce soir, tu vas payer aussi.

– C'est bon, on prend le relais, dit un flic en se faufilant dans la foule. Même si elle ne porte pas plainte, vous avez vandalisé une boutique et troublé l'ordre public. Le propriétaire des lieux ne se montrera peut-être pas aussi clément. Suivez-nous.

Alejandro monte dans la voiture de police et Camden me prend par la taille pour m'attirer contre lui.

– Eh, Alejandro ! Comment tu as eu le numéro de ma sœur ?

Ses épaules s'affaissent et il baisse la tête.

– Son numéro professionnel est sur Internet.

Merde. Faut que ma sœur change ça tout de suite.

– Allez ma belle, retournons faire la fête, dit Camden. Je suis sûr que tout le monde veut savoir ce qui s'est passé.

– Ouais. Au moins, je sais que ce n'était pas Brittney, maintenant, et qu'Alejandro est entre les mains des flics. Je ne veux pas porter plainte et je parlerai au proprio. C'est juste un pauvre mec qui est triste parce qu'il a perdu la femme qu'il aime. En dépit de tout ce qu'elle nous a fait, il l'aimait.

– C'est vrai, ma biche, répond Cam en me caressant le dos. L'amour n'est pas rien, même quand ce n'est pas avec la bonne personne.

– Merci les mecs, je dis à CJ, Porter, Preston et Milo.

– Tu aurais dû me laisser lui en mettre une, marmonne Preston.

– Allez, venez, c'est ma tournée, je réponds en riant.

Lorsqu'on se tourne vers la boutique, Evie, Addy et Patty sont déjà en train de laver la vitrine.

– Ça va, sœurette ? demande Evie.

– Ouais, c'était juste un pauvre mec au cœur brisé.

– Tu vois, je te l'avais dit, répond Evie en souriant. Les cœurs brisés rendent les gens fous.

– Pourquoi tu dis ça ? demande Milo, derrière nous.

Evie écarquille les yeux et se lèche les lèvres.

– Euh... pour rien. Bref, allons faire la fête ! La maire dit que la presse est en route et qu'elle veut couper le ruban.

– Le ruban ? Génial !

Camden éclate de rire et m'attire dans ses bras alors qu'on s'apprête à passer la porte.

– Tu ne te laisses jamais abattre, hein ?

– Pourquoi je me laisserais abattre ? Quand j'étais petite, j'ai confié un souhait à une étoile, et il s'est réalisé. J'ai passé dix ans à parcourir le monde, à voir tout ce dont j'avais rêvé. Je suis rentrée et j'ai ouvert la boutique la plus cool de tous les temps. Ma sœur est en bonne santé, elle est heureuse et elle fait de nouveau partie de ma vie. Le seul homme que j'aie jamais aimé m'a pardonné de l'avoir quitté et il veut m'épouser. Je crois qu'en matière de loterie des rêves... j'ai tiré le gros lot !

Camden prend mon visage dans ses mains et plonge son regard dans le mien.

– Eh bien, moi aussi j'ai confié un vœu à une étoile. Chaque jour, pendant dix ans, comme me l'a appris l'amour de ma vie quand on était ados. Et maintenant, aujourd'hui, ici, tu es dans mes bras, prête à passer le restant de tes jours avec moi. Mon vœu a été exaucé.

Je passe ma main dans ses cheveux dorés, profondément émue.

– Camden, je chuchote en le regardant dans les yeux. C'était quoi, ton vœu ?

– Suda Kaye, ma biche. J'ai prié chaque jour mon étoile pour que tu me reviennes.

ÉPILOGUE

Six mois plus tard

– Quoi ? Hein ? Qu'est-ce qui se passe ? je grommelle lorsque ma sœur me réveille en me secouant.

– Chut, tu vas réveiller tout le monde. Viens.

Il fait noir dans la chambre qu'Evie et moi partageons dans le ranch des Bryant, mais la porte ouverte laisse entrer la lumière du couloir.

– Evie, je me marie demain, je grogne. Je ne veux pas avoir une tête de déterrée à cause de toi.

Elle me prend la main et me tire debout. Je porte un mini-short sur lequel est écrit *Bride*[6] sur les fesses, et un débardeur blanc assorti. Evie me tend le peignoir qui complète l'ensemble qu'elle m'a offert, et je souris en la voyant dans son pyjama *Demoiselle d'honneur*, un pantalon et un tee-shirt bien plus modestes.

---

6. Mariée.

J'enfile le peignoir et le noue à la taille, puis je dégage mes cheveux de mon visage.

– Ça va ? je demande à ma sœur.

– Oui, oui. Je voulais juste... On a quelque chose à faire, répond-elle en posant des claquettes *Bride* pailletées à mes pieds.

Lorsque je suis chaussée, elle me prend la main et saisit le plaid sur mon lit ainsi qu'une bouteille de champagne et deux flûtes.

– Suis-moi, je t'expliquerai quand on y sera.

Toujours partante pour une aventure, je ne pose plus de questions et la suis aveuglément. Je suivrais ma sœur n'importe où, n'importe quand.

Nous descendons les escaliers sur la pointe des pieds et traversons le salon puis le porche, pour arriver dans le jardin déjà prêt pour la cérémonie de demain. Une centaine de chaises blanches attendent les convives sous un grand voile blanc décoré de tournesols et de marguerites. Une piste de danse a été montée devant la grange que j'aime tant, là où Camden et moi danserons pour la première fois en tant que mari et femme. Les frères Bryant ont suspendu des dizaines de guirlandes lumineuses blanches pour un côté guinguette romantique.

J'ai hâte d'être à demain après-midi et de dire « oui » à l'homme de mes rêves.

Evie m'emmène vers la grange, nous traversons la piste de danse pour entrer dans le grand bâtiment en bois. La grande porte du premier étage est ouverte, laissant entrer le clair de lune.

– Tiens, prend ça, je ne peux pas tout porter, dit-elle en me donnant une des flûtes et en désignant l'échelle qui mène à l'étage.

C'est là que j'ai perdu ma virginité avec Cam. Je ne crois pas lui avoir jamais dit, et je trouve génial d'y retourner la veille de mon mariage.

Lorsque nous sommes toutes les deux en haut, elle étend le plaid par terre, devant la porte ouverte, et enlève ses claquettes avant de s'y asseoir. Elle laisse pendre ses jambes par l'ouverture, comme si elle bronzait au clair de lune. Ses longs cheveux blonds tombent dans son dos et elle se tourne vers moi, tapotant le plaid à côté d'elle.

– Viens t'asseoir, sœurette.

J'enlève mes tongs et m'assois comme elle, mes jambes dans le vide, un genou contre le sien. Je balance mes jambes dans l'air frais de la nuit, et je me penche en arrière en ouvrant mon peignoir, laissant le clair de lune caresser ma peau.

Evie débouche le champagne et nous sert un verre chacune.

– Maintenant qu'on est là, tu comptes me dire ce qui se passe ?

Ma sœur ne fait jamais ce genre de chose et je suis curieuse de savoir ce qu'elle manigance.

– Eh ben, ça va te paraître bizarre venant de moi, mais... maman m'est apparue dans un rêve.

– Quoi ?

– Je sais, je sais. C'est dingue, mais je te jure que c'est vrai. C'était comme si... je pouvais la sentir et l'entendre. On était assises ici, toi et moi, mais maman était entre nous. On avait toutes les trois du champagne, et elle nous a pris par la taille pour nous embrasser sur la tempe.

– Qu'est-ce qu'elle a dit ? je demande, profondément émue, désespérée de sentir la présence de ma mère.

Une larme silencieuse coule sur la joue d'Evie et ses lèvres se mettent à trembler.

– Elle a dit : « Regardez les étoiles, mes chéries. Je suis toujours là. Je vous observe toujours, je prie sans cesse pour vous et je vous aime à chaque instant. »

Je me rapproche de ma sœur pour qu'il n'y ait plus d'espace entre nous. Une vague d'amour m'enveloppe soudain et mon cœur bat la chamade tandis qu'une nuée de papillons volettent dans mon ventre. Je ferme les yeux et passe mon bras autour d'Evie, et elle en fait de même.

– Tu l'as sentie ? je chuchote.

Elle cligne des yeux et nos larmes coulent de façon synchronisée.

– Maman est là.

Je souris et lève les yeux vers la lune et les étoiles, savourant ce moment.

C'est alors que j'entends la voix de ma mère flotter dans la brise.

Mon seul et unique souhait a toujours été que mes filles soient heureuses.

Les vœux deviennent réalité.

Continuez de rêver, mes chéries.

Puis la voix disparaît.

Evie lève son verre vers le ciel et je l'imite.

– Tu nous manques, dit-elle.

– On t'aime, j'ajoute.

– Merci, dit Evie avant de se tourner vers moi. Merci de m'avoir donné Suda Kaye.

Je laisse mes larmes couler et je regarde les yeux bleus de ma sœur, remerciant à mon tour ma mère.

– Merci de m'avoir donné Evie. La meilleure grande sœur au monde.

On glousse toutes les deux avant de boire une gorgée de champagne.

– Evie ?

Elle penche la tête sur le côté et balance ses jambes dans le vide, me jetant un coup d'œil avant de lever la tête vers le ciel.

– Je ne serais pas à ce stade de ma vie sans ton soutien. Tu as pris soin de moi quand maman est morte, tu as toujours pris de mes nouvelles quand je voyageais. Tu laissais tout tomber pour venir me voir. Tu m'as ramenée à la maison et aidée avec la boutique. Tu m'as fait voir que tout ce dont je rêvais était en fait ici. Tu as toujours cru en moi et… je…

Evie serre fort ma main dans la sienne.

– Et je croirai toujours en toi. Je sais que ça peut être effrayant de s'engager auprès de quelqu'un, mais Cam t'aime plus que tout au monde. Si tu lui disais que tu voulais la lune, il passerait le restant de ses jours à trouver un moyen de te l'offrir.

Je glousse et hoche la tête en souriant.

– Autorise-toi à profiter de chaque instant, demain, et chaque minute de votre future vie ensemble. Il ne te retiendra jamais. Il te laissera voler librement quand tu en auras besoin. À mon avis, c'est même lui qui réservera tes billets d'avion. Camden sera à tes côtés quand tu auras besoin d'aventure. Tu n'es plus seule. J'ai toujours voulu ça, pour toi, car je ne peux pas être cette personne.

– Tu sais, je veux ça pour toi, aussi.

Elle me sourit tristement.

– Je ne suis pas sûre que ce soit dans mes cartes, mais je garde un œil ouvert, répond-elle en me bousculant délicatement.

Maintenant que je suis rentrée pour de bon, je vais trouver un moyen d'aider ma sœur à être heureuse.

Evie lève son verre et trinque avec moi.

– À une vie sublime aux côtés de l'homme de tes rêves.

– Absolument, je réponds avant de vider ma flûte cul sec. Encore !

Elle rit et vide également son verre avant de les remplir de nouveau.

Nous passons l'heure qui suit à glousser, à nous raconter nos secrets, comme nous le faisions lorsque nous étions ados. Cette nuit restera à tout jamais un de mes plus beaux souvenirs avec ma sœur.

♦

Quelqu'un frappe à ma porte, me faisant sursauter alors que je suis occupée à étudier mon reflet dans le miroir. J'ai choisi une longue robe blanche en dentelle, assez simple. Une petite traîne part du genou et s'étale sur le sol, juste assez pour être joli sans que ça me gêne pour marcher.

Evie ouvre la porte, et mon grand-père entre. Ses cheveux sont tressés de chaque côté de sa tête et un cordon de cuir parcourt les nattes, qui se terminent par des perles de turquoise. Un collier de turquoises, de perles en ivoire et de pierres jaunes repose sur son poncho en cuir noir, et de chaque ivoire pend une petite frange de cuir gris pâle. L'ensemble est superbe, la seule autre fois que je l'ai vu au cou de Toko, c'est sur une photo de ma mère et de mon beau-père, le jour de leur mariage.

Je me tourne vers lui et incline la tête en signe de respect. Toko pose sa main sur ma nuque puis sous mon menton, qu'il soulève pour me regarder dans les yeux. Je plonge mon regard dans ses iris noirs comme des billes de verre, et il s'adresse à moi en comanche.

– Tu es plus belle que le soleil couchant sur les montagnes de notre terre. Si belle que mes yeux ne peuvent le supporter longtemps.

– Toko... je dis d'une voix tremblante.

Il m'embrasse sur le front et je le prends dans mes bras.

– Elle serait si heureuse, aujourd'hui, ma Catori. Elle serait fière de la femme que tu es devenue.

Les larmes me piquent les yeux et je fais un gros effort pour les empêcher de couler.

– J'ai un cadeau de sa part.

Je déglutis et fais un pas en arrière, choquée. Toko sort alors de son poncho un écrin doré, couvert de motifs gravés. Il me tend la boîte que je prends dans mes mains tremblantes. L'écrin semble chaud, comme s'il contenait l'esprit de ma mère.

Evie vient derrière moi et pose ses mains sur mes épaules, pour me soutenir ou parce qu'elle devine que mes jambes sont sur le point de céder.

Toko désigne la boîte d'un hochement de tête.

– Catori voulait que je te la donne le jour de ton mariage, pas avant.

– Comment... Comment savait-elle que j'allais me marier, ou même trouver l'amour ? je demande en tenant l'écrin contre ma poitrine.

– Catori était une rêveuse, répond Toko en joignant ses mains devant lui. Elle vivait ses rêves. Ma fille croyait en notre destinée à tous. Elle était persuadée que ce jour viendrait, dit-il en souriant. Et elle avait raison.

– Toko...

– Je te laisse en paix. Passe le temps qu'il te faut avec ta mère et ta sœur. Je t'attends dehors pour t'escorter vers ton éternité.

Sur ce, mon grand-père sort de ma chambre et referme la porte derrière lui.

– Ouvre-la, Kaye, insiste Evie.

– J'ai peur.

Elle me sourit tendrement et me caresse le bras.

– C'est un cadeau de maman.

Je hoche la tête et respire lentement.

– Ok.

Je défais le petit verrou et ouvre la jolie boîte. Elle contient un bracelet en or, posé sur une de ses enveloppes roses.

Je prends le bracelet de charms et le reconnais aussitôt. J'étais obsédée par ce bijou quand j'étais petite. Maman rapportait toujours des charms des endroits qu'elle avait aimé visiter. Quand elle est décédée, Evie et moi avons retourné toute la maison pour le trouver.

Je le serre contre ma poitrine et laisse les larmes couler sur mes joues. Evie ne parvient pas non plus à retenir les siennes et un sanglot lui échappe.

Toute mon enfance, j'ai rêvé de porter ce bracelet à mon poignet.

– Lis la lettre, dit-elle, je ne vois pas derrière mes larmes.

Je fais quelques pas vers la coiffeuse et me laisse tomber sur la chaise.

– Je ne peux pas, je dis à ma sœur en lui tendant la lettre. Lis-la-moi, s'il te plaît.

– Mais c'est la tienne. C'est privé...

– Evie, il n'y a rien que maman pourrait me dire que j'aurais envie de te cacher. S'il te plaît, j'ai déjà trop de mal à respirer… je dis en posant ma main sur mon cœur, qui bat plus fort que jamais.

– Ok, d'accord.

Evie essuie ses larmes et se racle la gorge en sortant la lettre de son enveloppe.

– *Ma chère Huutsuu…* commence-t-elle avant de secouer la tête pour se ressaisir, faisant preuve de cette force que je lui ai toujours enviée. *Aujourd'hui, plus que tous les autres jours, je regrette de ne pas être là. Aujourd'hui, tu offres ton cœur pour l'éternité à l'amour de ta vie, Camden Bryant.*

Evie est bouche bée et je me couvre la bouche, abasourdie. Comment maman pouvait-elle savoir que j'épouserais Camden, alors qu'elle m'a encouragée à le quitter il y a plus de dix ans ?

Evie s'évente avec la lettre et lève les yeux au ciel en se forçant à respirer.

– C'est complètement dingue, Suda Kaye. C'est comme si elle était là… comme hier soir.

Je me lève pour passer mon bras autour de la taille de ma sœur.

– Ça va aller. On est ensemble. Toi et moi. Ensemble pour la vie, où qu'on aille, quoi qu'on fasse. Peu importe avec qui on décide de construire nos vies, on sera dans la vie l'une de l'autre pour toujours, Ev. Continue de lire.

– *Il y aura des hauts et des bas, tu seras infiniment heureuse et infiniment triste, mais je suis persuadée que Camden et toi êtes faits l'un pour l'autre. Quand on trouve son âme sœur, il se passe quelque chose dans l'univers. Les planètes s'alignent. Peu importe qui est cette personne, peu importe où elle va et quand tu la rencontres, cette personne est à toi.*

Ma sœur se racle la gorge avant de poursuivre.

– Je savais que ça ne changerait rien, de te suggérer de parcourir le monde. J'étais intimement persuadée que Camden était ta moitié et qu'il le resterait en dépit du temps que vous seriez séparés. Si tu lis cette lettre, c'est que j'avais raison. Et j'adore avoir raison.

Evie et moi éclatons de rire, c'est tellement vrai.

– En ce jour, Suda Kaye, sache que tu es aimée. Même si je ne suis plus là physiquement, je serai toujours avec ta sœur et toi. Il vous suffit de penser à moi pour que je sois à vos côtés. Que ce soit un souvenir, la brise, un rayon de soleil sur votre visage ou un sentiment de bien-être qui vous enveloppe. C'est moi, toujours à vos côtés, toujours à vous aimer.

Evie essuie une larme, déglutit et se racle de nouveau la gorge.

– Je suis fière de toi, ma chère Huutsuu. Tu as déployé tes ailes, tu as parcouru le monde et tu sais désormais mieux que personne que tu as trouvé ta place sur cette terre. Tu n'as jamais été perdue dans tes voyages, car tu as toujours su où était ton chez-toi. Et aujourd'hui, ton chez-toi est aux côtés d'un homme qui te vénère et d'une sœur qui t'adore.

Mes larmes reviennent et tombent sur le papier rose que ma sœur tient entre nous.

– Sois heureuse. Mon seul souhait a toujours été que vous soyez heureuses. J'ai prié chaque étoile dans le ciel pour que vous le soyez, mes filles. Alors, sois-le avec Camden. Ouvre-lui ton âme. Fonde une famille. Vis comme si demain n'existait pas. Tout mon amour à mes filles en ce grand jour, Maman.

J'inspire lentement, saisis la lettre et la porte à ma bouche pour la sentir. Toujours ce parfum d'agrumes, de patchouli et de terre. Je ferme les yeux quelques secondes, puis je plie la lettre et remets l'enveloppe dans sa boîte.

– Est-ce que ça va ? demande Evie.

Je hoche la tête et retourne devant le miroir pour retoucher mon maquillage. Je remets un peu de mascara et de fond de teint sous mes yeux rougis et, lorsque j'ai fini, je tends le bras vers Evie, le bracelet dans ma main.

– Quelque chose de vieux, je chuchote tandis que ma sœur sourit tristement en attachant le bracelet.

Les charms dorés scintillent à la lumière et se reflètent sur le sol à mes pieds.

– Quelque chose de neuf, répond Evie en me tendant les superbes boucles d'oreilles que la mère de Camden m'a offertes.

Ce sont des perles en forme de gouttes, parfaites avec mon décolleté en cœur et ma robe en dentelle.

– Quelque chose d'emprunté, dit ma sœur en enlevant sa bague.

Ma mère la lui avait offerte pour ses dix-huit ans. Elle la passe à mon annulaire droit, elle me va comme un gant.

– Quelque chose de bleu, conclut-elle.

Elle pose sur ma tête la couronne de fleurs bleues, puis elle ajuste mes boucles sur mes épaules et dans mon dos.

– Tu es la plus belle femme du monde, dit-elle d'une voix rauque.

On éclate de rire, libérant toute la tristesse qui nous animait il y a quelques minutes.

– Et maintenant ? demande-t-elle en m'étudiant des pieds à la tête.

– Maintenant, j'épouse l'homme de mes rêves, je réponds en lui offrant mon bras. Je te suis, sœurette.

Précédée d'Evie dans sa sublime robe jaune et accompagnée de mon grand-père, j'emprunte le chemin couvert de pétales qui me mène vers ce nouveau chapitre de mon conte de fées.

REMERCIEMENTS

À mon mari Eric, qui, depuis vingt-deux ans, me montre chaque jour ce qu'est le véritable amour.

À la meilleure attachée de presse du monde, Jeananna Goodall ; j'espère que j'ai fait honneur à la mémoire de ta mère. Ce roman comptait plus pour moi que tous les précédents, parce que je voulais qu'il soit beau. Pour toi. Je voulais que tu sentes la solidarité qui nous unit, ainsi que ta mère et ses sœurs. Même si j'ai tout inventé, avec des clins d'œil au passé ici et là, son esprit était bien présent tout au long de l'écriture. Je suis honorée que tu m'aies permis de la faire connaître au monde entier. Il y a beaucoup de ta mère en toi, et je crois sincèrement qu'elle serait infiniment fière de la femme que tu es aujourd'hui.

À Amy Tannenbaum, qui a trouvé chez HQN la maison parfaite pour ce conte de fées.

À Ekatarina Sayanova, de chez Red Quill Editing, merci pour tes modifications et pour m'avoir aidée à trouver le juste équilibre entre douceur et chaleur.

À Susan Swinwood, éditrice en chef, merci d'avoir pris un risque avec ce nouveau genre de fiction au féminin, et merci de m'avoir aidée à donner vie à cette histoire qui, j'en suis sûre, parlera à toutes les femmes de la planète. Je me sens chanceuse de travailler avec toi et j'ai hâte de travailler sur les prochaines histoires qui se profilent à l'horizon.

À mon équipe alpha beta, Tracey Wilson-Vuolo, Tammy Hamilton-Green, Gabby McEachern, cette histoire était compliquée et a pris des mois pour naître ! Recevoir un seul chapitre et attendre plusieurs semaines avant d'avoir la suite a dû être horrible pour vous, mais vous ne m'avez pas lâchée, vous m'avez remise en question et encouragée à chaque étape. Merci, vous êtes d'un soutien précieux.

Merci à ma maison d'édition américaine d'avoir accepté de publier une fiction féminine un peu *hot*. On a parfois besoin qu'une personne qu'on respecte croie en nous. Je suis déterminée à relever le défi qu'est ce nouveau genre, et je suis encore plus enthousiaste de le faire avec votre soutien. Les rêves peuvent devenir réalité, c'est clair. Il va me falloir le dire cent fois avant de vraiment le croire.

Aux lectrices, j'espère que vous vous reconnaîtrez dans l'aventure de Suda Kaye avec Evie, Cam, Kyson, les Bryant, Milo, et bien sûr Tahsuda. Merci d'avoir accepté d'essayer quelque chose de nouveau. Lorsque vous choisissez un livre, ce n'est pas forcément un des miens, et j'apprécie le temps que vous prenez pour me lire. Maintenant, prenez une bouteille de champagne ou quelque chose de fruité, asseyez-vous et appelez votre sœur, votre sœur de cœur ou votre sœur de livre – une femme avec qui vous vous sentez entière, quelle qu'elle soit. Dites-lui que vous l'aimez, et... peut-être que vous pourriez lui parler du livre que vous venez de terminer et qui parle de sœurs... !

Je vous aime !

AUDREY CARLAN
NEW ROMANCE®
2.
WISH
Evie
DÉJÀ DISPONIBLE
EN LIBRAIRIE